赵行健 —— 著

U0693726

文学与电影的
多维触探

济南出版社　　汉唐书局

**图书在版编目（CIP）数据**

文学与电影的多维触探 /赵行健著. ——济南：济南出版社，
2024.2

ISBN 978-7-5488-6175-1

Ⅰ.①文… Ⅱ.①赵… Ⅲ.①电影改编－研究 Ⅳ.① I053.5

中国国家版本馆CIP数据核字（2024）第033834号

# 文学与电影的多维触探
WENXUE YU DIANYING DE DUOWEI CHUTAN

赵行健　著

出 版 人　谢金岭
出版统筹　冀瑞雪
责任编辑　李家成　张子涵　陈永昊
装帧设计　谭　正

出版发行　济南出版社
地　　址　山东省济南市二环南路 1 号（250002）
总 编 室　0531-86131715
印　　刷　山东潍坊新华印务有限责任公司
版　　次　2024 年 2 月第 1 版
印　　次　2024 年 2 月第 1 次印刷
开　　本　170mm×240mm　16 开
印　　张　14.25
字　　数　185 千字
书　　号　ISBN 978-7-5488-6175-1
定　　价　58.00 元

如有印装质量问题 请与出版社出版部联系调换
电话：0531-86131736

# 前　言

　　文学和电影是艺术殿堂里的两颗明珠，都是人类掌握世界的艺术方式。文学发展的历史较为悠久，它使用各民族不同的语言文字，记载着人类文化的发展以及人们的情感。电影则是现代科技的产物，从诞生到现在只有一百多年，它使用声、光、化、电，以影像的方式为人们创造出一个个异彩纷呈的世界。两者使用的媒介不同，所呈现的内容和方式也各不相同。文学和电影的关系错综复杂，值得研究的问题有很多，可以比较两种艺术在内容和形式上的异同，可以寻绎两者之间的交互影响等。本书只探讨文学和电影作为艺术在学术研究领域的某些共同或相似的话题，尝试从研究方法、发展史回溯、美学观念、文本细读、技术革命的影响等方面展开论述。

　　学术研究离不开研究方法。它一方面可以为研究者提供思考的思路和角度，有助于问题的解决；另一方面往往能够开拓一个全新的研究领域，从而有力地推进学术的发展。研究方法的每一次更新和变革都会带来学术研究的巨大变化。研究方法对研究者至关重要，对初学者更为关键，它是进入一个研究领域的钥匙和通道。文学和电影的发展历史不同，表现的内容和形式也有很大的差异，但在研究方法上可以互相借鉴，互通有无，彼此启发。对学术研究而言，研究方法无所谓新旧，合理、有效、与研究对象契合才是衡量的标准。本书第一章介绍了当下在文学和电影领域流行的影响力较大的两种研究方法。我国历史悠久，学术昌明，书籍流传丰富有序，很早就有了文献学，它成为学者治学必备的基本功和治学的基本途径。文献学概念的提出却是在 20 世纪,新中国成立后,特别是进入 20 世纪 80 年代之后,文献学具有了更明确的学科意识,并进一步分化出历史文献学、文学文献学等各个学科的文献学。近年来,在文献学理论的指导下,文学史研究尤其是现当代文学研究在作家生平史料的挖掘、佚文佚简的搜集、版本的校勘整理等诸多方面都取得显著成绩。而目录学全面系统地反映了人类文献存在的概貌,展现了人类精神文化的伟大成就,记录着人类文明发展的足迹,在人类文化积累与承传中承担了重要的职责,成为读书治学的门径,起到辨章学术、考镜源流的作用。与之相似,媒介考古学也成为近年来人文学科中的学术热点之一。媒介考古学旨在对那些被视为旧的过时的媒体进行考古发掘,梳理媒介更迭过程中的承继脉络,以此来重新理解处于媒介转型时期电影与其他媒介间的关系。或许“电影是什么”这个百年来被无数次讨论的本体论问题,在更为多元的未来会显得不那么重要,因为媒介的融合指向的是一个开放的电影未来。文学和电影毕竟是诉诸于人类情感的艺术,通过审美发挥作用,无论怎样科学理智的分析都不能代替对它们的艺术性鉴赏,所以本书二、三、四章分别讨论了文学和电影的发展史、审美观念以及对部分经典文本的再解读。科技的力量不容小觑,最后一章关注科技对文学与电影的研究及消费带来的影响。

　　以上思考只是我对文学和电影的点滴之见,同时也借鉴了学界前辈的成果,期盼大方之家批评与指导。

作者

2024.2.1

# 目　录

# 第一章

# 文献学与媒介考古学：
# 进入文学与电影的方式

## 第一节　文献与文学文献学

　　"文献"一词最早见于《论语·八佾》："夏礼吾能言之，杞不足征也；殷礼吾能言之，宋不足征也；文献不足故也。足，则吾能征之矣。"孔子在这里说，夏、殷之礼因有文献作依据，故他可以说清楚，而杞、宋无文献可征，所以不能随便乱说。朱熹注文献一词："文，典籍也；献，贤也。"称文为"典籍"，献为"贤人"。宋元之际马端临撰《文献通考》，第一次以"文献"作书名。他在自序中说："引古经史谓之'文'，参以唐宋以来诸臣之奏疏、诸儒之议论谓之'献'，故名曰《文献通考》。"他承袭朱熹之说，将"文"解释为"古经史"，而将朱熹释"献，贤也"的"贤"扩大而为"诸臣"和"诸儒"，并指明朱熹所谓"贤"乃是贤人之言，也就是他说的"诸臣之奏疏、诸儒之议论"。马端临释"文"为叙事之文，"献"为论事之言，比前人对文献的解说更为明确合理，故为人们所接受。后来，文献一词便用来指称载于各种载体的、有历史价值的语言文字资料。

　　一个民族和国家发展到一定的历史阶段，这样的语言文字资料便会逐渐积累增多起来。为了使这些不断增加的文献在当时发挥作用，也为了便于保存、积累和流传，就需要对它进行整理，使之条理化以便于使用。文献整理工作，早在先秦就已开始。据《左传》等史书记载，周室和各国的图书均已分类收藏。《国语·鲁语》记载，周宣王时宋国大夫正考父曾依照周朝太师《商颂》之底本，校订宋国保存的商代祭祀乐歌，并确定以《那》为篇首。这是我国现存最早的关于校勘古籍的记载。后来，孔子也曾对古代文献进行认真整理，《易》《书》《诗》《春秋》等都是经过整理的文献。

秦始皇"焚书坑儒"，加之秦末战乱兵燹的毁坏，中国古代典籍遭受空前浩劫。西汉"改秦之败，大收篇籍，广开献书之路"①，从民间学者、诸侯王至朝廷，掀起了搜集、整理和传授先秦古籍的热潮，汉景帝时便出现了"天下众书往往颇出"的局面。汉武帝建立藏书制度，又进一步大规模征集图书，出现了国家藏书"积如丘山"的盛况。至成帝时，在广求天下遗书的基础上，刘向、刘歆父子受命进行了一次规模空前的文献整理工作。整理工作具体包括：①以单篇形式流传或虽已成书但篇章错乱的先秦古籍，审定篇目篇次，形成定本，有的还拟定书名，校定文句。刘向称此项工作为"校雠"。②编写叙录。即每书写出提要或题解，对作品加以辨析评介，其中也包括判定书真伪的"辨伪"工作。③编纂分类目录。每校理一书成，"向辄条其篇目，撮其旨意，录而奏之"②。刘向将以单篇形式随于原书一起上奏的叙录，从各书中抽出，把众多的叙录编纂到一起，名为《别录》。刘向死后，其子刘歆承父业，在《别录》基础上编成《七略》，它是我国最早的有规模有系统的分类图书目录。当时朝廷的这次文献整理工作一开始就是有明确分工的，光禄大夫刘向负责校理经传诸子诗赋，步兵校尉任宏校兵书，太史令尹咸校数术，侍医李柱国校方技。这种分

---

① 《汉书·艺文志》。
② 《汉书·艺文志》。

工，实际上也是一种图书分类，按大类分头校理。因而《别录》《七略》也是分类编排的。其分类采取的是"六分法"，即将当时图书分为六略或六部：《六艺略》《诸子略》《诗赋略》《兵书略》《数术略》《方技略》。在六略之上又有一篇《辑略》，汇集六略中各种著作的小序作为全书总序。每一略中又有总序，总论一略之学术源流，具有学术概论的性质。《别录》《七略》共著录各类典籍三十八种，五百九十余家，一千三百余卷，全面反映了东汉以前的文献概况和学术源流。

作为这次校理古代典籍的重要成果《别录》《七略》，它本身不仅已成为中国古代文献学中目录学的经典著作，而且通过它所反映出的刘向、刘歆整理古籍的思路和整理过程中形成的一套原则和方法，对后世影响深远，对我国古文献学的建立意义重大。后来班固删取《七略》，撰成《汉书·艺文志》，在分类法上也承袭《七略》"六分法"分群书为六略，三十八种，五百九十六家，它成为我国第一部史志目录，是单科的文学文献学建立的先声。

《七略》和《汉书·艺文志》都把诗赋单独编成《诗赋略》，以与六艺诸子相区分，体现了编者的文学观念和文体意识，说明他们已经注意到诗赋作为文学作品具有不同于学术著作的特点。《诗赋略》实际上成为我国第一部文学目录。

汉代以后，历朝统治者组织人员修前朝之史，新的史志目录不断产生。史志目录的编写，往往伴随着对国家藏书的校理。兵燹之后，盛世之时，也总有修书修史之举和大规模校理古籍的行动。不仅如此，这种官方行为，也影响到民间。学者个人修史校书之风也逐渐盛行起来，在中国文化领域形成了重视文献搜集整理的历史传统，在这类工作中，研究者对古籍的辑佚、校勘、辨伪、编目、注疏等都形成了一套行之有效的科学方法和一些必须遵守的规则。渐渐地，又有人对这些整理文献的方法和规则加以梳理、总结、概括，于是便形成了我国古代的一种重要学科——文献学，成为古代学者治学必备的基本功和治学的基本途径。至宋代，郑樵著《通志》，其《校雠略》被视为第一部有关校雠的专著。该书进行校雠理论的建设，对求书、校书方法有精辟的见解。清代乾嘉时期朴学兴盛，考据学家在古籍整理方面成绩卓著。章学诚的《校雠通义》正是在这一文化背景下产生的文献学名著，它总结了刘向以来目录学的丰富经验，对郑樵的学说有所匡正和发展，倡言目录学应以"辨章学术，考镜源流"为指归，纠正了把目录学视为简单记载图书的错误观点，认为目录学不仅仅是为学术研究提供资料，它本身就应把学术研究包含在内，从而大大提高了目录学乃至文献学的地位，对从事此项事业的学者提出了更高的要求。

总之，作为总结文献整理理论、方法、规律的文献学，是在历代文献整理中产生并逐渐发展起来的。但我国古代一直没有正式提出"文献学"的概念。正如张舜徽在《中国文献学》"序论"中所说："我国古代，无所谓文献学。而有从事于研究、整理历史文献的学者，在过去称之为校雠学家。所以，校雠学无异成了文献学的别名。"[1]最早使用"文献学"概念的是梁启超。他在论及全祖望时说："其后斯同同县有全祖望，亦私淑宗義，言'文献学'者宗焉。"[2]后来又说："明清之交各大师大率都重视史学——或广义的史学，即文献学。"[3]最早以文献学命名的中国文献学著作是郑鹤声、郑鹤春于1928年编著的《中国文献学概要》。正如有的学者所指出的那样："在中国文化史上，文献学作为一门学科，伴有本学科专著出现，似起于此时。"[4]

新中国成立后，特别是进入20世纪80年代之后，文献学具有了更明确的学科意识。不但出版了多种综合性的文献学，如被称为"奠定了中国文献学的理论和学科体系"的张舜徽先生的《中国文

---

① 张舜徽著：《中国文献学》，上海：中州书画社，1982年版。
② 梁启超著：《清代学术概论》，上海：上海古籍出版社，1998年版，第18页。
③ 梁启超著：《中国近三百年学术史》，天津：天津古籍出版社，2003年版，第96页。
④ 冯浩菲：《我国文献学的现状及历史文献学的定位》，《学术界》，2000年第4期。

献学》等，还出版了各个学科的专科性文献学，如《中国历史文献学》①《中国文学文献学》② 著作，出版了文献学的分支学科，如目录学、版本学、校勘学、辑佚学等方面的著作。同时，各学科的文献学又继续分化，从中国历史文献学中又分化出断代史文献学，如黄永年《唐史史料学》③；从中国文学文献学中再分化出断代的文学文献学，如《中古文学文献学》④《隋唐五代文学史料学》⑤《元代文学文献学》⑥；以及文学体裁文献学，如《历代辞赋研究史料概述》⑦；甚至还出版了关于司马迁《史记》方面的专人专书的文献学著作，可谓极一时之盛。

　　文学文献学是伴随着文学文献的不断积累和文献学家文学意识的不断觉醒而从一般文献学中分化出来的。当然，这种分化也反映了一般文献学本身的进步与发展。而且，文学文献学发展到一定的历史阶段又会继续分化。前面提到的《中古文学文献学》之类的断代文学文献学，便是这种发展分化的结果。这种各历史阶段的断代文学文献学不约而同地推出，反映了学术界某种共同的需要，也是中国文学文献学发达繁荣的重要标志。

---

① 杨燕起，高国抗主编：《中国历史文献学》，北京：北京图书馆出版社，1989 年版。
　　曾贻芬，崔文印著：《中国历史文献学》，北京：学苑出版社，2001 年版。
② 张君炎：《中国文学文献学》，南昌：江西人民出版社，1986 年版。
③ 黄永年：《唐史史料学》，上海：上海书店出版社，2002 年版。
④ 刘跃进：《中古文学文献学》，南京：江苏古籍出版社，1997 年版。
⑤ 陶敏，李一飞：《隋唐五代文学史料学》，北京：中华书局，2001 年版。
⑥ 查洪德，李军：《元代文学文献学》，北京：中国社会科学出版社，2002 年版。
⑦ 马积高：《历代辞赋研究史料概述》，北京：中华书局，2001 年版。

# 第二节　中国传统目录与目录学

## 一、古代目录及其构成

目录亦称书目，是图书目录的简称，有一书目录和群书目录之分。一书目录是指一种书、刊正文之前所载的目次；群书目录是指按一定目的、方法、次序编成，记录群书之书名、著者、版本、内容、收藏等情况，以供检索查阅的书目。目录编辑在我国起源甚早，但作为文献学的概念，目录一词正式见于记载，则始于汉代刘向、刘歆的《别录》和《七略》。李善注《昭明太子文选》，引用了刘歆《七略》中"《尚书》有青丝编目录"一语。班固在《汉书·叙传》中介绍刘向校书情况说："刘向司籍，九流以别，爰著目录，略序洪烈。"可见，"目录"一词是在校理群书时产生的一个文献学概念，在汉代已被经常使用。

我们通常所说的目录，一般是指书籍正文前所载的目次。但中国古代文献学中的目录，大都是指群书目录。群书目录可以单独成书刊行，其构成要素比一书之目次复杂。《汉书·艺文志》记载刘向校书："每一书已，向辄条其篇目，撮其旨意，录而奏之。"结合《别录》留下的叙录看，目录乃是刘向每校完一书后，向皇上奏明校理该书结果的简明纲目。包括两方面内容：一是"条其篇目"，就是按书的内在结构，经过排序的篇目；二是"撮其旨意"，就是提要式地概述该书大意，以及作者生平介绍、作品得失评论、校定情况说明等。这表明，编写目录是校理文献必不可少的工作，目录是文献整理的一项重要成果。一个完整的目录，既要有书名篇名，还包括概述作品旨意及相关情况的提要。

　　刘向所编写的目录，原来是附于各书之中的，后将其从各书中抽出汇为一编，别行于世，称为《别录》。刘歆在《别录》的基础上，编成《七略》，将群书分为六略（六大类）。六略之下又分38种（38小类），种下再分603家，家下列书13 219卷。六略之前为《辑略》，即全书之总序，用以说明六略的内容和学术源流，阐述其相互关系及书的用途等。《七略》便是中国历史上第一部群书分类目录，标志着我国群书目录的形成。《别录》《七略》已经亡佚，其内容之大概保留在班固依据它们编成的《汉书·艺文志》中。清人姚振宗在《七略别录佚文·叙》中说："《艺文志》志序一篇，六略总叙六篇，每篇篇叙三十三篇，综凡四十篇，除去班氏接记后事之语，皆《辑略》之节文也。"书有总序，部有大序，类有小序，各书之下有提要，这是汉代刘向、刘歆父子在这次大规模的文献整理工程中所开创的作为一部完整的群书分类目录的编写体例，也是我国古籍目录书的基本构成要素。我国的文献整理和书目编写工作正是沿着这一基本方向不断前进，至清代《四库全书总目提要》的出现，达到了顶峰，目录编写的体例堪称完备。《四库全书总目提要》成为我国书目的总汇和典范。

## 二、传统目录的分类

　　在历代文献整理过程中，大量不同种类的目录著作产生了。古代目录学按编撰体例、编撰者身份、目录所标注的书籍内容性质等不同的标准，对众多的目录著作进行了分类。

### 1. 按编辑体例分类

　　这种分类法较之以下将要叙述的两种角度，更能进入到目录本身的深层结构，它体现着目录构成的基本要素。

　　目录的编写体例，从《别录》《七略》以后，不断走向完善。余嘉锡在《目录学发微》中曾总结我国古籍文献目录编写的三种体例："一曰部类之后有小序，书名之下有解题者"，"二曰有小序而无解题者"，"三曰小序，解题并无，只著书名者"①。

余嘉锡所说的这三大类目录，可分别称之为：

（1）解题目录。即部类之后有小序，书名之下有解题，有的全书还有总叙的目录。如汉代刘向、刘歆的《别录》和《七略》，宋代晁公武《郡斋读书志》、陈振孙《直斋书录解题》、清代的《四库全书总目提要》等。这类目录，除次第书名外，还通过序和解题概述各书要旨，品评是非得失，考校比勘，纠谬正误，辨别版本优劣，判断传本真伪，搜求佚书大略，而且"辨章学术，考镜源流"，对于文化的积累承传，指导读书治学，具有极高的价值。这种体例的目录实际上是古代目录最早的形式，也是最主要的形式。由向、歆父子开其端，晁、陈二人承其绪，纪昀集其大成，它成为我国目录学的主流，全面反映了中国古籍目录系统、完备、精深的编写体例。

（2）有序而没有解题的目录。如《汉书·艺文志》《隋书·经籍志》等。

（3）简明目录。仅有书名而无序无题解的目录。如南宋郑樵《通志·艺文略》《新唐书·艺文志》《宋史·艺文志》《明史·艺文志》和张之洞《书目答问》等。

### 2. 按目录所标注的书籍内容性质分类

可将古籍目录分为综合目录、专科目录、特种目录和专书目录。

（1）综合目录。这类目录涵盖群籍，经、史、子、集各类书籍均囊括其中，是藏书目录，特别是国家公藏目录的主要形式。官修目录如《四库全书总目》，史志目录如《汉书·艺文志》《隋书·经籍志》，私修目录如晁公武的《郡斋读书志》、陈振孙的《直斋书录解题》都是具有代表性的综合目录。

（2）专科目录。学科发展到一定阶段，就会需要并产生专门辑录

---

① 余嘉锡：《余嘉锡说文献学：目录学发微》，上海：上海古籍出版社，2001年版，第6页。

某一学科图书的目录。如专门辑录史书的裴松之的《史目》，专门辑录地理书的顾祖禹的《古今方舆书目》，专门辑录经书的朱彝尊的《经义考》，专门辑录文字、音韵、训诂的谢启昆的《小学考》，专门辑录金石文献的赵明诚的《金石录》等。

（3）特种目录。为了某种特殊研究的需要所编撰的既非总括群书，又非专辑一科之书的性质特殊的图书目录。如陈乃乾的《禁书总目》，是汇集清代禁书的目录；丁丙的《善本书室藏书志》，是汇集善本书的目录。

（4）专书目录。主要指引用目录，如金德建《司马迁所见书考》，著录司马迁著《史记》时的参考书目。

### 3. 按照编撰者的身份分类

可将古代目录分为官修目录、史志目录和私修目录。这是我国古代目录的三大体系，它们既有区别，又相互补充。古代学者正是通过这三条渠道，在文献的整理、保存中贡献自己的力量，促使我国文化事业和目录学的发展。

（1）官修目录。即由官方主持对国家藏书进行整理后编撰而成的国家图书目录。官修目录所收录的图书大都是官廷藏书，一般都经过编撰者的核校，目录与库存相符，比较可靠。

我国第一部官修目录，是西汉成帝和哀帝时期刘向、刘歆父子整理国家藏书之后编成的《七略》。《七略》采用的图书分类法是六分法。西晋荀勖依据三国时魏郑默《中经簿》编撰的《中经新簿》，按甲、乙、丙、丁将群书分为经、子、史、集四大部类，虽在次序上稍异于后世四部之排列，但它毕竟奠定了我国四部分类的基础，成为第一部四分法的图书目录。至东晋李充所编的《晋元帝四部书目》，改史部为乙，子部为丙，确定了经、史、子、集四部的次序，四部分类遂成永制。纪昀编撰的《四库全书总目提要》，体制完备，规模宏伟，可谓古代文献目录的集大成者，也是我国官修目录的代表。

（2）史志目录。即史书中《艺文志》《经籍志》一类的图书目录。史志目录依据官修目录修成，主要指正史目录，也就是纪传体史书中的《艺文志》《经籍志》。最早是班固删补刘歆《七略》而成的《汉书·艺文志》。直到清代为止，钦定二十四史中，设史志目录的还有《隋书·经籍志》《旧唐书·经籍志》《新唐书·艺文志》《宋书·艺文志》《明史·艺文志》。六部中除《汉书·艺文志》外，以《隋书·经籍志》最受后人重视。其改李充《晋元帝四部书目》之甲、乙、丙、丁部名为经、史、子、集，标志经、史、子、集标目的正式确立。

史志目录中另有国史目录。本朝所修的本朝历史称国史。国史中的艺文志或经籍志，就是国史目录。写本朝史志目录始于宋代。北宋相继写有宋太祖至真宗的《三朝国史艺文志》、仁宗至英宗的《两朝国史艺文志》、神宗至钦宗的《中兴国史艺文志》。南宋则有高宗至宁宗的《中兴国史艺文志》。史志目录又有一类专史目录，是一种通史性质的史志目录，跨越朝代，全面著录古今存佚之书或存于近世而可考之书，与上述单著一代藏书或一朝著述的正史、国史目录不同。郑樵《通志·艺文略》是会通历代书目，又采录今书编制而成。马端临的《文献通考·经籍考》是以辑录存于近世而可考之书和一些重要目录书的序跋、解题、评论等原文，间加按语的方式编成的。该书四部五十五类，其总叙和部、类之小序，书之解题，均采用辑录体，使各家之说相互印证发明。此外，还有一种地方史中的史志目录，即方志目录。

（3）私修目录。由私人编撰著录私人藏书（可以是自家藏书，也可以兼访他人藏书）的图书目录称私修目录。晁公武的《郡斋读书志》是我国流传下来的第一部有解题的私人藏书目录。它采取四部分类法，并继承刘向以来我国目录学的优良传统，在目录中撰写序文和提要。书前有晁公武自序、全书总序，四部之前有大序，45 小类中 25 类有小序。《直斋书录解题》与晁公武《郡斋读书志》齐名，是第一部标明有"解题"的私修书目。尤袤《遂初堂书目》，是开著录版本先例的私修目录。

以上三大体系构成了我国古代目录的全体，是历代文献整理的重要成果，系统全面地反映了中国古代文化的历史风貌，是学习和研究中华古代文明的津梁。

## 三、目录学及其意义

### 1. 目录学的意义及承担的任务

近代文献学家姚名达在《目录学》一书中认为："目录学者，将群书部次甲乙，条别异同，推阐大意，疏通伦类，将以辨章学术，考镜源流，欲人即类求书，因书究学之专门学术也。"这个定义反映了我国传统文献学对目录学的基本认识。目录学是文献学的重要组成部分，后来发展为文献学的一个重要分支学科。编制目录本是文献整理的一项重要工作，而目录的产生又是文献整理的最终成果。可以说，它与文献整理的全部工作相始终，并且与广搜异本、校勘文字、考订真伪、判断存佚等文献整理的其他工作不可分离。因而有的学者不同意于文献学之外别立目录之学。章学诚在《章氏遗书·外篇》中就指责有人认为"古人别有目录之学，真属诧闻！"而主张将目录学包含在校雠学之中。姚名达在《中国目录学史》中评论道："学诚之意，直不承认有所谓目录学，而欲以校雠学包举之，实则学诚之所谓校雠学，正吾人亟应提倡之真正目录学，而其所鄙薄之目录学，却又相当于狭义之校雠学—校勘学也。"无论是章学诚的以校雠包举目录，还是姚名达的目录学即狭义的校雠学，看似不同的说法，实际上都反映了目录学几乎要包举整个文献学或成为文献学代名词的重要地位。因此文献学界曾经出现过"校雠目录学"的称谓。姚名达的定义，指出了传统目录学的主要工作内容是"将群书部次甲乙，条别类同"，也就是对图书文献进行整理归类。所以图书分类是文献学、目录学的一项最基本的工作。其次，还要对图书文献的内部特征加以研究说明。所谓"推阐大义，疏通伦类，将以辨章学术，考镜源流"，就是在对图书文献进行分类的基础上，理清各类图书间的关系和每类图书产生发展的源流，以便疏通每一学科学术发展的脉络和前后承传关系，实际上用目录勾勒学术发展的历史概貌。再次，说明了目录学肩负的任务，是使读者"即类求书，因书究学"。

### 2. 目录的功用

图书目录全面系统地反映了人类文献存在的概貌，展现了人类精神文化的伟大成就，记录着人类文明发展的足迹，在人类文化积累与承传中起着重要的作用。中国传统文献学家从文献学和学术的角度，将目录学的意义和功用归纳为三类。

（1）读书治学的门径。目录对于学人来说至关重要，不仅可以"览录而知旨，观目而悉词"，了解书的内容大概，而且可以"即类求书，因书究学"，是指示治学门径的向导。正如清代学者王鸣盛在《十七史商榷》中所说："目录之学，学中第一要事，必从此问途，方能得其门而入。"清代目录学家江藩说："目录之学，读书入门之学也。"这是古代著名学者从自己的治学经验中深深体会到目录学在学人的学习和研究中的重要作用。因此，成功的学术界前辈指导后学时便特别强调，让他们注意充分利用目录，少走弯路。张之洞的《书目答问》是一部指导初学的推荐性书目，所以他在整个编辑过程中，始终贯穿这种为后学指示门径的编辑意图。他在《书目答问·略例》中指出："读书不知要领，劳而无功。知某书宜读而不得精校精注本，事倍功半。今为分别条流，慎择约取，视其性之所近，各就其部求之。又于其中详分子目，以便类求。一类之中，复以义例相近者使相比附，再叙时代，令其门径秩然，缓急易见。"①

---

① 转引自熊笃，《中国古典文献学》，重庆：重庆出版社，2000年版，第95页。

　　（2）考辨学术源流。清代学者章学诚在《校雠通义·序》中说："校雠之义，盖自刘向父子部次条别，将以辨章学术，考镜源流，非深明于道术精微，群言得失之故者，不足与此。"这就是说，目录工作并非简单的编排书目，而是通过对群书的校勘探究，理清学术上的承传关系，起到"辨章学术，考镜源流"的作用。这是对目录工作的一种很高的要求，目录工作者必须具有很高的学养，要能"深明于道术精微，群言得失之故者"，方能达到这种境界。近人余嘉锡在《目录学发微·一》中论述古典目录的三种类型时也指出，凡高质量的目录"在穷源至委，竟其流别，以辨章学术，考镜源流"，而且"在类例分明，使百家九流，各有条理，并究其本末，以见学术之源流沿袭。"可见，这是我国目录学家一种非常自觉的学术追求，成为目录学史的优良传统。

　　（3）后世文献整理的依据。古代目录，通过所登录的古籍书目和叙录解题，为后世保存了丰富的文献资料。许多亡佚的典籍和其他文献未载的史料，后人都可以根据古代书目的记载，考辨其真伪存没，以及篇目的分合阙疑等，还可以此为线索进行古书的辑佚，因而目录与辨伪、辑佚、版本、校勘等古籍文献的整理工作有着密切的关系。余嘉锡在《目录学发微·目录学之意义及其功用》中指出了古代目录对后世文献整理工作的具体作用：

　　一曰，以目录著录之有无，断书之真伪。

　　二曰，用目录书考古书篇目之分合。

　　三曰，以目录书著录之部次，定古书之性质。

　　四曰，因目录访求阙佚。

　　五曰，以目录考亡佚之书。

　　六曰，以目录书所载姓名卷数，考古书之真伪。

# 第三节　目录学的现代转型

自近代社会以后，西风东渐，西学图书被大量译介，图书数量和种类大增，报纸、期刊不断涌现。加之西方先进科学门类的划分和新的图书情报管理理念的引进，促使我国图书情报事业和包括目录学在内的文献学向现代转型。目录学从传统走向现代的主要标志，一是传统四部分类法被取代，二是产生了诸如索引、文摘等新的目录类型，三是古代官修、史志、私修目录并行不悖且相互补充的目录编辑体系被打破。

## 一、现代图书分类法的确立

中国传统的图书分类，是以经、史、子、集四部分类法为主流的。孔子对他以前的图书文献进行有意识地整理，编成《诗》《书》《易》《礼》《乐》《春秋》"六艺"，成为中国文献目录学的先驱。西汉刘向对官廷藏书进行大规模地整理编目，撰成《别录》。他死后，其子刘歆承父业编就《七略》，除全书总序《辑略》外，将图书分为《六艺略》《诸子略》《诗赋略》《兵书略》《术数略》《方技略》六大类，成为我国第一部综合性群书目录，该目录采用的图书分类法是"六分法"。从三国时期魏郑默开始，到魏晋南北朝时期的荀勖、李充，他们对越来越多的图书文献进一步整合，创立了四部分类法。荀勖据郑默的《中经簿》作《中经新薄》，用甲、乙、丙、丁部类经、子、史、集。李充在《晋元帝四部书目》中根据图书文献发展实际，调整了乙、丙所部图书文献的顺序，用乙代"史部"、丙代"子部"，奠定了此后四部分类的次序。至《隋书·经籍志》以经、史、子、集取代甲、乙、丙、丁来命名四部，正式确立了四部分类的方法与四部的名称，成为此后我国对古籍文献进行分类的主要方法。在四部分类法之外，虽仍有一些书目采用了不同的分类方法，如南朝宋王俭的《七志》采用的是"九分法"，梁朝阮孝绪的《七录》采用"七分法"，南宋郑樵的《通志·艺文略》采用"十二分法"等，但它们始终没有动摇四部分类法的主导地位。

中国古代目录分类，曾经在历史上发挥过辨章学术、考镜源流、指导读书治学和文献整理的作用，促进了我国学术文化的发展。但中国社会进入近代以后，旧的图书分类已不能适应新形势的要求。我国目录学者在西方新文化新思潮影响下，参照西学目录对中国传统分类法进行改造，逐步建立起适合中国国情，又与世界接轨的新的图书分类检索体系。

梁启超于1896年在《时务报》上发表《西学书目表》，打破了传统的四部分类法，将图书分为西学、西政、杂类三大类，二十八小类，明显地把他的维新主张贯彻到图书分类之中。其意义在于破旧立新，促使人们放弃古代四部分类法，为新图书分类法的建立开辟道路。1910年，孙毓修在《教育杂志》上引进美国杜威的《十进分类法》，以近代科学分类为基础，以阿拉伯数字作类目标记，能够更充分地反映近代科学发展水平和学科划分的概貌，以及图书出版的实际情况，引起国内图书馆界的重视，一时仿效改造者甚众。影响较大的有发表于1928年的王云五《中外图书统一分类法》。以阿拉伯数字标记，以学科分类为主附以体裁分类，将图书分为十大类，再分小类、细目，使新旧图书都能纳入其中，得到较充分的反映。20世纪30年代又出现了几部目录，其中平心的《（生活）全国总书目》完全抛弃了古代图书分类法，以近代科学新知为分类基础，成为中国近代学科分类目录确立的重要标志。

中华人民共和国成立以后，学者们开始创建适合中国国情的图书分类体系，先后出版过一些新的图书分类目录。1980 年出版了由北京图书馆发起，由 36 个单位参加编写的《中国图书馆分类法》（简称《中图法》），它采用"五分法"将图书分为马克思主义、列宁主义、毛泽东思想以及哲学，社会科学，自然科学，综合性图书五部分；部下分为 22 大类，分别用汉语拼音字母表示；大类下又各自分出若干小类；小类下又分出若干子目，分别以阿拉伯数字表示。形成了一个等级分明、次第井然的图书分类体系。目前，我国图书馆大都采用《中图法》为馆藏图书分类，作为编制检索工具的依据。

## 二、现代图书文献检索的主要形式

进入近代社会后，随着图书馆的建立，我国图书文献机构的职能，由传统藏书楼的以收藏为主，向着以对读者开放借阅提供信息服务为主转型。书目的作用也不再是简单的藏书登记簿录，而是向着方便读者查询借阅的方向转化。于是，在为读者服务的宗旨下，图书情报界逐渐形成了新的文献目录检索系统，以帮助读者利用检索工具把需要的文献线索和资料查检出来。我们通常所说的文献检索工具和近年来兴起的计算机检索工具属于两种不同的类型，主要是指书刊，其主要形式是书目、索引和文摘。

### 1. 书目

书目作为揭示和报道文献的工具，从文献类型上划分，它属于二次文献，是掌握一次文献的工具。对于读者来说，它是一种检索的工具。书目是编纂者出于一定的目的，针对特定读者的某种需要，运用各种手段，将分散的原始文献所含的知识、信息进行筛选和压缩，揭示其内容，著录其外形特征，进行科学地编排组织，使之转化为有序的可以用来检索原始文献的工具。它以一个单位出版物为著录的对象，其编排方式，可按图书分类体系编成分类书目；按图书名称字顺编成书名书目；按著者姓名字顺编成著者书目；按文献内容所属主题词字顺编成主题书目；按文献记载内容的时间顺序编成时序书目；按文献内容所属的地域顺序编成地序书目等。文献的品种、数量、内容、形式不同，读者利用图书文献的不同目的和要求，决定了书目的类型。各种类型的书目都是以特定的编制方法来实现其揭示和报导文献信息的功能。各图书馆根据读者不同的需要和文献的实际情况，将馆藏文献编成各类书目以供检索。或者成书，或制成卡片，一书一卡著录书名、著者、出版、稽核（开本、卷数、页数、价格、册数等）、提要及分类号码，装在卡片夹中备查。常用书目一般都按第一字的形序或音序排列，查法与字典词典的检字法相同。

2. 索引

索引又称通检、检目。还有一个称谓是从英文 index 音译而来的"引得"，比较通用。索引的作用，从本质上看也和书目一样，也是一种记录和传递文献信息、揭示和检索文献的工具。不同的是，它不以文献整体，而以文献中的个别事项和内容为记录检索单元，把一种或多种书刊中的项目或内容摘记下来，注明出处和页码，按一定次序组织编排后供人查阅。因此，它比目录能更准确、具体、详尽、全面地提供文献线索。索引可以从不同的角度进行多种分类，从反映被检索对象的事项和内容来分，它可分为篇目索引和内容索引。

篇目索引是主要记录报刊、文集、论丛、会议论文集等所含的论文题目，按一定顺序编排起来，以便读者查找论文出处的工具。由于该类索引编辑加工简单，所以其报导速度较其他类型检索工具要快。

内容索引是以文献内容中所含的字、词、句、人名、地名、主题等具体内容为记录和检索单元的，故又可分为语词索引、主题索引、关键词索引、人名索引、地名索引等。内容索引的被检索对象有的是一部文献，如《世说新语引得》；有的是有一定联系的多部文献，如《十三经索引》。

　　索引的印行，主要有书和期刊两种方式。印成专书的索引有很多，如中国科学院历史研究所第一、二所与北大历史系合编，由科学出版社 1957 年出版的《中国史学论文索引》，选录 1900 年至 1937 年 7 月间 1 300 余种报刊中的有关史学的 30 000 余篇论文。书本之外，还有定期连续出版的期刊式索引，以单篇文章为著录单位，标注论文的篇名、作者、所载期刊报纸名称、出版年月日、卷期、页码等。如上海图书馆编辑出版的综合性目录索引《全国报刊索引》，中国人民大学书报资料中心按专题分册编辑出版的《复印报刊资料索引》等。期刊式索引能及时连续地报导学术界最新动态和学术研究的发展轨迹，与当代学术保持了密切联系，弥补了书本式索引在文献报导时间上滞后的局限性。

　　索引款目是构成索引的基本单元，一般由标目、说明项、参照项三部分构成。索引标目的内容和形式，决定一部索引的性质、特点和作用。索引标目的来源，一是文献的外部特征，如篇目索引和作者索引一般来自文献的外部特征；一是文献的内部特征，如语词索引、主题索引的标目一般来自文献的内容。索引标目的选择，要做到统一、完备、准确。索引的说明项又叫修饰语，它用以说明索引款目标目的义域，使被标引的主题更加准确，提高索引的专指度，以便使用者更准确地认定索引款目的含义，避免混乱不清，可以使参照项的指向更为准确，提高检索命中率。索引款目的参照项，指示标目所含文献信息在原文献中的位置。篇目索引的参照项是指论文在原文集、期刊、报纸中的卷册、刊期，内容索引的参照项是词语或主题所在的原文献正文中的页码、行数。

　　索引的编排体系与书目略同，主要依据索引款目标目的字顺和内容编排。字顺排列的方法又可分为形序排列法（包括笔画、部首、笔形、笔形编码、数字等排列法）和音序排列法（汉语拼音字母顺序、外文字母顺序、韵序等排列法）。内容编排法主要有分类法、主题法、时序法、地序法等。

### 3. 文摘

文摘是一种摘编文献内容要点（包括文献的主要论点、原理结构等）、同时起到报导文献信息、检索文献线索的工具，也是书目工作的组成部分。与目录和索引相比，文摘的特点是：含有更大的信息量，能如实反映文献内容中的事实、概念、数据、原因、过程、时间等；不加任何评论；兼有报导和检索两种功能。

文摘也可以从不同角度，用不同标准分成不同的类型。从编撰目的和职能看，可分为普及性文摘和情报性文摘。普及性文摘是摘述报刊文章或书籍片段，向广大读者普及科学文化知识而编辑出版的报刊，如《新华文摘》《青年文摘》《文摘报》等。其摘录的形式多为文章的摘要、片段，有的全文摘录。其讲究知识性、趣味性和可读性。情报性文摘，是真正意义上的图书情报工作中用以传递情报和检索文献线索的文摘。它是摘录具有重要学术价值的专著和论文的要点、片段，经过组织排列，向科学研究者提供情报信息和检索途径的检索工具。情报性文摘又以对原文献的压缩程度划分为报导性文摘和指示性文摘。前者是比较全面报导原文献中有情报价值的事项，包括讨论的范围和目的、研究的方法和手段、取得的成果和结论、有关的数据和图表，以及参考的书目和插图数量等含有较大信息量的文摘形式。后者又称简介，是对原文献进行更大的浓缩，只定性地指出文献所研究的对象、目的、角度、方法、结论，并不深入报导其具体内容的文摘形式。根据出版形式，又可分为书本式文摘和期刊式文摘。目前图书情报界最常用的形式是连续出版物形式出版的期刊式文摘。

文摘作为一种文献检索工具，结构形式略同于书目，主要由文摘款目和编排系统构成。文摘款目，是文摘的最基本单元，可分为基本著录事项和文献摘要两部分。基本著录事项包括：文献标题、文献作者、出版项（包括论文出处）、文种等。所揭示的是文献的外部特征，它只能通过文献的题目、作者和出版单位等从侧面反映文献的学术价值，在一定程度上向读者提供认识文献的标识，尚未深入文献的具体内容。基本著录事项要求做到准确、统一、完整。文献摘要，是构成文献款目的主体，是不做任何评述地如实报导文献的主题内容，向读者传递真实可靠的文献情报信息的短文。短文内容与书目提要不同，其要点是：研究主题、课题内容、研究结果、结论以及附录。

　　文摘的编排体系，是连接文摘款目使之成为一个可供阅读、检索的有机整体的系统。其编排的方法与书目、索引相同。

## 三、古代官修、史志、私修三位一体的目录编撰体系的终结

　　进入近代社会以后，由于西方先进印刷设备的不断引进与改良，新闻出版事业飞速发展，使得书、报、刊等印刷品的数量与日俱增，已非古代落后的印刷条件和缓慢的出书速度可比，因为图书报刊的数量处于随时变动的状态，全国性书目总汇的编写工作已非易事。因而自《四库全书总目提要》之后，中国官修书目的成规被打破，而改由各级、各类图书馆登录它们的藏书和新增图书文献，以及出版部门新书预告式的随机报道。当然也有一些有条件的图书馆、科研单位和高校的文献情报中心，试图肩负起登录报道全国图书报刊出版刊行信息的重任，如上海图书馆编辑出版的《全国报刊索引》（月刊）、中国人民大学书报资料社按专题分册编辑出版《复印报刊索引》（季刊）等，都是以期刊形式登录近期出版刊行的文献书目。这种方式取代定期统一组织的全国性官修形式，正是为了适应新的图书文献生产情势而做出的必要变通。

　　自《汉书·艺文志》后的史志目录，都是随史书而行的历史的组成部分。自民国时期撰成《清史稿》之后，由于近代新史学的诞生，传统的修史方式终结。此后的历史采取了另一种写法，史志目录形式亦随之而亡，以目录撰写身份划分的官修、史志、私修目录体系解体，

现代图书目录又形成了图书馆、专业和高校的科研单位、各学科专家个人分别或联合编撰目录的新体系。

# 第四节　媒介考古学作为方法：
# 相关电影研究述评

　　随着弗里德里希·基特勒（Friedrich Kittler）的《留声机　电影打字机》、西格弗里德·齐林斯基（Siegfried Zielinski）的《媒体考古学：探索视听技术的深层时间》、埃尔基·胡塔莫（Erkki Huhtamo）和尤西·帕里卡（Jussi Parikka）主编的论文集《媒介考古学：方法、路径与意涵》等著作的出版，以及 2019 年在北京大学举办的、由埃尔塞瑟和齐林斯基参加的"媒介考古：艺术、媒介与感知"会议，"媒介考古学"已成为近年来人文学科中的学术热点之一。

　　媒介考古学旨在"对那些被视为旧的过时的媒体进行考古发掘，梳理媒介更迭过程中的承继脉络，以此来重新理解处于媒介转型时期电影与其他媒介间的关系"①。其目的是"恢复媒介的物质性、寻访媒介的异质性、捕捉媒介的复现性"，其问题意识是"克服非物质性偏向、质疑连续性叙事、挑战总体性构想"②。这样的学术旨趣与福柯的知识考古学有着密切的联系。在《知识考古学》的导论中，福柯指出："有关思想、知识、哲学和文学的历史研究似乎正在增加断裂并探寻非

---

① 黄望莉，刘效廷：《媒介考古视野下的新电影史学研究》[J].《北京电影学院学报》，2019 年第 05 期，第 66 页。
② 施畅：《视旧如新：媒介考古学的兴起及其问题意识》[J].《新闻与传播研究》，2019 年第 07 期，第 39-48 页。

连续性的所有突起，而就狭义的历史研究，姑且就称作历史研究，似乎为了稳定的结构而抹去了事件的侵入。"① 在这里，"事件"指的是"作为诸基础（foundations）的建立与更新而起作用的转换"②。由此，齐林斯基认为："而在关于媒体的历史著述中，机会则多半由于那些通常具有方法学结果的意识形态上的原因而被错过了。"③ 在埃尔塞瑟看来："我们发现的任何连续性，或是我们想要强调的联系都不是遵循因果、逻辑，或是时序性的；它们只会通过我称为'回溯期望'的方式显现：这意味着作为媒介考源学家，我们与过往有一种'回溯—前瞻'（analeptic–proleptic）式的关系。这即是说，我们回溯地发掘过去，从当下特殊或紧迫的问题的角度来思考，以变得有前瞻性和先见之明。"④ 这一论断表明，媒介考古学虽是对过去媒介的考察，但永远与当下和未来相关。

当下以媒介考古学作为方法的相关电影研究大致有两条路径：新媒介研究和新电影史研究。这些研究呈现出诸多问题：媒介考古学如何作为方法运用于电影研究之中？它是否有系统的方法论可以借鉴？简而言之，媒介考古学对电影研究究竟有何意义？从现有研究出发，总结归纳其研究旨趣、内容及方法，能够为回答这一核心命题打下基础。

---

① ［法］米歇尔·福柯著，董树宝译：《知识考古学》［M］.北京：生活·读书·新知三联书店，2021年版，第6页。
② ［法］米歇尔·福柯著，董树宝译：《知识考古学》［M］.北京：生活·读书·新知三联书店，2021年版，第5页。
③ ［德］西格弗里德·齐林斯基著，荣震华译：《媒体考古学》［M］.北京：商务印书馆，2006年版，第3页。
④ ［德］托马斯·埃尔塞瑟，李洋，黄兆杰译：《媒介考源学视野下的电影——托马斯·埃尔塞瑟访谈》［J］.《电影艺术》，2018年第03期，第114页。

## 一、媒介考古学与新媒介研究

　　唐宏峰的《数字时代的迷影废墟——中国早期网络影评的媒介考古》关注自 20 世纪 90 年代末到 2010 年前后的中国早期网络影评生态。作者在梳理了中国早期网络影评发展脉络之后，"第一次真正意识到数字媒介的数字性，即一种虚拟性"，即"一旦数据无法读取，硬盘、光纤、电路等数码物就不再作为媒介，而是作为单纯的物体存在，是一片数字媒介废墟"[①]。作者沉溺于怀念过去时代的影评，却并未直面网络影评转型中的问题。新电影史学要求"研究者不仅要关注电影文本本身，还需要对电影背后的政治社会文化经济等内在形成机制进行深入挖掘"[②]。网络影评之转型无疑与 2010 年以来中国信息媒介（如微信、微博、抖音、快手等）的蓬勃发展、经济转型、技术升级紧密相关。早期网络影评的精英趣味和迷影文化为何在今天愈来愈"小众"，是因为当年能够使用互联网的本就是知识分子群体，还是受消费文化、大众文化所侵蚀？影评人们在转型时期做出了哪些选择，其原因又是什么？早期网络影评与当下之间有着哪些千丝万缕的联系，出于什么样的原因对它进行继承或是抛弃？这些问题应该比哀叹和惋惜更为重要。

　　姜宇辉在《元宇宙作为未来之"体验"——一个基于媒介考古学的批判性视角》一文中通过媒介考古学的视角对新生事物——"元宇宙"进行了研究。媒介考古学能够"对当下围绕元宇宙展开的诸多话语进行了批判性剖析"，它能够"破除连续性的迷执"，"破除了游戏化这个迷执"，同时，"还可以颇为有效地化解悲观和乐观这两种立场

---

① 唐宏峰：《数字时代的迷影废墟——中国早期网络影评的媒介考古》[J].《电影艺术》，2021 年第 06 期，第 69 页。
② 黄望莉，刘效廷：《媒介考古视野下的新电影史学研究》[J].《北京电影学院学报》，2019 年第 05 期，第 66-67 页。

之间的对峙冲突"①。在这一视角下，一个重要的结论浮出地表："不是我们在发明元宇宙，而是正相反，是元宇宙在重新发明、发现我们自己。"② 媒介考古学将视野从未来带回到当下以及过去，《雪崩》的游戏文本是最好的例证。在元宇宙这一概念被讨论得如火如荼的今日，作者的批判视角无疑能够更为冷静地思考它带来的多重面向。

齐伟、徐艳萍的《互动电影研究：以交互界面的媒介考古为中心》对互动电影的"互动性"进行了研究。文章对互动电影的发展进行了梳理，并重点分析了互动电影中"互动"与"叙事"的融合。在作者看来，"整个互动电影的进化史似乎在某种程度上可以视为不同媒介的创制者围绕'传统叙事如何融入互动'的探索史"③。确乎如此，文章呈现出互动电影的发展历程，然而，这是否又成了关于互动电影的"连续性叙事"，抑或是一种"媒介谱系学"？实际上，作者也关注到"'自动电影'作为互动电影的初始形态在 1967 年诞生后并未得到主流观众的青睐"④，却未对这一现状进行深入挖掘，这一断裂时刻又在关于互动电影的连续性叙事中被忽视和遮蔽。这应是媒介考古学研究需要避免的思路，即在对某一媒介进行考古时，又将其叙述成为一段连续性历史。

朱炯、刘杨的《断裂与重逢——湿版影像的媒介考古与当代创作研究》对 19 世纪中下叶的"湿版火棉胶"进行媒介考古，归纳总结其出现的时间和特点，并指出其在资本主义大众影像文化建构中扮演

① 姜宇辉：《元宇宙作为未来之"体验"——一个基于媒介考古学的批判性视角》[J].《当代电影》，2021 年第 12 期，第 24-25 页。
② 姜宇辉：《元宇宙作为未来之"体验"——一个基于媒介考古学的批判性视角》[J].《当代电影》，2021 年第 12 期，第 22 页。
③ 齐伟，徐艳萍：《互动电影研究：以交互界面的媒介考古为中心》[J].《上海文化》，2021 年第 10 期，第 99 页。
④ 齐伟，徐艳萍：《互动电影研究：以交互界面的媒介考古为中心》[J].《上海文化》，2021 年第 10 期，第 92 页。

的角色。值得一提的是，作者不仅关注了湿版影像在建构国家历史视
觉叙事中发挥的作用，而且看到了它在殖民影像中的位置。这一思路
较为契合新电影史的研究目的，旧媒介和社会、政治及文化之间的关
系在此得以呈现。不过，为何需要在今日对"湿版影像"进行媒介考
古？作者将其放置于 20 世纪末以来数字技术下影像程序的断裂与失控
的背景中，"影像物质载体的消解与数字技术对人们制像欲望的轻易
满足使得其获得了令人惊讶的繁殖能力，也造成了不可避免的影像泛
滥"①，这或许已成为时代症候。而"湿版影像"成了反思与应对的一
条"厚古薄今"的路径，创作者们"在数字时代的主流影像中寻找差
异性，拓展影像语言"，或者"创造性地将摄影早期工艺和数字手段
结合进行当代创作"②。也因此，文章的第三部分重点研究了湿版影像
的当代创作。这篇文章对媒介考古学研究有一定方法论的启示。首先，
作者对进行媒介考古对象的起源和特点进行了介绍，并用较大笔墨分
析其与社会之间的联系。其次，明确了在今天对其进行媒介考古的价
值和意义。最后，也以当下的相关创作再次论证它的价值。不过，颇
为遗憾的是，文章并未清晰地回答"湿版影像"为何渐渐被抛弃这一
问题。

　　车致新的《论电影与游戏的再媒介化——"第一人称镜头"的媒
介考古》考察了第一人称镜头在早期电影、数字电影和电子游戏中的
发展脉络，并以此重新思考"媒介考古"。首先，作者旗帜鲜明地指
出"媒介融合"这一概念的问题所在："无视不同'媒介'之间无法
通约的差异性。"③ 故此，作者引入"再媒介化"（Re-mediation）这一

---

① 朱炯，刘杨：《断裂与重逢——湿版影像的媒介考古与当代创作研究》[J]．《北京
　电影学院学报》，2020 年第 10 期，第 114 页。
② 朱炯，刘杨：《断裂与重逢——湿版影像的媒介考古与当代创作研究》[J]．《北京
　电影学院学报》，2020 年第 10 期，第 116 页。
③ 车致新：《论电影与游戏的再媒介化——"第一人称镜头"的媒介考古》[J]．《当
　代电影》，2020 年第 10 期，第 61 页。

概念，"并将其作为一种用以挖掘不同媒介之间的历史性关联的媒介考古学、谱系学路径"①。在此基础之上，作者对视点镜头、主观镜头和第一人称镜头进行了区别，并对第一人称镜头进行媒介考古，从而得出结论，即电子游戏中的第一人称镜头在当代数字电影中得到复归。在这一过程中，"我们不难发现媒介是如何在技术—物质性的意义上不断更迭的，在这种谱系学式的动态过程中没有任何'必然'的发展主义逻辑或历史目的论，只有一次又一次'偶然'的重复、断裂与绵延"②。车致新、钟瀚声与汤雪灏三人的研究均表达了这样的学术旨趣，即媒介考古学对历史连续叙事的反叛，并重视历史中的断裂之处。颇为遗憾的是，作者对历史断裂之处原因的探讨不够深入，而正是对无数个"为什么"的探寻才能看到断裂之处的丰富面向，历史的真实与鲜活才得以呈现。

通过对以上文献的分析，可以看到这些研究的基本思路：首先，确定一个或数个考察的对象，并对其基本特点、运作机制和兴衰过程进行简述。其次，站在今天的视角回望这些媒介，分析它们对当下的价值和意义。最后，总结媒介考古学揭示了媒介的复现性，达到齐林斯基所说的"并不是在新事物里寻找已存在过的旧东西，而是在旧事物里发现令人惊喜的新东西"③，并指出其对今日以及未来的启示意义。然而在这之中，因研究者的问题意识不够强烈，诸多重要问题并未得到清晰回答：媒介兴衰及其与社会背景之间的原因、媒介转型期间创作者们的不同状态及其影响、旧媒介为何要复归，它们的复归又意味着什么？此外，在具体学术实践中，媒介考古学和媒介谱系学的区别

① 车致新：《论电影与游戏的再媒介化——"第一人称镜头"的媒介考古》[J].《当代电影》，2020年第10期，第61页。

② 车致新：《论电影与游戏的再媒介化——"第一人称镜头"的媒介考古》[J].《当代电影》，2020年第10期，第63页。

③ ［德］西格弗里德·齐林斯基著，荣震华译：《媒体考古学》[M].北京：商务印书馆，2006年版，第4页。

不够清晰。

与其追问"电影是什么"，不如追问，在今日电影与哪些媒介产生联系，这些不同媒介本身和内容之间有哪些异同？在麦克卢汉看来，"媒介的影响之所以非常强烈，恰恰是另一种媒介变成了它的'内容'。一部电影的内容是一本小说、一部剧本或一场歌剧。电影这个形式与它的节目内容没有关系"①。诚然，麦克卢汉在做出这一论断时显然没有足够重视电影与歌剧两种形式语言之间的差异。不过，它仍然看到了媒介融合之间的联系。马丁·斯科塞斯发出"漫威电影不是电影，而是主题公园"的感叹时，让我们不禁思考：当下电影与其他媒介融合成了什么？诚如赵宜所言："《双子杀手》所揭露出的真正问题，是电影的'未来'与'过去'的遭遇，或全新的美学需求与好莱坞电影工业之间的紧张关系。"② 或许"电影是什么"这个百年来被无数次讨论的本体论问题，在更为多元的未来会显得不那么重要，因为媒介的融合指向的是一个开放的电影未来。

## 二、媒介考古学与新电影史研究

唐宏峰《虚拟影像：中国早期电影媒介考古》从幻灯切入，考察中国早期电影与同时期其他媒介之间的关系。作者以 20 世纪 80 年代钟大丰和陈犀禾重提的"影戏观"为比照对象，并认为："中国早期观众将电影纳入影戏传统，并非对电影戏剧性的认同，而更在于对'影'的识别，是将电影放入'影'之表演与展示的文化实践传统中，由此建立电影与皮影戏、幻灯等中国'影'之传统的联系。"③ 作者援引

---

① ［加］麦克卢汉著：《理解媒介：论人的延伸》[M].南京：译林出版社，2011 年版，第 29—30 页。
② 赵宜：《交互崇拜：好莱坞电影工业的技术神话与未来景观》[J].《文艺研究》，2021 年第 01 期，第 126 页。
③ 唐宏峰：《虚拟影像：中国早期电影媒介考古》[J].《电影艺术》，2018 年第 03 期，第 5 页。

了《申报》《游戏报》《新闻报》等相关历史文献材料来论证这一观点。将电影与皮影戏等相联系并不新鲜,《中国电影发展史》便将电影与我国皮影戏相联系,《中国无声电影史》则认为:"比这早二十多年（1896 年）之前,已有关于放映'影戏'的记载。但实际上那时放映的'影戏',是图画、照片和幻灯,或者'诡盘'一类的东西,与后来也称之为'影戏'的电影和影片不是一回事。不过,如果把它们看成是电影放映的先声,倒未尝不可。"① 于是,唐宏峰的研究中的"影戏"究竟是哪一概念还有待进一步厘清。

钟瀚声的《从参与式吸引力到旁观式吸引力:基于中国电影视角的媒介考古——以〈都市风光〉与〈西洋镜〉为例》梳理了 20 世纪电影放映模式的发展。在作者的论述中,19 世纪以"参与式吸引力"为主要的放映模式,20 世纪则以"旁观式吸引力"为主,其标志在于观众是否需要直接操作装置。然而,今日 3D、VR、AR、互动电影等新形式的出现,又在召唤"参与式吸引力"的回归,或者其从未离去。在作者看来:"一百多年来两种吸引力模式的此消彼长不仅意味着汤姆·甘宁关于吸引力电影的理论构想蕴含着超越'早期奇观电影—经典叙事电影'二元对立的巨大潜能,更借助媒介形态的变迁是如何影响早期观众的互动接受这一命题,将'前电影时代'纳入媒介考古学的范畴,拓宽了电影研究的历史与理论维度。"② 这一研究视野冲破了二元对立格局,由此,关于电影放映模式的叙述走出了既有的线性叙事,参与式和旁观式吸引力共生共存。钟瀚声的文章在一定程度上达到了媒介考古学的研究目的,即发现被忽视的媒介与当下,甚至是未来媒介之

---

① 郦苏元,胡菊彬著:《中国无声电影史》[M].北京:中国电影出版社,1996 年版,第 3 页。
② 钟瀚声:《从参与式吸引力到旁观式吸引力:基于中国电影视角的媒介考古——以〈都市风光〉与〈西洋镜〉为例》[J].《北京电影学院学报》,2021 年第 04 期,第 78 页。

间的关系，发现断裂与整体历史之间的紧密联系。在此研究基础之上，或许有更多值得追问的：为何19世纪的参与式吸引力没有被广泛地延续？为何20世纪的主流放映模式是旁观式吸引力？在今日，为何又要召回参与式吸引力？不同时代对于观影的不同需求的原因又是什么？

汤雪灏《立体电影是什么？——一次媒介考古学的考察》以"立体电影"作为考察对象。作者首先梳理了立体影像的发展脉络，并在引用德勒兹对社会与工具之间关系论述之后，指出："一是时代所共享的社会体验，在于整个社会的'知识型'与'情感结构'，而不是某项具体的器具发明与使用；二是因为整个社会环境的发展，才会催生某件具体的器物，或者说使这件器物被大众关注。"[①] 在作者看来，这"似乎可以回答在19世纪晚期当立体电影与'电影'（cinema）似乎都完成了'前电影'时期的技术积累之后，为什么宣告'电影诞生'的是被'阉割'了第三维度视觉体验的卢米埃尔电影机（Cinematograph）或者爱迪生活动视镜（Kinetoscope），而不是更具有'完整电影'意义的立体电影"[②]。这一视角为理解媒介变迁提供了一种社会视角，而回答媒介兴衰的问题正是媒介考古学得以进行的基础。然而这一"似乎"又未能完整且清晰地道出问题的答案。作者在文章中梳理了立体电影的脉络，并认为"电影的发展更像是一种'演化'的过程"，"立体电影的实践，使得早期电影中的触觉感受与惊颤体验被再次发现，立体视觉为体感的经验索引提供了最佳通道，电影也得以朝着完整电影的神话继续演进"[③]。在作者那里，立体电影作为源头，连接起了早期电影的现代性视觉经验、惊颤体验和近年来的"影像体感经

---

① 汤雪灏：《立体电影是什么？——一次媒介考古学的考察》[J].《天府新论》，2021年第04期，第153页。

② 汤雪灏：《立体电影是什么？——一次媒介考古学的考察》[J].《天府新论》，2021年第04期，第153页。

③ 汤雪灏：《立体电影是什么？——一次媒介考古学的考察》[J].《天府新论》，2021年第04期，第156页。

验"，与钟瀚声文章中指出的参与式吸引力在当下的复归相呼应。由此，立体电影并非一种被宣告"死亡"的媒介，它的形成逻辑及给观众带来的体验仍得以保留，并且在不断召回之中。新旧媒介便不再处于历史线性叙事上的前后关系，它们彼此之间互相作用，互相生成。

这些研究都站在新电影史的坐标之上，运用媒介考古学的方法进行分析。郦苏元认为："新史学对新电影史的启迪和影响，主要反映在以下几个方面：一是总体历史观。新史学把历史看成是一个完整的开放系统，是一个由因果链条组成的关系网络，强调通过分层地、多方面地、细密地分析与考察，达到对历史进行整体的、全面的、翔实的综合研究的目的。二是历史阐释学。新史学认为史学家的任务不是讲述历史，而是阐释历史。三是共时性研究，新史学从根本上摈弃了传统历史研究所注重的历时性编纂方式，而强调史学研究中的共时性观念。"①

埃尔塞瑟则更为清楚地阐明了媒介考古学与新电影史之间的联系。在他看来，"'数字'（the digital）在当下的语境中似乎也是一种隐喻：更确切地说，是一个关于断裂本身的话语空间和解读定位的隐喻"，在此基础之上，他将那种"能够进一步带着疑问去重新质询那些我们已经默认的东西，也就是电影的特殊性和活动影像在现代性和大众媒介的历史中所承担的特殊角色"的替代路径称之为"作为媒介考古的电影史（film history as media archaeology）"②。这种电影史有三个面向。

第一个面向是"目的论流变与回溯性因果关系之间的电影史"。在这里，连续性叙述被认为"很少考虑围绕技术以及技术的应用或实施所产生的媒介的不同制度史：电影工业、广播、电影、互联网都有各自独特的制度、法律和经济、历史。谱系图式或许可以把媒介记录

---

① 郦苏元：《新电影史的理论与实践》[J].《当代电影》，2005 年第 01 期，第 23–24 页。
② ［德］托马斯·埃尔塞瑟，陈卓轩，孙红云译：《作为媒介考古的新电影史（上）》[J].《世界电影》，2020 年第 02 期，第 6 页。

在册，但不能解释媒介'内容'的关键相似性"①，埃尔塞瑟举的例子是故事片，它在电影工业和电视节目中都扮演着重要角色。在作者看来，"早期电影史研究教会我们，不再将电影史看作经典电影作品的集合，而是寻找规范的实践、认识论断裂、象征的形式或明显的模式"②。

第二个面向是"家族树还是家族相似性？"作者认为，"图像和声音技术的历史不是在构建家族树，而是'家族关系'——同属一体，但相互之间并不是因果或目的的关系"③。电影、电视、互联网等媒介也处于"家族关系"之中，它质疑连续性叙事之中的因果链条，并明确"作为媒介考古的电影史"旨在"从束缚中解放出所有存在严格二元关系的，例如早期电影和古典电影，奇观和叙事，线性叙事与互动性的线性年代学的重新定位"④。

第三个面向是"什么是电影与什么时候是电影？"尤其在如今这个"媒介融合"的年代，电影究竟如何定位和定义相较于往日更为困难，"就连新电影史将电影及将其历史重新构思为一个整体的努力都显得过于局部了，无论如何，它只留给我们一个不完整的研究"⑤。

如果延续埃尔塞瑟的思路，唐宏峰的虚拟影像研究则应该重点讨论幻灯片、走马灯、电影等诸多同时期媒介的各自历史，发现不同媒介"内容"之间的同质性和异质性。如埃里克·克塔滕贝格在《虚拟媒介的考古学》中认为："虚拟媒介可以被解读成一种讽喻，对想象主

① 托马斯·埃尔塞瑟，陈卓轩，孙红云译：《作为媒介考古的新电影史（上）》[J].《世界电影》，2020 年第 02 期，第 13 页。
② 托马斯·埃尔塞瑟，陈卓轩，孙红云译：《作为媒介考古的新电影史（上）》[J].《世界电影》，2020 年第 02 期，第 16 页。
③ 托马斯·埃尔塞瑟，陈卓轩，孙红云译：《作为媒介考古的新电影史（下）》[J].《世界电影》，2020 年第 03 期，第 4 页。
④ 托马斯·埃尔塞瑟，陈卓轩，孙红云译：《作为媒介考古的新电影史（下）》[J].《世界电影》，2020 年第 03 期，第 8 页。
⑤ 托马斯·埃尔塞瑟，陈卓轩，孙红云译：《作为媒介考古的新电影史（下）》[J].《世界电影》，2020 年第 03 期，第 9 页。

体投射到周围环境、远离虚幻自我的这些无法实现的愿望的讽喻"①。德勒兹关于工具与社会之间关系的论断更为重要，这一研究思路使得为何在诸多虚拟影像中社会选择了电影媒介这一问题的答案浮出历史地表。在这一视野下，早期电影与其他媒介处于何种关系，哪些媒介对电影的发明产生了直接或间接作用，这些对电影发展起到作用的媒介又是否被电影所影响、是如何被电影所影响的。这些问题或许比电影何时诞生更有意思，它让电影诞生的偶然性和必然性得以呈现。媒介之间不是线性时间观上的取代关系，而成了德勒兹意义上的生成："生成是对二元机制的摧毁……生成是一种居间，也是这种'和'的逻辑。它既不是二元性也不是一元性，相反，是永远不断增殖的多元性。"②在这里，"生成是'变化的动力'，是纯粹的差异的力量，正视它推动质料——能量流不断地创造和生产出新的生命和非生命形式；生成无始也无终，没有起源，也没有特定的目标或最终状态，它始终处于中间"③。由此，电影或其他媒介都成了"生成—媒介"，即一种超越二元对立关系的媒介，它们在媒介的"家族关系"中获取不同程度的能量，新旧媒介跳出了历史的线性叙事。

　　黄望莉、胡玉清的《影像档案·断裂性·世界记忆：从早期纪录片〈上海纪事〉说起》一文便是较好的例证。该文以苏联导演雅可夫·布里奥赫拍摄的《上海纪事》作为研究对象，以福柯"知识考古学"作为方法，认为该片与吉加·维尔托夫《在世界六分之一的土地上》和郑君里《民族万岁》"形成一种彼此对历史'断裂'的记叙，也都拥有共同的气质，即关注叙事中'革命''话语'的传递和表

---

① ［美］埃尔基·胡塔莫，［芬］尤西·帕里卡编，唐海江主译：《媒介考古学》［M］. 上海：复旦大学出版社，2018 年版，第 65 页。
② 朱立元，胡新宇：《线与生成：德勒兹文学创作理论的两个主要概念》［J］.《文艺研究》，2012 年第 1 期，第 23 页。
③ 尹晶：《西方文论关键词：生成》［J］.《外国文学》，2013 年第 3 期，第 95 页。

达"①，并且"在多重表达方式中不断折叠又展开，复述与重申了一段特定的历史，使之成为世界共同的记忆，能够跨越国境，联结不同的团体、地域和族群"②。电影媒介在此成为一种历史档案与世界记忆，线性时间、国族与区域的限制在此被打破，社会为何选择电影这一问题也在此得到了回答。电影"生成—媒介"的属性无疑与新电影史的研究旨趣不谋而合，前者让电影不断增殖，后者将电影与一切他者相联系，二者一起让电影走向开阔和多元的未来。

## 三、重读福柯：媒介考古学的方法何在

在沃尔夫冈·恩斯特看来："与其说媒介考古学是对过去'死亡媒介'的怀旧收藏（就像是陈列在橱柜里的古董），不如说它是一种分析工具，一种分析和呈现媒介的方法，如果没有这些分析和呈现媒介各个方面的工具，那么媒介的这些方面就会被文化史话语所忽视"③。于是，"'媒介考古学'这一术语描述的不是人类文本作品的写作模式，而是机器自身的表达以及媒介逻辑的运作"④，这一观点同福柯"知识考古学"的逻辑如出一辙。虽然像埃里克·克塔滕贝格这样的学者指出，"福柯将考古学视作历史描述的路径，'媒介考古学'则更注重物质性，而较少关注话语层面"⑤，但这一论断只能证明他对福柯的知识考古学没有更为深入的认知。

---

① 黄望莉，胡玉清：《影像档案·断裂性·世界记忆：从早期纪录片〈上海纪事〉说起》[J].《当代电影》，2020年第03期，第77页。
② 黄望莉，胡玉清：《影像档案·断裂性·世界记忆：从早期纪录片〈上海纪事〉说起》[J].《当代电影》，2020年第03期，第78页。
③ [美]埃尔基·胡塔莫，[芬]尤西·帕里卡编，唐海江主译：《媒介考古学》[M].上海：复旦大学出版社，2018年版，第232页。
④ [美]埃尔基·胡塔莫，[芬]尤西·帕里卡编，唐海江主译：《媒介考古学》[M].上海：复旦大学出版社，2018年版，第233页。
⑤ [美]埃尔基·胡塔莫，[芬]尤西·帕里卡编，唐海江主译：《媒介考古学》[M].上海：复旦大学出版社，2018年版，第55页。

福柯的知识考古学并非一种历史描述的路径，它的关键在于"展现一种正在历史知识领域中臻于完善的、原生性的转换的原则与结果"，"确定一种摆脱人类学主题的历史分析方法"①。在福柯那里，物质性仍处于重要位置，从他对文献的态度即可看出："不是通过和穿越文献的物质性去寻找文献的所指，而仅仅局限于文献的物质性本身，局限于它的局部，它的存在条件，它和其他文献的关系。总之，对于考古学而言，文献不是一个纵深的载体，而是一个平面系统中占据着某一个特定位置的话语事件。"②当福柯在论及档案时，他做出了与本雅明"星丛"类似的表述："它们不会与时间同步后退，但它们就像一些星星一样光芒四射，这些星星似乎离我们很近，实则离我们很遥远，而同时出现的所有其他东西却已暗淡无光。"③由此，关于话语的重要问题就变成了："它的特殊存在性是什么？它为什么出现于此？它的位置感何在？它和其他话语有何关联？"④福柯不再对历史时间背后的意义和话语背后的所指进行追问，而采取一种平面视角。由此，"媒介考古学"成了德勒兹和迦塔利意义上的"哲学"："哲学是一种建构主义。建构主义有两层意思，互为补充但性质不同：创造概念和构拟平面。概念就像不断涌起和回落的层层海浪，内在性平面则是一股单独的海浪，它将概念统统裹卷起来，再将其展开。"⑤

沿着福柯的路径，19世纪末出现的诸多媒介便可看作一套话语事件，将它们放置于同一个平面内，需要追问的则是：它们为何产生？

---

① ［法］米歇尔·福柯著，董树宝译：《知识考古学》［M］. 北京：生活·读书·新知三联书店，2021年版，第19页。
② 汪民安：《什么是知识考古学》［EB/OL］. https://www.sohu.com/a/496548164_121124792.
③ ［法］米歇尔·福柯著，董树宝译：《知识考古学》［M］. 北京：生活·读书·新知三联书店，2021年版，第154页。
④ 汪民安：《什么是知识考古学》［EB/OL］. https://www.sohu.com/a/496548164_121124792.
⑤ ［法］吉尔·德勒兹，［法］菲力克斯·迦塔利著，张祖建译：《什么是哲学？》［M］. 长沙：湖南文艺出版社，2007年版，第248页。

它们为何几乎同时出现于那个时间？它们之间又有怎么样的关联性？在福柯看来，差异和排斥塑造了话语之间的关联。那么，它们之间的差异和排斥又体现在哪些方面？历史的横截面就此被切开，诸多媒介被放置在共时性的平面之上，等待后人来发掘它们之间的各种关系。从这个维度来看，福柯被当作"后现代"哲学家确乎不无道理。当然，福柯也指出，"我们不可能描述我们自己的档案，因为我们就在它的规则的内部说话"①。于是，对当下类似"元宇宙"等概念的研究，必然需要进行媒介考古。

　　总体来看，福柯的知识考古学提供的是一种平面的共时性视角，它似乎避开了谱系学的思路。然而，福柯这本《知识考古学》并没有像他的其他著作那般引经据典，在哲学史的脉络里穿梭，而成了汪民安所说的"剔除了任何支撑、任何语境之后凭空而成的理论大厦"②。福柯后来也修正了很多相关理论，但福柯的相关理论仍在媒介考古学的发展中发挥了不可忽视的作用。

　　新电影史和福柯的知识考古学都为媒介考古学提供了可行的方法论，它们在历史断裂处都能够发挥作用。新电影史所关注的是电影与一切他者之间的关系，它当然试图追问历史背后的深度原因。知识考古学则更关注共时性平面中电影与诸多媒介之间的关系，然而，对诸多问题的回答显然也离不开对深度问题的思考。在历史的断裂之处，历时性和共时性由此二者连接，诸多媒介之间的复杂关系得以揭露。麦克卢汉的经典论断值得再度思考："所谓的媒介即讯息只不过是说：任何媒介（即人的任何延伸）对个人和社会的任何影响，都是由于新的尺度产生的；我们的任何一种延伸（或曰任何一种新的技术），都要在我们的事

---

① ［法］米歇尔·福柯著，董树宝译：《知识考古学》［M］．北京：生活·读书·新知三联书店，2021年版，第155页。
② 汪民安：《什么是知识考古学》［EB/OL］．https://www.sohu.com/a/496548164_121124792.

务中引进一种新的尺度。"① 由此，早期电影与诸多媒介便可看作诸多尺度的融合，而最终电影被时代选择意味着这一尺度得到最大范围的接受，电影媒介与其他媒介的差异之处则值得追问，在这一追问过程中，其与其他媒介之间的关系又得以显现。尺度背后又是各种社会力量的汇聚，于是，媒介融合可以被解读成为各种社会力量较量的演武场。在历史断裂之处，以媒介作为考古对象，关键不在于打捞历史遗迹，而在于发现这些关键问题的答案：媒介为何出现于此？哪些力量组成了它的出现？它与其他媒介之间存在何种差异与联系？在不同媒介的较量之中，它处于何种位置？什么决定了它的位置？它在不同时间段被怎样选择？选择与抛弃的演变之间发生了什么？……这些问题显然是媒介考古学无法回避的，它们使得媒介考古学兼顾历时与共时，既有历史之纵深感，也将同一平面上的诸多尺度纳入其中。

## 四、结语

"基于媒介考古学的'新电影史'学研究只可能是电影史学研究中的新拓展，而不是根本的改变。"② 在对国内媒介考古学相关的电影研究的分析探讨后，这一论断确乎较为准确地定位了媒介考古学。综上所述，现有研究通过历史文献和电影文本初步勾勒出媒介考古学的研究思路，但无论是新媒介研究还是新电影史研究，诸多关键问题仍未得到清晰且有效的回答。"生成"概念、媒介融合等指向的是一个开放的电影未来，而新电影史与知识考古学一道，为媒介考古学提供了可行的方法论。由此，电影和其他媒介在不断生成之中，历史断裂处的丰富面向得以呈现。

---

① ［加］麦克卢汉著：《理解媒介：论人的延伸》［M］.南京：译林出版社，2011 年版，第 18 页。
② 黄望莉，刘效廷：《媒介考古视野下的新电影史学研究》［J］.《北京电影学院学报》，2019 年第 05 期，第 70 页。

# 第二章

## 历史的艺术呈现：文学与电影的回溯

### 第一节　风云激荡：维新派散文里的近代

#### 一、"圣人"康有为：经世之文

康有为（1858—1927），又名祖诒，字广厦，号长素，又号更甡等，广东南海人。祖父赞修，举人，官至连州训导，治程朱理学。父达初，膺江西补用知县。有为年十一，失怙，随祖父读书。康氏世以理学传家，及有为已为士人十三世。康家原有藏书楼"澹如楼"，其叔祖康国器曾官至广西布政使，晚年还乡又建二万卷楼，藏书数万卷，颇多说部、集部及翻译西书。有为年十四返乡，坐拥书城十余年。有为恣情读书之余，又患"窥书甚多，见闻杂博，而无师承门径，唯凭好学而妄行，东寻西扯，苦无向导"。有为年十九，从大儒朱次琦就学于礼山草堂。朱次琦（1807—1881），字稚圭，号子襄，世称九江先生，亦南海人。他于经史、掌故、性理、辞章之学，旁及金石书画，罔不穷精极微。其于经学主融汉、宋，论学则"主济人经世，不为无用之空谈高论"①。其后近三年间，有为异常勤奋，天明即起，夜深方寝，日读书以寸记。

---

① 楼宇烈整理：《康南海自编年谱》（外二种），《康有为学术著作选》，北京：中华书局，1992 年版。

现存康有为散文三百余篇，大致可以分为政论、杂文、游记、科学论文四类。其中戊戌变法之前的作品，体现了他勇于革新的精神，具有积极的思想意义和社会价值，是其散文的精华。

康有为的政论写作，是他政治活动的重要组成部分。这些政论大胆地指陈时弊，阐述政治主张，具有丰富的思想内容和强烈的战斗精神，最能体现他的创作风格。其中最重要的是给皇帝上的长篇奏折，以及 1913 年刊登在他自己主办的《不忍》杂志上的长篇论文。在《上清帝第五书》中，康有为论到当时世界形势时说：

> 大地八十万里，中国有其一；列国五十余，中国居其一。地球之通自明末，轮路之盛自嘉道，皆百年前后之新事，四千年未有之变局也。

接着他指责在朝大臣们的顽固昏庸，处处因循守旧：

> 顷闻中朝诸臣，狃承平台阁之习，袭薄书期会之常，犹复以尊王攘夷，施之敌国，拘文牵例，以应外人，屡开笑姿，为人口实。

又抨击当时大臣们昧于时事：

> 至西政新书，多出近岁，诸臣类皆咸同旧学，当时未有，年耄精衰，政事丛杂，未暇更新考求；或竟不知万国情状，其蔽于耳目，狃于旧说，以同自证，以习自安。故贤者心思智虑，无非一统之旧说；愚者骄倨自喜，实便其尸位之私图。有以分裂之说来告者，傲然不信也；有以侵权之谋秘闻者，懵然不察也。语新法之可以兴利，则瞑目而诘难；语变政之可以自强，则掩耳而走避。

至于政治，更是：

贿赂昏行，暴乱于上。胥役官差，蠹乱于下。乱机遍伏，
即无强敌之逼，揭竿斩木，已可忧危。

而朝廷官僚们的精神状态，尤其令人气愤：

顾见举朝上下，相顾嗟呀，咸识沦亡，不待中智。群居
叹息，束手待毙。耆老仰屋而咨嗟，少壮出门而狼顾。并至
言路结舌，疆臣低首，不惟大异于甲申，亦且迥殊于甲午。
无有结缨誓骨，慷慨图存者。生机已尽，暮色凄惨，气象如
此，可骇可悯，此真自古所无之事。夫至于公卿士庶，偷生
苟活，候为欧洲之奴隶，听其犬羊之封缚，哀莫大于心死，
病莫重于痹痨。

接着，康有为便大声疾呼，为光绪皇帝大敲警钟：

皇上远观晋宋，近考突厥，上乘宗庙，孝事皇太后，即
不为天下计，独不计及宋世谢后签名降表，徽钦移徙五国之
事耶！

这样敢于指陈利害，对当时土崩瓦解的政治局面予以揭露，并且
毫无顾忌地指出将要遭到亡国惨祸，在当时除了康有为，恐怕没人有
如此胆识。

这份奏折是因为1897年德国人侵占胶州湾而作的，康有为沉痛指
出："二万万膏腴之地，四万万秀淑之民，诸国眈眈，朵颐已久；谩藏
海盗，陈之交衢；主者屡经抢掠，高卧不醒；守者袖手熟视，若病轻
狂；唾手可得，俯拾皆是，如蚁慕膻，闻风并至，失鹿共逐，抚掌欢
呼。其始壮夫动其食指，其后老稚亦分杯羹，诸国咸来，并思一脔。"
致使中国之形势，"譬犹地雷四伏，药线交通，一处火燃，四面皆应。
胶警乃其借端，德国固其嚆矢耳"。如果任此瓜分豆剖下去，则"恐

自尔以后，皇上与诸臣，虽欲苟安旦夕，歌舞湖山而不可得矣，且恐皇上与诸臣，求为长安布衣而不可得矣"。康有为还指出，造成这种恶果的根源，皆在中国自身之贫弱，不能与列强相抗；中国也不是没有自强的愿望，但是没有找到自强的根本途径。"固日言自强，而弱日甚，日思防乱，而乱日甚者何哉？盖南辕而北辙，永无税驾之时；缘木而求鱼，决无得鱼之日。"他认为最有效的办法是"采法俄日以定国是"，"大集群才而谋变政"，"听任疆臣各自变法"。此书在《湘报》发表后，谭嗣同为其作跋语。

这一时期，康有为的文章都有明确的针对性，驳斥顽固派恪守祖训，而为变法维新张本。尤其是他敢于直面外强侵凌、内政腐败的现实，即使在上皇帝书中也不讳言。在《上清帝第一书》中，他就尖锐地指出："且见方今外夷交迫，自琉球灭、安南失、缅甸亡，羽翼尽剪，将及腹心。比者日谋高丽，而伺吉林于东；英启藏卫，而窥川滇于西；俄筑铁路于北，而迫盛京；法煽乱民于南，以取滇粤；教民、会党遍江楚河陇间，将乱于内。"然而，"臣到京师来，见兵弱财穷，节颓俗败，纪纲散乱，人情偷惰，上兴土木之工，下习燕游之乐，宴安欢娱，若贺太平"。当此剧变，却未闻皇太后、皇上"有恐惧责躬，求言恤民之特诏"。接着他剀切陈述列强蚕食国土、压榨人民的惨状及可能造成的严重后果，同时指出，皇太后、皇上"临政之日不为浅矣"，"乃事无寸效，而又境土日减，危乱将至者何哉？""得毋皇太后、皇上志向未坚，无欲治之心故耶？"圆明园"自为英夷烧毁，础折瓦飞，化为砾石"，乘舆临幸，目睹残破，理应勃然奋起，思报大仇，"然亦未闻有兴发耸动之政焉"。他又指出，"圣意勤勤，而为足振弱者，不变法故也"。然后因势利导，他提出"变成法、通下情、慎左右"等具体主张。

著名的《公车上书记》，即《上清帝第二书》写于1895年《马关条约》签订之时。全书洋洋洒洒一万八千余字，义正辞严，气势磅礴。康有为痛切指出割让台湾将留下无穷后患："割地之事小，亡国之事大，社稷安危，在此一举！"要求皇上"下诏鼓天下之气，迁都定天下之本，练兵强天下之势，变法成天下之治"，其宗旨则以变法为归。此书虽仍未得上达，但不久即在上海石印出版，又经"素稿传抄，天下墨争磨"，很快哄传国内，振动群伦。刘锡爵等为该书出版作的序说："此书传之外邦，知中国之尊崇圣教，人心固结，上虽易与，而下则众志成城，未易囊括。且利病所在，了如指掌，鼎新革故，井井有条。诚如此，中国必骤然而起，勃然而兴，纵横天下尚且不难，何患乎外侮之侵寻不已哉！"

感情充沛，气势磅礴，是康有为散文最突出的特点。康有为是一位具有饱满政治热情的改革家，他对民族危亡的痛切感受，对于变法图强、振兴民族的热望，都无法使自己保持一种平静的心态。在文章中，无论是对时弊的抨击，还是对改革政见的陈述，无不充满激情。而且，康有为作为维新派的杰出代表，当他处于改革运动的盛期，又充满着自信和勇气。那种以天下为己任的豪情壮志和无所畏惧、锐意改革的战斗精神，发而为文，意气风发，议论纵横，表现为一种不可阻挡的磅礴气势。他写于1895年的《强学会序》是一篇传诵一时的名文。文章开头即痛陈中华民族正面临"俄北瞰，英西睒，法南瞵，日东眈"这样一种即将被帝国主义列强所瓜分的危局。接着便历数世界历史上因守旧不变而"或削或亡"的史实，让人们认识到："举地球守旧之国，盖已无一瓦全者"的道理。但处于危如累卵局势下的国人却"屭卧于群雄之间，鼾寝于火薪之上"而不知恐惧，不思振作，"政务防弊而不务兴利，吏知奉法而不知审时，士主考古而不主通今，民能守旧而不能行远"，因循守旧之风弥漫国中，根深蒂固。倘不改革，则"吾为突厥、黑人不远矣"。为了使国人认识到问题的严重性，丢掉一切幻想，准备变法图强，作者又列举越南、印度亡国之后的悲惨遭遇为借鉴，并设想中华民族亡国之后将会"肝脑原野，衣冠涂炭"，使

"三州父子，分为异域之奴；社陵弟妹，各衔相关之戚"。作者以此警醒国人，可谓振聋发聩。此序既表现了作者统观全局的远见卓识，又充满着他对民族危机的忧患意识和痛切感受。文章写得有激情，有气势，其说服力和感染力都是很强的。梁启超回忆说，康有为"痛陈亡国以后惨酷之状，以激励人心；读之者多为之下泪，故热血震荡，民气渐伸"（《戊戌政变记——改革起源》）。

　　与充沛的情感、磅礴的气势相联系，康有为在思想情感表达上追求尽情尽兴，宣泄无遗，无拘无束，酣畅淋漓的效果。康有为曾自评其诗曰："志深厚而气雄直。"① 这也是他散文的特点。这种雄直的风格，来自作者的深厚之志。当其首倡变法时，维新志士怀着满腔热情，奔走呼号，既充满自信，又无所畏惧。这种热心于改革又勇于改革的精神，使他们放言无忌，敢于直陈己见，表现出一派雄直之气。为了宣传自己的政治主张，维新志士们也需要对上上下下反复说明自己的政见。这也要求他们把事实摆足，将道理说透，所以在文章中言事则务求其详细，说理则必求其透彻。正如梁启超在论及其师之文时所指出的那样："每论一学，论一事，必上下古今，以究其沿革得失，又引欧美以比较证明之。"② 康有为几次给光绪帝的上书，都表现出这样的特点。如上文所引著名的《公车上书记》，不但铺叙危局，直陈时弊，陈述政见酣畅淋漓，而且文章写得挥洒自如，洋洋四千余言，纵横捭阖，反复申说，联翩而下，一气呵成，堪称近代散文史上的一大奇观。

　　康有为十分重视外国的政治变革，收集资料，编撰成书，在上书中充分利用这些材料，反复申说变法则强盛、不变则弱亡的道理，有理有据，因此，具有很强的说服力。在《上清帝第六书》中，他概括

---

① 陈永正编注：《康有为诗文选》，广州：广东人民出版社，1983 年版，第 572 页。
② 梁启超著：《康南海先生传》，王文光等点校：《饮冰室文集点校》，昆明：云南教育出版社，2001 年版，第 1942 页。

说："臣闻方今大地守旧之国，未有不分割危亡者也。有次第胁割其土地人民而亡之者，波兰是也；有尽取其利权一举而亡之者，缅甸是也；有尽亡其土地人民而存其虚号者，安南是也；有收其利权而后亡之者，印度是也；有握其利权而徐分割而亡之者，土耳其、埃及是也。我今无士、无兵、无饷、无船、无械，虽名为国，而土地、铁路、轮船、商务、银行，惟敌之命，听客取求，虽无亡之形，而有亡之实矣。后此之变，臣不忍言！观大地诸国，皆以变法而强，守旧而亡，然则守旧开新之效，已断可睹矣。以皇上之明，观万国之势，能变则全，不变则亡，全变则强，小变仍亡。皇上与诸臣诚审其病之根源，则救病之方，即在是矣。"这些介绍西国及日本情况的书籍，在"百日维新"期间对光绪皇帝起了很大的鼓舞和指导作用。据说光绪皇帝对他进呈各书，爱不释手，反复阅览。光绪皇帝读到高兴的时候，每每击节叫绝；读到悲哀的地方，常常叹息流泪。

康有为散文的语言，也呈现出从传统古文向新文体过渡的特色。与桐城派古文所推崇的"雅洁"风格不同，康氏的散文语言像他的思想那样丰富驳杂而又充满活力。文章中骈散杂糅，无一定格。又常在散体中夹杂韵语，用一连串排比、对偶的句子，连类引发，使文章读来铿锵有韵，气势充沛。钱基博在《现代中国文学史》中说他"发为文章，则揉经语、子史语，旁及外国佛语、耶语，以至声光化电诸科学语，以冶为一炉，利以排偶，桐城义法至有为乃残坏无余，恣纵不觉"。

他善用比喻，常以治病喻治国，以人需随季节变化而更换衣服，比喻国需随时事不同而力行新法。例如在《上清帝第一书》中，他说："夫人有大疬恶疾不足患，惟视若无病，而百脉俱败，病中骨髓，此扁鹊、秦缓所望而大惧也。""大厦将倾而处堂为安，积火将燃而寝薪为乐，所谓安其危而利其灾者，譬彼病痿，卧不能起，身手麻木，举动不属。非徒痿也，又感风痰，百窍迷塞，内溃外入，朝不保夕，此臣所谓百脉败溃，病中骨髓，却望而大忧者也。"《上清帝第二书》又说：

"方今当数十国之觊觎，值四千年之变局，盛暑已至而不释重裘，病症已变而犹用旧方，未有不死暍而重危者也。"为了说明问题，他经常组合多种事物，反复类比。在《上清帝第六书》中，为说明变法必须先从定国是入手，他说："夫国之有是，犹船之有舵，方之有针，所以决一国之趋向，而定天下之从违者也。若针之子午未定，舵之东西游移，则徘徊莫适，怅怅何之？行者不知何从，居者不知所往，放乎中流而莫知所休，指乎南北而莫知所极。以此而驾横海之大航，破滔天之巨浪，而适遭风沙大雾之交加，安有不沉溺者哉！"

## 二、谭嗣同：文章千古，熔铸古今

谭嗣同（1865—1898），字复生，号壮飞，又号华相众生等，湖南浏阳人。父亲谭继洵曾做过户部员外郎、湖北巡抚等。嗣同少年失母，备受庶母折磨，"吾自少至壮，遍遭纲伦之厄，涵泳其苦，殆非生人所能任受，濒死累矣，而卒不死。由是益轻其生命，以为块然躯壳，除利人之外，复何足惜。深念高望，私怀墨子摩顶放踵之志矣"①。他五岁师事毕莼斋启蒙，十岁从浏阳学者欧阳中鹄学。欧阳中鹄服膺明末清初学者王夫之、黄宗羲等，且经验数学，探讨自然科学，对谭嗣同影响甚大。其后他随父往来湖北、京师各地，结识著名镖客大刀王五，从学剑术。梁启超说他"少倜傥有大志，淹通群籍，能文章，好任侠，善剑术"②。

谭嗣同把报章文体推崇为"经国之大业，不朽之盛事"。此一文体不受古文"义法"之限制，起讫自由，滔滔直泻，叙事则寻源竟委，力求翔实，说理则杂引中西，务阐幽微。嗣同本人亦积极从事报章体文章的写作。嗣同返湘后，即主办《湘报》，撰《湘报后叙》，提倡

① 谭嗣同著：《仁学》，蔡尚思、方行编：《谭嗣同全集》，北京：中华书局，1981年版，第289页。
② 梁启超：《谭嗣同传》，王文光等点校：《饮冰室文集点校》，昆明：云南教育出版社，2001年版，第116页。

"假民自新之权以新吾民"，主张通过创学堂、学会、报纸，宣传新政、新学，不仅在湖南一省，而且"将以风气浸灌于他省"。随即在不长的时间内，他在《湘报》等刊上发表了一批独具特色的宣传维新变法的文章。《湘报后叙》《群萌学会序》《论学者不当骄人》《试行印花税条说》《论湘粤铁路之益》等，是其中的优秀篇章。在这些文章中，作者热情宣传新学，提倡变法，介绍西方科学文化知识，批判落后的封建思想，充满了勇于变革的战斗精神。语言质朴晓畅，条理清晰，具有丰富的情感和充沛的气势，文中时杂以俗语、俚语、外国词语，清新活泼而富有生命力。

如《论湘粤铁路之益》，开宗明义："今日之世界，铁路之世界也。有铁路则存，无则亡，多铁路则强，寡则弱……曩知美洲孤立于西半球，而欧、亚而往，非数十日海程莫达者，今且陆行不二十日可周绕地球，而美、欧、亚三洲遂接轸，如在户庭间。壮哉观乎！是于地球寒热温五带之外，加束一铁路之带矣。"然后说明在中国与在湖南建铁路之益，条分缕析，简明扼要，文辞生动，引人入胜。

如《群萌学会叙》，先讲湖南省会由于各种学会的开办而文化日辟，接着说："独吾浏阳乃至今而不有学会。不有学会，是新学无得而治也。治而不能联群通力，犹不治也。今夫有物百钧，一人举之不足，数人、数十人举之，斯举之矣。有草一莛，孺子折之有余，束数十、数百万莛，壮夫莫谁何焉。有书万卷，十年读之，莫能通其意，数十、数百人分任之，可计日而毕业矣。万事万物，莫不以群而强，以孤而败，类有然也。"接连使用三个比喻，连贯而下，形象有力，后面自然得出结论。

再如《记官绅集议保卫局事》："故世变至无常，而官者至不可恃者也。官以遵奉朝旨为忠，以违抗朝旨为罪，不幸复有台湾、山东之事，官惟有袱被而去耳，岂能为我民而少迟回斯须哉？斯时也，则任外人之戎马蹴踏我，任外人之兵刃脔割我，谁为我父母而护翼我？谁为我长上而捍卫我？虽呼天抢地于京观血海之中，宛转哀号，悔向者之不早自为谋，而一听之官之非计，岂有及哉！岂有及哉！"理明义显，情真语切，启发觉悟，激励人心。

谭嗣同思想激进，文锋犀利，阐幽发微，昌言无忌，较康、梁尤有战斗力。其著名的政论《仁学》虽系学术著作，但在写作上显示出典型的报章文体的特点。其《自序》说：

　　吾自少至壮，遍遭纲伦之厄，涵泳其苦，殆非生人所能任受。濒死累矣，而卒不死，由是益轻其生命，以为块然躯壳，除利人之外，复何足惜。深念高望，私怀墨子摩顶放踵之志矣。二三豪俊，亦时切亡教之忧，吾则窃不为然。何者？教无可亡也。教而亡，必其教之本不足存，亡亦何恨？教之至者，极其量不过亡其名耳。其实固莫能亡矣。名非圣人之所争，圣人亦名也。圣人之名若姓皆名也。即吾之言仁言学，皆名也。名则无与于存亡，呼马，马应之可也；呼牛，牛应之可也。道在屎溺，佛法是干屎橛，无不可也。何者？皆名也，其实固莫能亡矣。惟有其实而不克传其实，使人反督于名实之为苦。以吾之遭，置之婆娑世界中，犹海之一涓滴耳，其苦何可胜道！窃揣历劫之下，度尽诸苦厄，或更语以今日此土之愚之弱之贫之一切苦，将笑为诞语而不复信，则何可不千一述之，为流涕哀号，强聒不舍，以速其冲决网罗，留作券剂耶？网罗重重，与虚空而无极。初当冲决利禄之网罗，次冲决俗学若考据、若辞章之网罗，次冲决全球群学之网罗，次冲决君主之网罗，次冲决伦常之网罗，次冲决天之网罗，次冲决全球群教之网罗，终将冲决佛法之网罗。然真能冲决，亦自无网罗；真无网罗，乃可言冲决。……今则新学竞兴，民智渐辟，吾知地球之运，自苦向甘，吾惭吾书未餍观听，则将来之知解为谁，或有无洞抉幽隐之人，非所敢患矣。

文章于雄辩中寄寓激情，文字亦是古今杂糅、浅显通俗，一连串的排比句增强了文章的气势。作者以冲决一切网罗的精神，冲决了传统古文的一切"义法""家法"，使文体获得了空前的解放。

《仁学》锋芒所向，振聋发聩："二千年来之政，秦政也，皆大盗也；二千年来之学，荀学也，皆乡愿也。惟大盗利用乡愿；惟乡愿工媚大盗。"又说："法人之改民主也，其言曰：'誓杀尽天下君主，使流血满地球，一泄万民之恨。'朝鲜人亦有言曰：'地球上不论何国，但读宋明腐儒之书，而自命为礼仪之邦者，即是人间地狱。'夫法人之学问，冠绝地球，故能唱民主之义，未为奇也；朝鲜乃地球上最暗弱之国，而亦为是言，岂非君主之祸，至于无可复加，非生人所能忍受耶？"

《仁学》宣扬民主平等思想，强调个性解放。"存天理灭人欲"，宋明理学以下视为当然，嗣同则认为"无人欲则天理亦无从发现"，强调"人欲"之自然性与合理性：

男女构精，名之曰淫，此淫名也。淫名，亦生民以来沿习既久，名之不改，故皆习谓淫为恶耳。向使生民之初，即相习以淫为朝聘宴飨之巨典，行之于朝庙，行之于都市，行之于稠人广众，如中国长揖拜跪，西国之抱腰接吻，沿习至今，亦孰知其恶者？乍名为恶，即从而恶之矣。或谓男女之具生于幽隐，人不恒见，非如世之行礼者光明昭著，为人易闻易睹，故易谓淫为恶耳。是礼与淫但又幽显之辨，果无善恶之辨矣。向使生民之始，天不生其具于幽隐而生于面额之上，举目即见，将以淫为相见礼矣，又何由知为恶哉？

中国小农经济，自给自足，自我封闭，谭嗣同将其视为一种"柔静"、不求进取、不能富国富民的经济模式，而只有借鉴西方发达国家的经济模式，允许资本家自由设厂、开矿、通商贸易，广泛使用机器生产，发展先进的科学技术，中国才能赶上欧美各国。他说：

> 有矿焉，建学兴机器以开之，凡辟山、通道、浚川、凿险咸视此；有田焉，建学兴机器以耕之，凡材木、水利、畜牧、蚕织咸视此；有工焉，建学兴机器以代之，凡攻金、攻木、造纸、造糖咸视此。大富则设大厂，中富附焉，或别为分厂。富而能设机器厂，穷民赖以养，物产赖以盈，钱币赖以流通，己之富亦赖以扩充而愈厚。

《仁学》当时虽未发表，但每成一篇，谭嗣同就与梁启超"辄相商榷"，又"以示一二同志"，故梁启超、唐才常等均受其影响。政变后，梁启超在日本将其印行，对孙中山领导的资产阶级民主革命运动起过一定的激励作用，对后来的青年革命家陈天华、邹容等思想的形成，产生过重大影响，同时确立了嗣同在中国近代思想史上的重要地位，使他成为 19 世纪末叶"维新运动时期第一流思想家"。

就文章体势而言，其《自序》说："所惧智悲未圆，语多有漏。每思一义，理奥例赜，垒涌奔腾，际笔来会，急不暇择，修词易刺，止其直达所见，文辞亦自不欲求工。"总之，其文纵横捭阖，气势磅礴，条理明晰，词语显豁，偶比时见，骈散并作，融儒、佛、耶语及西方社会科学、自然科学新名词于一炉而冶之，不避重复杂沓。其第十二节：

> 不生不灭有征乎？曰：弥望皆是也。如向所言化学诸理，穷其学之所至，不过析数原质而使之分，与并数原质而使之合；用其已然而固然者。时其好恶，剂其盈虚，而以号曰某物某物，如是而已。岂能竟消磨一原质与别创造一原质

哉？……譬于陵谷沧桑之变易：地球之生不知几千几百变矣；洲渚之壅淤，知崖岸将有倾颓；草木金石之质日出于地，知空穴之终就沦陷；赤道以旋速而隆起，即南北极之所翕敛也；火期之炎，冰期之沍，即一气之所舒卷也。故地球体积之重率必无轩轻于昔时；有之，则畸重而去日远，畸轻而去日近，其轨道且岁不同矣。譬如流星陨石之变；恒星有古无而今有，有古有而今无；彗星有循椭圆线而往可复返，有循抛物线而一往不返。往返者，远近也，非生灭也；有无者，聚散也，非生灭也。木星本统四月，近乎多一月，知近度之所吸取。火木之间，依比例当更有一星，仅惟小行星武女等百余，知女星之所剖裂。即此地球亦终有陨散之时，然地球之所陨散，他星又将用其质点以成新星矣。王船山之说《易》，谓一卦有十二爻，半隐半见；故《大易》不言有无，隐见而已。孔子之论礼，谓殷因于夏；周因于殷；故礼有不得，与民变革损益而已。凡此诸体，虽一一佛有阿僧祇身，一一身有阿僧祇口，说亦不能尽。

胡适最喜欢这节文字，他说："谭嗣同的《仁学》，在思想方面固然可算是一种大胆的作品，在文学方面也有代表时代的价值。""这一节不但材料可以代表当时的科学知识，他的体例也可以代表当时与二十年来的新文体。嗣同自己说的骈文的体例与气息，在这里也可以看得出来。"[1]

---

[1] 胡适著：《五十年来中国之文学》，《胡适作品集》卷八，远流出版事业股份有限公司，1986年版。

### 三、梁启超：元气淋漓，新体文章

梁启超（1873—1929），字卓如，号任公，又号饮冰室主人。广东新会人。梁启超少年接受传统教育，随母亲识字；四五岁，梁启超即从祖父学"四子书"与《诗经》；六岁从父亲学习中国略史与"五经"。祖父与父母对启超的教育，均注重知识与品德之双重修养，尤重励志之训。祖父"日与言古豪杰哲人嘉言懿行，而尤喜举亡宋、亡明国难之事津津道之"①。梁启超天资聪颖、勤勉向学，八岁随父亲学写文章；九岁即能写出洋洋洒洒的千字文；十岁起先后拜周惺吾、吕拔湖、陈梅坪、石星巢诸儒为师，赴广州参加童子试，虽未被录取，却因途中赋诗而获"神童"之誉；十二岁考中秀才；十七岁中举人，名噪一方。1885 年，梁启超进入学海堂问学。学海堂不习八股，而专授汉儒考据之学，及经史、词章、宋儒性理之学。启超至是乃决舍帖括，对中国古代学术文化产生浓厚兴趣，在传统学术方面打下了丰厚坚实的基础。

梁启超散文，内容包罗万象，十分丰富，几乎涉及了当时中国社会政治、经济、军事、法律、道德、风俗、文化、科学等所有的问题，其主要内容可以概括为如下几个方面：

一是揭露和抨击了帝国主义列强瓜分中国的野心和罪行，表现了作者对民族危机强烈的忧患意识。他在《论中国之将强》中愤怒地控诉了帝国主义者"无端而逐工，无端而拒使，无端而揽铁路，无端而涎矿产，无端而干狱讼"的侵略行径。面对这一严酷现实，国亡无日，统治者犹不思改革以自保，作者沉痛而又哀切地向国人发出警告，并表达了自己深深的忧虑："敌无日不可以来，国无日不可以亡。数年之后，乡井不知谁氏之藩，眷属不知谁氏之奴……不亦哀乎！"（《南学会序》）一方面痛陈危局，一方面号召人们，"洗常革故，同心竭虑，

---

① 梁启超著：《三十自述》，《饮冰室合集》第二册，北京：中华书局，1989 年版。

摩荡热力，震撼精神，致心皈命，破釜沉舟，以图自保于万一"，表现了作者热切的爱国之心。

二是对造成空前民族灾难的封建统治阶级给予无情的揭露和斥责。在《知耻学会序》中，梁启超以犀利辛辣的笔触，对面对外敌入侵，"边民之涂炭，而不思一雪"，"求为小朝廷以乞旦夕之命"的最高统治者；对那些"不学军旅而敢于掌兵，不谙会计而敢于理财，不习法律而敢于司李"，"饱食无事，趋衙听鼓，旅进旅退，濡濡若驱群豕"的无耻官僚；对清政府的"力不能胜匹雏，耳未闻谭战事，以养兵十年之蓄，饮酒狎花，距前敌百里而遥，望风弃甲"的反动军队，一一进行了嘲讽与抨击。

三是鼓吹变法维新，追求祖国的独立富强。他在《变法通议》等一系列文章中，有力地论证了中国变革的必要性，呼吁变法图强，振兴中华。他指出："法者，天下之公器也；变者，天下之公理也。大地既通，万国蒸蒸，日趋于上，大势相迫，非可阏制。变亦变，不变亦变。"在《自由书·破坏主义》中更鼓吹以激进的手段破旧立新，他说："历观近世各国之兴，未有不先以破坏时代者。此一定之阶级，无可逃避者也。有所顾恋，有所爱惜，终不能成。"主张以破坏手段推进改革。只要破除保守，努力革新，中华民族的振兴就大有希望。他在《说希望》一文中满怀信心地说："吾人之日月方长，吾人之心愿正大。旭日方东，曙光熊熊，吾其叱咤羲轮，放大光明以赫耀寰中乎！"

四是努力"倡民权""广民智""振民气""新民德"，改造国民精神。梁启超作为启蒙主义思想家，把重铸民族灵魂视为振兴中华民族的重要一环。他称自己的宣传工作是要"陈宇内之大事，唤东方之顽梦"，"开文章之新体，激民气之暗潮"[①]。他在《新民说》《呵旁观

---

① 梁启超：《〈清议报〉一百册祝辞并论报馆之责任及本馆之经历》，王文光等点校：《饮冰室文集点校》，昆明：云南教育出版社，2001年版，第751页。

者文》《论中国国民之品格》等文中，深刻有力地批判了中国国民的劣根性，主张鼓民力、开民智、新民德。这一改造国民灵魂的启蒙主义思想的提出，在中国近代史上具有十分重大的意义，这一思想为五四运动以后以鲁迅为代表的新文学家所接受和发展。

总之，启超"新文体"的思想内容，致力于对传统文化的批判和对西方新思想的传播，呼吁人们打破现状，寻求解放，争取进步与文明，号召人们为争取祖国的美好前途而英勇奋斗，具有鲜明的时代特色和丰富的社会内容，表现出不同于以往散文的崭新的思想特质。

关于新文体的特征，梁启超晚年曾经有过总结：

> 启超既亡居日本……复专以宣传为业，为《新民丛报》《新小说》等诸杂志，畅其旨义，国人竞喜读之。清廷虽严禁不能遏，每一册出，内地翻刻本辄十数。二十年来学子之思想，颇蒙其影响。启超夙不喜桐城派古文，幼年为文，学晚汉魏晋，颇尚矜练。至是自解放，务为平易畅达，时杂以俚语、韵语及外国语法，纵笔所至不检束，学者竞效之，号"新文体"。老辈则痛恨，诋为野狐。然其文条理明晰，笔锋常带情感，对于读者，别有一种魔力焉。①

结合梁启超的散文和他的自述，我们可以把"新文体"的主要特征归纳如下：

一是"畅其旨义"，宣泄无遗。梁启超既投身变法维新事业，信心百倍，豪情满怀，他热情而又无所畏惧地宣传着自己的政治主张，每论一事，必反复申说，并引古今中外的事实道理以证明之，畅其旨义，宣泄无遗。无论在语言文字，还是文章结构上，都表现出无拘无束、挥洒自如、酣畅淋漓的风格，使文章具有豪壮的情志，磅礴的气

---

① 梁启超著：《清代学术概论》，北京：东方出版社，1996 年版，第 77 页。

势。康有为称这种风格为"雄直"，正是这种勇往直前、无所忌惮的"雄直"之气和尽吐胸中之欲吐—畅其旨义的强烈的表达愿望，成为文风与文体变革的内在动力。这是从龚自珍、魏源、王韬，特别是康有为、谭嗣同以来，近代启蒙思想家的一种共同的文风。

二是笔锋常带感情。近代启蒙思想家和改革家，都以"敌无日不可以来，国无日不可以亡"的民族危机感和沉重的忧患意识，为救亡图存和民族振兴而奔走呼号。所以，人人都怀抱着愤激的情绪和热烈的情感。这种爱国主义的激情使他们无法平心静气地做那些沉静而含蓄的文章。"慷慨论天下事"，这是自龚、魏以来的风气。梁启超作为维新变法运动的杰出领袖和最有影响的宣传家，胸中郁积着那个特殊时代所赋予的激情和豪情。每发一议，辄激情浩荡，动人心魄，面对祖国的危亡，他以沉痛的情感写道："数年以后，乡井不知谁氏之藩，眷属不知谁氏之奴，血肉不知谁氏之俎，魂魄不知谁氏之鬼。"当他向往着新生之后的"少年中国"时，他又满怀豪情地写道：

> 红日初升，其道大光；河出伏流，一泻汪洋；潜龙腾渊，鳞爪飞扬；乳虎啸谷，百兽震惶；鹰隼试翼，风尘翕张；奇花初胎，矞矞皇皇；干将发硎，有作其芒；天戴其苍，地履其黄；纵有千古，横有八荒；前途似海，来日方长。美哉，我少年中国，与天不老！壮哉，我中国少年，与国无疆！①

这种与抒情相结合的议论，具有极强的说服力、感染力和鼓动性。

三是平易畅达，时杂以俚语、韵语及外国语法。面对更为广大的报刊读者群众，为了便于表达与接受，梁启超对散文语言进行了革新，以使其趋于平易畅达。他虽未彻底摆脱文言，但"时杂以俚语"，吸收了群众的语言，造成一种文白间杂的浅近通俗的文言，又吸收了大

---

① 梁启超：《少年中国说》，王文光等点校：《饮冰室文集点校》，昆明：云南教育出版社，2001 年版，第 700 页。

量外来的新词语和外国语法（如"过渡""动机""势力"等日本语和外国人名、地名的运用等），增强了文章记事述情的表现力。为了造成一种气势，或使文章富于变化，他常常运用排比、对偶、对比和比喻等修辞方法。有时破奇为偶，有时奇偶互用，使文章跌宕起伏，摇曳多姿。排比句式，在梁氏散文中被大量运用，造成一种大开大阖、纵横驰骋的气势，使文章如天风怒涛，恣肆汪洋，浑无涯际。如他在《少年中国说》中写道："造成今日之老大中国者，则中国老朽之冤业也。制出将来之少年中国者，则中国少年之责任也。……故今日之责任，不在他人，而全在我少年。少年智则国智，少年富则国富，少年强则国强，少年独立则国独立，少年自由则国自由，少年进步则国进步，少年胜于欧洲则国胜于欧洲，少年雄于地球则国雄于地球。"他还常在散文中杂以韵语，如"昨日割五城，明日割十城；处处雀鼠尽，夜夜鸡犬惊。十八省之土地财产，已为人怀中之肉；四百兆之父兄子弟，已为人注籍之奴"，将韵语和偶句联用，增强了文章的节奏感，读来铿锵入耳，也增强了文章深沉激越的抒情笔调，读之令人激动。

四是纵笔所至不检束，其文条理明晰。"新文体"是一种比以往任何一种古文都自由解放的文体。梁氏为文，洋洋洒洒，"纵笔所至不检束"，务求其尽意而罢，往往长至数千至数万余言。梁启超后来回忆说："当《时务报》初出之第一二次也，心犹矜持，而笔不敢妄下，数月以后，誉者渐多，而渐忘其本来。"（《与严又陵先生书》）在得到广大读者认可以后，他便抛弃了任何顾虑和传统文法的束缚，放笔直书，无所顾忌，畅所欲言，无拘无束。这些文章虽然写得挥洒自如，随意适己，而且篇幅每每长至万言，但并非毫无法度。为了便于读者阅读，启超非常注意文章的条理，他曾说："于文，经纬整列曰'理'，条段错综曰'乱'。"为了防止紊乱，做到条理明晰，往往在题目之下，再列小目（小标题），小目之下，又分项申说，各自成段，"大纲小目，条分缕析"。

梁启超的"新文体"政论，至 1905 年间同盟会成立，便走上了下坡路。梁启超此时以《新民丛报》为阵地与资产阶级革命派展开论战，观点趋于保守，已经失去了战斗的意气和光彩，法律家的逻辑和立宪派的学理成为文章的灵魂，不复有当年鼓荡民气的魔力。1915 年发表的名文《异哉所谓国体问题者》揭露和抨击窃国大盗袁世凯复辟帝制的阴谋，重新焕发战斗的光彩，但那已是新文体的回光返照。其革命精神，到五四白话文运动中得到了继承和发扬。

梁启超的散文，题材广泛，体裁多样，除政论之外，他还写了大量的时评、序跋、书信、传记、游记等。这些文章，涉猎极广，门类繁多，"或大或小，或精或粗，或庄或谐，或激或随"（《自由书》叙言），多方面地反映了时代精神和社会生活。特别是他在《清议报》开辟"丛谈"专栏，写了许多一事一题、一题一议的随感录、短评一类的杂文。他在"丛谈"小序中说，自旅居日本以来，"与彼都人士相接，诵其诗，读其书，时有所感触"（《自由书》叙言），便"应时援笔"，写了些"无体例、无宗旨、无次序"的短文。从内容上讲，或是对西方哲人思想的介绍，或是对异国政治人物的评论，或是对异域富有进取性国民精神的褒扬，或是对某个新名词的诠释，灵活多样，无拘无束。

此外，梁启超还写了一些传记性的散文。这些传记以传主而论，多为爱国志士、民族英雄和一些有影响的重要人物，如《意大利建国三杰传》《罗兰夫人传》《谭嗣同传》《南海康先生传》《李鸿章传》。有些传记的写法，采用了外国夹叙夹议的"评传"体，在体例上有所革新。总之，梁启超散文创作在体裁形式方面的创造或革新，对中国近代散文样式的丰富和发展，做出了他人无法比拟也无法替代的贡献。

# 第二节　咆哮与教父：美国黑帮片

黑帮的概念是在美国 20 世纪 30 年代逐渐产生的。所谓黑帮，是以帮派为基础的组织。由于 20 世纪 20 年代开始美国长期实行禁酒令，贩卖私酒成为非法敛财的途径。在此期间，黑手党成为最大的法外势力。在这一时期的好莱坞影片中，表现禁酒令黑手党犯罪题材的黑帮片集中出现，形成第一次黑帮片高潮。

黑帮片再次出现高峰，同样是在 20 世纪 60 年代以来纽约五大黑手党家族崛起之时。此时，纽约的意大利移民后代集中出现了一批经历新好莱坞运动的导演，这些移民导演集体参与到黑帮片创作之中，使这一时期的黑帮片呈现出独特的意大利文化特质。

因此，依照黑手党家族在美国兴盛的两个时期，本文试图将黑帮片概括为一种特殊历史时期的文化现象而非一般类型片，通过黑手党这样独特的意大利文化产物分析美国黑帮片的发展及内部蕴含的意大利文化。

## 一、隐晦又咆哮的经典黑帮片

1920 年，美国政府针对酒精饮料的宪法第 18 条修正案即"禁酒令"获得通过。这一修正案的初衷是试图通过禁酒缓和某些社会问题，然而事与愿违，禁酒所带来的新问题使美国社会更加动荡不安。所谓"某些"社会问题，指在这一时期黑帮片中，尤其是华纳兄弟公司出品的经典黑帮片系列中，都不约而同地在影片引言中注明"本片故事题材源自真实事件"字样。这种刻意隐藏的表达方式一方面受限于《海斯法典》的规定；另一方面，这一时期的黑帮片掩盖了导致禁酒令出现的主要社会原因——意大利黑手党。

　　通过贩卖私酒，黑手党事业在 20 世纪 20 年代达到巅峰，更成就了众多黑手党的传奇故事，这是黑手党咆哮的年代。

　　纵观 30 年代的黑帮片，"黑手党"和"禁酒令"是构成这一类影片类型化的文化基础。经典黑帮片时期随着禁酒令达到高峰时期出现，很快在经济大萧条之后滑落到谷底，代表影片包括《小凯撒》（*Little Caesar*，1931）、《国民公敌》（*Public Enemy*，1931）和《疤面大盗》（*Dick Tracy*，1945）。在《国民公敌》中出演黑手党的詹姆斯·卡格尼成为经典黑帮片时期的黑手党代表形象，他此后出演了一系列类型化的黑帮片，其中包括《一世之雄》（*Angels with Dirty Faces*，1938）和《私枭血》（*The Roaring Twenties*，1939）。

### 1. 隐晦的 20 世纪 20 年代

　　经典黑帮片内容几乎都直接来源于 20 年代真实的黑手党传奇，但是在银幕呈现方式上，由于《海斯法典》有"绝不能同情违法者""不应详细表现罪犯采用的方法"和"处理执行死刑、警察局的严刑逼供和暴力的场面应有分寸"[①]等近乎苛刻的规定，当时的黑帮片不得不在场面表现上进行回避。

　　由茂文·勒鲁瓦导演的《小凯撒》是这时期最早获得成功的黑帮片之一，此后一系列黑帮片均在不同程度上参考了《小凯撒》，使之成为一整套黑帮片的规范基础，《小凯撒》借鉴自当时芝加哥黑手党教父阿尔·卡彭真实的犯罪生涯。阿尔·卡彭来自意大利那不勒斯，曾在 1929 年情人节当天制造了著名的"情人节屠杀"事件，是禁酒令时期最传奇的黑手党人物。禁酒令后期，由于逃避巨额纳税，卡彭被判入狱，兴盛一时的芝加哥黑手党逐渐没落。

---

① ［澳大利亚］理查德·麦特白著，吴菁、何建平、刘辉译：《好莱坞电影：美国电影工业发展史》，北京：华夏出版社，2011 年版，第 434 页。

在《小凯撒》中，恩里科一心希望成为城市里的黑帮头目，而患难兄弟乔伊则希望成为舞台演员。恩里科通过过人的胆识和疯狂的火并，成为黑帮领袖。他希望乔伊加入，但是遭到乔伊女友的告发，恩里科被警方通缉，最后在与警方交火中中弹身亡。《小凯撒》全片都采用了隐晦方式，包括暴力不在场方式呈现、含蓄的移民背景交代以及对禁酒令概念的置换。影片中多次出现黑帮火并的场面，在所有这些暴力场面中，茂文通过剪辑将枪支和倒下的人物形象分开表现。在恩里科受到对手伏击的段落中，枪支被隐藏到广告车中，开枪的动作被开枪的声音取代。场面调度之后，镜头中出现的并不是恩里科倒下的身影，而是开枪打碎的玻璃。茂文通过这个蒙太奇段落使观众确信暴力发生。此外，《小凯撒》对于恩里科的身份也进行了隐晦的表述，自始至终没有直接交代恩里科的移民身份。当恩里科成为黑手党头目在餐厅举办庆祝活动时，茂文特意给餐厅牌匾一个特写，"巴勒莫"字样赫然映入眼帘。此时，恩里科的移民身份通过文字形式得以确认。而且经典黑帮片重要的时代特征——禁酒令同样通过文字方式置换为珠宝盗窃。影片开场，恩里科在阅读有关珠宝大盗蒙大拿的新闻，当黑帮片中再次出现蒙大拿这个名字的时候将要等到重拍《疤面大盗》。按照《海斯法典》"绝不能同情违法者"的逻辑，恩里科最终不能享受卡彭入狱的待遇。在最后同警方对峙的段落中，茂文利用巨大的广告板将即将发生的暴力进行隔离。恩里科在没有充分准备的情况下被警方突然击毙。《海斯法典》终于战胜了黑手党。

而在《疤面大盗》中，导演则在积极尝试跳脱出《海斯法典》的桎梏，尝试突破之前黑帮片中对于暴力隐晦表达的方式，除了大胆尝试对街头火并、汽车追逐等暴力场面进行渲染外，还运用镜头特技来表现。例如使用叠加的镜头特技将卡蒙特手持冲锋枪无情扫射的动作和快速翻过的日历组接到一起，通过蒙太奇效果强化卡蒙特暴力的一面，这种场面直接来源于阿尔·卡彭制造的"情人节屠杀"事件。可以说，影片重新塑造了一位"疤面"卡彭。《疤面大盗》从开端便切入禁酒令时代，在意大利移民的餐厅中，卡蒙特授命将正在庆祝贩酒成功的黑手党成员暗杀。此后卡蒙特和同伙展开疯狂的街头火并，成为城市中的龙头。妹妹和自己的好友秘密结婚，卡蒙特盛怒之下杀死好友，受到警方的围攻，妹妹为了保护他中弹身亡，最终卡蒙特也倒在机枪扫射中。不过，影片也没有直接交代卡蒙特的移民身份，而是通过卡蒙特和家人使用意大利语争吵间接交代了其移民身份。家庭元素，尤其是意大利移民家庭，开始逐渐在黑帮片中出现。影片诠释的卡彭虽然疯狂而残忍，但是流露出对家庭的关怀情结，这种家庭情结在 70 年代兴起的意大利式黑帮片中成为常规叙事元素固定下来。

## 2. 暴徒式教父形象

阿尔·卡彭无疑是禁酒令时期最具传奇色彩的黑手党教父之一，经典黑帮片无论从题材还是人物设置上，都试图重现一个真实的卡彭形象。其中尤以詹姆斯·卡格尼在《国民公敌》中饰演的黑手党教父形象最具有代表性。如果说真实的卡彭依靠不计其数的帮派火并登上教父宝座，那么卡格尼就是银幕中的"暴君"。

卡格尼式的暴徒形象最重要的特点在于依靠直接的动作——暴力。在《国民公敌》中，汤姆为了贩售私酒，对街头酒吧老板使用武力迫使其就范。影片中，昔日的帮派头目为了乞求汤姆和麦特的原谅为他们弹奏钢琴，但是汤姆还是举起枪口，此时导演韦尔曼的镜头对准麦特，观众只能通过枪声、琴声和麦特的眼神变化确认不在场的暴力的发生。为了进一步凸显汤姆的暴徒性格，当一位同伴不幸坠马身亡后，韦尔曼让汤姆闯进马场、甩给看守钞票、径直进入马棚杀死马匹，将暴徒本色发挥得淋漓尽致。《私枭血》进一步突出暴力与时代的联系。艾迪不是天生的黑手党，由于难以维持生计被迫选择暴力成为黑手党。《疤面大盗》在影片开端以文字形式提出质疑："面对这样的现实，我们能做些什么？我们的政府又该做些什么？"这种疑问伴随着卡彭和禁酒令时代的结束才暂时告一段落。"挥剑者必自灭",这是《小凯撒》开片所援引的《新约·马太福音》中的一段原话。强盗被那个社会所造就,又被那个社会所消灭。① 当卡彭在监狱中逍遥的时候,银幕中的他被反复消灭。

银幕上的黑手党最终被法律制裁,是现实中意大利文化与美国社会文化相互冲突的形式之一,只不过在禁酒令时期这种矛盾凸显出来。有必要指出的是,在这一时期电影工业内只有极少数的意大利演员和导演。② 银幕上的意大利形象还是依照美国社会价值判断的意大利形象。

如果说经典黑帮片是隐晦的,那么其中最大的隐晦无疑是对黑手党背后——意大利文化的隐晦。在经典黑帮片时期,黑手党家族的呈现更多集中在对个体成员表现上,缺少对意大利家庭内部结构进行实质性探索。不完整的家庭结构是经典黑帮片的缺憾,仿佛美国社会对于移民的歧视延续到影片中,黑手党是对美国秩序的威胁。在禁酒令取消之后,这种威胁不再那么明显时,黑手党逐渐成为保护美国民众的打手。《私枭血》中的艾迪最后便是为了保护普通美国民众的利益而死于黑帮火并。黑手党永远是被表现的黑手党,而不是被再现的黑手党。究竟何为真实的黑手党?至少经典黑帮片没有给出明确的答案,因为那是美国社会在银幕上臆想出来的黑手党。

## 二、意大利式黑帮片时期

### 1. 风起云涌的 20 世纪 60 年代

1950 年意大利导演罗伯特·罗西里尼的影片《爱情》(*L'amore*, 1948)在美国上映时由于宗教禁忌而引发诉讼,触动了《海斯法典》宗教审查机制。1968 年,分级制度终于取代《海斯法典》,以往《海

---

① 郑雅玲,胡滨:《外国电影史》,北京:中国广播电视出版社,1995 年版,第 99 页。
② *Italian and Irish filmmakers in America: Ford, Capra, Coppola, and Scorsese* / Lee Lourdeaux, Philadelphia: Temple University Press, 1990, p. 65.

斯法典》中禁忌的主题在 20 世纪 60 年代成为反文化潮流中的常规主题。好莱坞要利用"青年人与现存社会的矛盾"和"现行社会的危机"，就像一个好莱坞的制片人所说的那样"革命是容易脱手的完美商品"。他们企图以"革命"打入市场，就如同那一时期出现的嬉皮士资本家一样。①

20 世纪 60 年代至少为意大利式黑帮片提供了两点联系：毒品和新好莱坞运动中意大利裔导演的集体性崛起。类似于禁酒令时期的非法敛财，1957 年，西西里人和美国的黑手党一起合作，开创了一条国际海洛因之路，西西里人将海洛因提炼后，卖给美国黑手党。这就逐渐形成甘比诺、杰诺韦塞、卢凯塞、克隆波和波纳诺五大纽约黑手党家族。② 与 20 世纪初期移民相比，此时的意大利移民后裔导演不仅继承了意大利移民文化，而且他们作为美国公民参与到美国文化的进程中。一方面他们自觉地在电影中及时体现美国社会在迷失中寻找、重建价值的过程；另一方面，他们在电影中追述渐已陌生的故乡。或许是由于大多数意大利移民来自西西里，这一代移民导演都不约而同地将美国黑手党家族传奇搬上银幕。自小耳濡目染黑手党现实的他们已经将黑手党作为一种体现意大利传统的文化烙印通过电影进行再现，使黑帮片成为承载意大利文化的载体，通过表现黑手党英雄来重新确认自身的意大利传统。重塑美国黑手党家族英雄可以看作是他们为迷失中的美国精神寻找到的终点，即美国社会仍然是终极个人主义成功的价值表现。

## 2. 科波拉的父亲神话

改编自马里奥·普佐同名畅销小说的《教父》，是最先出现的意大利式黑帮片，同时也是时间跨度最长的黑帮片系列。从 1972 年至

---

① 郑雅玲，胡滨：《外国电影史》，北京：中国广播电视出版社，1995 年版，第 206 页。
② 陈小龙：《存在主义视域下的美国黑帮电影》，《电影文学》，2017 年第 15 期。

1990 年，弗朗西斯·福特·科波拉用了近 20 年的时间讲述了纽约黑手党家族——柯里昂家族三代教父传奇。柯里昂家族并不存在于真实历史中，却是真实历史的痕迹。影片中马龙·白兰度饰演的教父维托·柯里昂，其名字"维托"来自于 1900 年因避难而由西西里来到新奥尔良的黑手党教父维托·卡希奥·费尔罗；而姓氏"柯里昂"则来自于 20 世纪 50 年代崛起的西西里黑手党家族柯里昂家族。虚构的维托·柯里昂的名字成为象征意大利黑手党家族的文化符号。《教父》中维托·柯里昂和迈克·柯里昂的教父形象直接来源于当时纽约五大家族教父之一——甘比诺的真实经历。甘比诺的传奇在于他一生从未被定过任何罪名，他相信最有权势的人是说话最少的人。暴力虽使人恐惧，但那不是权力。真正的权力表现在眉毛微微扬起的点头和不容置疑的手势上。[①] 这是完全不同于阿尔·卡彭滥用暴力的另一种教父形象，《教父》就是在维托深邃的眼神中拉开的序幕。

《教父》发生在二战结束、美国崛起之际。教父维托·柯里昂是纽约最大的黑手党家族教父，由于他不愿意参与毒品生意，引来竞争对手的追杀。危难之际，小儿子迈克挺身而出消灭了对手，却引发了更大的连锁报复，大哥桑尼也死于这场无休止的仇杀中。维托以退为进，让位于迈克。在为侄子洗礼的当天，迈克清剿了所有仇敌，成为新的教父。到了《教父》时期，黑帮片的冲突进入到单一的世界中。这里没有构成冲突的主要分歧。银幕上的世界不是根据价值观不同而分裂，我们只能看到一个地下世界，一个法律不起效用的世界，冲突与对立发生在观众和电影之间，不再是电影内部。《教父》的世界是微缩社会，其中的价值冲突更像是由我们的价值观念所挑起的。

---

① ［Netflix］恐惧之都：纽约对战黑手党 全 3 集 官方双语字幕 Fear City New York Vs. The Mafia（2020），https://www.bilibili.com/video/BV1BC4y1h7hQ?share_source=copy_web, 2020 年 7 月 21 日。

　　在《国民公敌》和其他经典黑帮片中，银幕上有两个平行世界。
而在《教父》中也是两个世界：银幕中的世界和不可见的世界。① 柯
里昂家族与其所代表的意大利家庭文化分别代表了两个世界。

　　柯里昂这个意大利家庭最先得以确认的是家庭里父亲的形象。影
片开端是一位意大利移民恳请维托为自己女儿报仇的场景。请求帮助
的移民将所遭受的暴力过程以及美国社会中的不公正待遇通过平静但
是令人震惊的话语表述出来，这是为了替女儿追讨所受的不公。痛苦
的父女关系和维托家中的父女关系得以相互对比：这段口头施暴与维
托女儿的婚礼同时上演。同样的家庭观念通过两种截然不同的家庭遭
遇表现出来，却都体现出意大利重视家庭声誉的传统。

　　迈克则代表了第二代意大利移民的共同特征：他们自出生时便成
为美国公民，对于家乡的概念间接地继承于上一代，同时具有美国和
意大利双重文化特征。迈克的转化始于家庭危机，因为父亲受到毒品
贩子伏击，生命垂危。在意大利文化中，父亲的缺失将意味着家庭的
瓦解，这唤起了迈克身上意大利式的一面。为了守护家庭，迈克回到
了父亲身边。

　　对这个家庭的威胁来自于美国社会，表面上看似毒品争端，实际
上是暴徒和代表美国法律制度执行者的警察相互勾结，所以仍然是文
化冲突。在维托与毒品贩子会面的场景中，维托反复强调毒品无论是
宗教上还是法律上都是卑劣行径，拒绝参与毒品贸易。经典黑帮片时
期黑手党法律破坏者的形象在《教父》中俨然成了美国社会守护者的
形象，反倒是美国价值的守法者们通过科波拉的置换在自我破坏。这
种行为打破了迈克希望成为美国公民的愿望，于是他重新扮演起家庭
成员，亲手消灭威胁家庭的敌人。暴力不是掠夺财富的手段，而是保

---

① *Dreams and Dead Ends*: The American Gangster Film / Jack Shadoian, Oxford University
　Press, USA, 2003, P239.

护家庭免受侵害的武器，成为正面意义的存在。迈克通过宗教的方式确认暴力的正当性，他选择在为自己侄子洗礼当天对敌人进行"洗礼"：残忍的虐杀场景和神圣的宗教仪式交替出现。家庭度过了危机，迈克重新确认了意大利品质的一面，并且承担起新的父亲形象。维托则在和孙子享受天伦之乐时宁静辞世，黑手党第一次没有在银幕上受到美国社会的制裁。

在《教父》的结尾，迈克接受家族内部成员的吻手礼时，妻子凯被挡在门外；《教父2》中已经与迈克离婚的凯在探望孩子时被迈克同样挡在门外；在《教父3》的结尾，孑然一身的迈克在意大利老家的躺椅中孤身睡去。所有这些段落都在表明，作为第二代移民的迈克，尽管内心和父亲维托一样有坚定的信仰，无论何时也要维护家庭，但最终只留下自身孤独的身影。科波拉用诗意的悲剧式结尾为柯里昂家族的命运画上休止符。

### 3. 街头教父斯科塞斯

与科波拉描述的大家族柯里昂家族不同，导演马丁·斯科塞斯始终将镜头对准布鲁克林——这条自己熟悉的街道，以新现实主义角度关注社会现实的传统是斯科塞斯可以把握的、或许是唯一可以确信的意大利传统。①

无序的街头厮杀将黑手党家族引向毁灭，《好家伙》（*Goodfellas*，1990）再次印证了黑帮片经常出现的主题。《好家伙》是根据污点证人亨利·希尔的真实经历改编的。亨利是爱尔兰和意大利的混血儿，从小立志加入意大利黑手党。在为黑手党做事期间，他与帮派成员汤米和吉米结为兄弟。但是汤米由于擅自对同伴出手，被帮派除掉。亨利和吉米则干起帮派明言禁止的毒品生意，引来了警察的注意。亨利害

---

① 毕志飞：《我所经历的马丁·斯科塞斯——罗伯特·罗森教授访谈》，《世界电影》2011年第04期。

怕遭到帮派报复，于是答应警方作为污点证人指认黑帮成员以换取免刑。此后，亨利和家人便隐姓埋名生活。《好家伙》从这三位兄弟处理尸体的场面开始，然后以《私枭血》中"新闻简报"形式展开情节叙事。《私枭血》为了交代时代背景使用画外音快速介绍相关剧情，而在斯科塞斯的黑帮片中，"新闻简报"成了一种影片风格，剧中人物参与叙事。在亨利的口述中，黑手党意味着金钱、地位、荣誉、特权，是成功人士的象征。正所谓"盗亦有道"，斯科塞斯在影片中建立亨利、汤米和吉米三人的兄弟关系来诠释所谓的"道"。亨利一次不慎被逮捕，在法庭上什么也没有说，假释出来后所有黑手党成员为他喝彩。吉米搂住亨利说："什么也不要说，永远不要出卖朋友。"这就是黑手党家族的道义。然而，三位混混兄弟都没有遵守这条道义。影片开始三人处理尸体是为了掩盖汤米私自对家族成员下手的背叛行为；吉米为了躲避警方视线，背叛手下，将他们逐一杀人灭口；亨利私自贩卖毒品，引来警方追查，为了求得个人安全，亨利将所有人一并供出，背叛了家族信任。黑手党家族这一次成了背叛的"替罪羊"。

忠诚和背叛的关系在《爱尔兰人》（*The Irishman*，2019）中继续上演，这部影片改编自美国犯罪史上最大的谜案——吉米·霍法被刺案。影片从老年弗兰克的讲述开始，他回忆自己从战场回归，无法融入正常社会，从事运输冻肉司机的低等行业，从越货到杀人，受到意大利黑手党大佬的赏识成为杀手，被派到工会领袖吉米·霍法身边。同时串联起美国二战后一系列历史事件：肯尼迪当选和遇刺、古巴导弹危机、水门事件、科索沃战争，背后无不有黑手党在操控。意大利黑手党集团控制工会，左右选举和外交，甚至刺杀总统，将私人利益凌驾于国家之上。在意大利黑手党世界里求生的爱尔兰人有三位，除了弗兰克和肯尼迪总统，还有工会领袖吉米·霍法。吉米·霍法不甘于一手创建的工会沦为黑手党附庸，触怒了黑手党，被他视为兄弟的弗兰克杀死。片中每个人物之间都充满了背叛与忠诚的复杂关系，弗兰克忠于朋友，却又背叛了吉米·霍法，他忠于黑手党组织，却也不过是众叛亲离，带着一生的罪恶和秘密孤独死去，属于黑手党的时代在《爱尔兰人》落幕了。

20世纪70年代以来的黑帮片呈现出意大利裔导演各自的个人气质。以往，个人要努力寻找最佳的个体表达方式；而现在的导演有更多的表达自由和与公众分享的意识，令我们更清楚地看到其个体特色。[1] 这段时期由于有意大利裔导演集体性参与到黑帮片创作中，黑帮片不再描述经典时期黑手党同美国社会的对抗，而转入讨论黑手党家庭内部文化系统，既有科波拉传统的意大利家庭，也有斯科塞斯不顾荣誉的街头混混。

教父成为同时代表个人价值与家庭情结的双重形象。在这些由意大利家庭构成的黑帮片中，象征美国执法者的警方被排斥在这个内部系统之外，黑手党族命运要由意大利人自己来决定。那么，将这一时期的黑帮片称为意大利式黑帮片则十分恰当。

## 三、结语

美国黑帮片的发展与意大利黑手党在20世纪的美国兴起有着密不可分的关联，黑帮片的历史可以说在一定程度上代表了美国社会的犯罪史。这类影片的人物原型大多来自当时报纸的头条新闻，又普遍采用半纪录式的风格来加以表现，因此使人产生了一种幻觉，联想到历史事件，从而具有了现实与超现实之间的两部分冲突。[2]

最终，透过美国黑帮片的发展历程，美国文化一如"文化熔炉"之名融合了不同的文化背景，产生了各具特点的类型片，黑帮片只是

---

[1] Dreams and Dead Ends: The American Gangster Film / Jack Shadoian, Oxford University Press, USA, 1979, p. 242.

[2] ［美］托马斯·沙兹著，周传基、周欢译：《旧好莱坞·新好莱坞：仪式、艺术与工业（修订版）》，北京：北京大学出版社，2013年版，第80页。

众多类型片样式中的一种。希望本文通过对黑帮片和意大利移民文化的联系所做的历史文化层面的分析，可以作为分析美国类型片发展历史的方法之一，能不断深入发掘蕴藏在美国电影背后深厚的文化融合。

# 第三节　逍遥骑士与愤怒公牛：新好莱坞电影

没有哪个国家的电影能像好莱坞电影那样长期占据国际市场。二战前，好莱坞影片的覆盖率曾达到国际市场的 80%。战争期间，随着战火的蔓延，好莱坞电影也随之遍布全球。英、法、德、意以及第三世界国家的电影在战争中衰败，美国电影却借其殖民政策继续壮大。战后，随着各国各民族生产力的恢复，他们的电影也有了不同程度的发展，使得好莱坞的霸主地位有所撼动。但直到今天，世界各国的电影市场几乎仍有一半甚至一半以上被好莱坞电影所占据，本国电影市场中上座率最高的往往也是好莱坞电影。

回顾好莱坞的百年发展史，有那么一个阶段，它跳脱出了使得经典好莱坞辉煌又使其沉沦的创作桎梏，不再局限于"梦幻工厂"式的电影形态，转而展现对社会、历史、政治和人性的思考，为好莱坞注入了新的生命，成为好莱坞发展史中承上启下的关键阶段。这就是新好莱坞时期。

## 一、新好莱坞之前——好莱坞的诞生及经典好莱坞时期

好莱坞位于美国加利福尼亚州洛杉矶市区西北郊，最初只是一个依山傍水、景色宜人的小镇，是摄影师们在寻找外景地时所发现的。一个小镇能够成长为世界上最大的电影王国，这源于一个机缘巧合，也源于历史和人民的选择。

美国电影业诞生初期，大多数公司都集中在东岸的纽约，在电影市场上进行激烈的竞争。1908 年，以爱迪生制造公司和比沃格拉夫公司为首的几十家公司将他们的专利集中，创建了电影专利公司。他们的目的是全面控制美国电影业，胶片生产、设备制造、电影制作、发行放映，整条电影产业链几乎全掌握在电影专利公司的手中。后来，独立制片商、影院纷纷无法忍受电影专利公司的垄断，为了躲避它的控制，便将目光转向西岸，开始了向好莱坞的迁徙。1911 年，好莱坞建立起第一家电影制片厂，后经制片巨子威廉·福克斯、阿道夫·祖克、路易斯·梅耶等人的进一步开发，好莱坞电影城逐渐成形，并成为美国的电影制作中心。

在第一次世界大战及此后的一段时间，"由于格里菲斯和卓别林等一些电影艺术大师们为美国电影赢得了世界声誉，且华尔街的大财团开始插手电影业和美国经济在这一时期开始飞速发展，好莱坞电影城迅速兴起。电影业也进一步纳入了经济机制，成为谋取利润的一部分。雄厚的资本也促进了影片产量的提高，保证了美国电影在世界市场上的倾销，洛杉矶郊外的小村庄最终成为一个庞大的电影城，好莱坞也无形中成了美国电影的代名词"[①]。

1913 年，独立制片人托马斯·哈伯·英斯在好莱坞成立了自己的电影公司，并开始探寻工厂式的流水线一般的电影生产模式。如托马斯·沙兹所说："英斯的方法是保证公司的五个拍摄场地可同时制作好几部影片，由不同的摄制组拍摄。影片的每一生产阶段被关键的创作人员主管，准备阶段（前期制作）为编剧，拍摄为导演，组合（后期制作）为剪辑师。全部三个阶段由制片人监督，他必须在生产过程中创造性输入和产品最终投入市场的可能性之间作平衡。"[②] 英斯的实

---

① 郑雅玲，胡滨著：《外国电影史》，北京：中国广播影视出版社，1995 年版，第 91 页。
② ［美］托马斯·沙兹著，周传基、周欢译：《旧好莱坞·新好莱坞：仪式、艺术与工业》，北京：北京大学出版社，2013 年版，第 45 页。

践成为 20 世纪 20 年代好莱坞大制片厂制度的雏形。简言之，大制片
厂制度的特点有：①发展大而全的垄断性企业，建立起规模巨大、设
备齐全、人才众多的电影公司；②制片厂内部分工精细，采用流水线
式的制片方式，个人作用被消解在集体合作中；③制片人专权，其拥
有至高无上的权力，可以任意改变剧本、挑选演员，凌驾于导演之上。
同时大制片厂制度也催生了类型电影模式和明星制的诞生。制片商开
始强化类型电影观念，喜剧片、西部片、强盗片和音乐歌舞片等类型
片开始成型；同时还在影片中启用观众喜爱的演员，以适应工业化生
产的需要、迎合观众的欣赏趣味和创造更高的票房价值。

　　20 世纪 20 年代末，在制片厂制度、类型电影模式以及明星制的加
持下，经典好莱坞达到鼎盛时期。一直到 50 年代末的这 30 年中，好
莱坞"五大"（派拉蒙、二十世纪福克斯、华纳兄弟、米高梅、雷电
华）、"三小"（环球、联美、哥伦比亚）摄制出了六七千部类型多样
且颇受观众喜爱的影片，并获得巨额利润，因此称霸世界影坛。这一
时期就被称为经典好莱坞时期。

## 二、新好莱坞诞生的历史社会背景

　　时间来到 20 世纪 60 年代，美国社会政治、经济、文化都正经历
着前所未有的动荡时期。"从 1963 年肯尼迪遇刺开始，马尔科姆·艾
克斯、马丁·路德·金等民权运动领导人物相继死于非命，一系列的
政治谋杀造成了长期的社会动乱、人心浮动。在肯尼迪遇刺的同一
年，越南战争也拉开了序幕，至 1973 年越南战争结束，美军付出了
36.5 万个生命的代价。这场美国历史上损失最惨重的战争使得曾经普
遍相信美国政治制度优越性的人们开始产生了疑问。同样在 1963 年，
美国爆发了一场因种族事由引起的民权运动，对现存体制和国家机器
充满不满情绪的人们纷纷走上街头开始示威游行，以宣泄愤懑。1970
年，'水门事件'发生，美国议会有史以来第一次弹劾了他们的总统，

美国政府进一步失去了民心，美国对外扩张的霸权政策也受到了阻隔"①。

　　社会文化方面，20世纪60年代的种族平等问题和民权运动直接影响了后期在青年中盛行的"嬉皮士运动"。在二战后"婴儿潮"中出生的一代人纷纷在这一时期走向青年时期。他们在成长过程中接触到了各种各样的关于文化和个人价值的新理论，如新左派、自由主义、社会主义、无政府主义、共产主义、唯物主义、神秘主义、享乐主义等。"这一代的青年厌恶和反对战争，而且摒弃和对抗他们认为是美国传统文化所固有的精神空虚和清教徒式的禁欲。他们与传统文化、主流文化极力对抗，代际冲突日益明显，这一代人因此被称为垮掉的一代、愤怒的青年。"②

　　经济方面，美国国内在20世纪五六十年代发生了数次由政治导向的经济危机。许多美国人对自我、对美国社会以及美国国际地位等种种问题的看法都经历了痛苦的转变。与之前的乐观情绪相反，此时美国陷入了一种全民的失望、怀疑和愤怒的情绪。这时，好莱坞"梦幻工厂"式的纸醉金迷就显得非常不合时宜了。

　　在这样的时代大背景下，好莱坞也深深陷入了生存危机和电影产业格局的大洗牌。大制片公司在经典好莱坞时期迎来飞速发展，创造了一个创作、租赁和放映电影的封闭系统，对好莱坞的独立制片公司和小影院造成挤压，这些小公司小影院失去话语权、被迫边缘化。为了确保制片厂之间的正常竞争，1948年5月，美国最高法院根据反托拉斯法出台《派拉蒙法案》，规定制片公司不得同时进行电影发行与电影院放映的业务，大制片厂必须放弃电影发行或放映权，从而结束了大制片厂制作、发行、放映的垂直垄断。这项裁决对大制片厂的经

---

① 石兰萍：《新好莱坞与六十年代的美国青年》，《明日风尚》，2017年第18期。
② 石兰萍：《新好莱坞与六十年代的美国青年》，《明日风尚》，2017年第18期。

济和组织机构造成了极大的冲击，制片厂制度逐渐消亡。

与此同时，电影的普及和电视节目的推广，促进了家庭的娱乐化，抢夺了大量影院观众。美国电视网于 1948 年开始经营，到 1955 年这一媒介覆盖到将近 85% 的美国家庭。这些事件，外加家庭和房屋建筑的兴旺发展和离开城内（大多数影院所在地）向近郊的集体性迁移，确实宣告了一个时代的结束。电影不再是美国的叙事性娱乐的首要手段，"看电影"逐渐被"看电视"所取代。正如托马斯·沙兹在《旧好莱坞·新好莱坞：仪式、艺术与工业》中写道："1920 年代至 1940 年代的美国观众始终忠于看电影，他们现在变得更专心致志地看电视。到 1960 年，平均每个美国人每周大约花 25 个小时看电视。"[1]

因此，在如此时代变局之中，美国社会在思想和政治上都有了全面的转变，旧的政治体制、经济体制不复存在，社会也转而进入消费时代。经典好莱坞赖以生存的思想和政治基础都消逝了，电影改革势在必行。

在好莱坞的这段动荡时期，欧洲电影则迎来了此起彼伏的艺术变革。法国新浪潮、英国自由电影、新德国电影，且意大利新现实主义也更趋多样化等。这些艺术影片流派通过电视大量进入到美国观众的视野。这一系列艺术电影文化的冲击，撼动了好莱坞制片体制的根基。就在此时，一批从电影学院毕业的学生走出校门，开始了他们的电影创作。这些青年人深受欧洲艺术电影尤其是法国新浪潮及其"作者电影"观念的影响，开始对经典好莱坞的"流水作业"似的类型电影进行形式和主题上的反思。他们将自身经历倾注到影片中，用电影讲述自己的故事，反映美国青年一代的理想、愿望和憧憬。

1967 年，阿瑟·佩恩导演的《邦尼和克莱德》上映，影片改编

[1] ［美］托马斯·沙兹著，周传基、周欢译：《旧好莱坞·新好莱坞：仪式、艺术与工业》，北京：北京大学出版社，2013 年版，第 20 页。

自 20 世纪 30 年代美国有名的"雌雄大盗"的故事。这是美国电影银幕上首次出现与传统好莱坞中正派人物截然不同的反面人物。他们同《筋疲力尽》中的米歇尔、《四百击》中的安托万一样，是十足的无政府主义者，也是社会秩序的颠覆者和破坏者。影片成功塑造了邦尼和克莱德这对鸳鸯劫匪的形象，极大煽动了青年观众反社会、反主流的叛逆心理，也以其对传统好莱坞强盗片的颠覆和改写，宣告了新好莱坞电影的诞生。

## 三、新好莱坞的美学风格：对传统的继承与背叛

### 1. 表现主题——批判与反思

史蒂文·斯皮尔伯格认为："70 年代是影史上第一个结束约束的时期，年轻人被允许带着他们的全部天真、智慧和青春活力闯入电影圈。各种大胆的新思想喷泉般涌现。这就是 70 年代成为分水岭的原因。"[①]

新好莱坞的导演们在创作影片时并没有完全摒弃经典好莱坞的传统。相反，他们承认类型电影的规律、明星制和工业化的生产，反而从内部充实新的内容，升华影片的表现主题，达到批判与反思的效果。

1967 年新好莱坞的开山之作《邦尼和克莱德》在类型上仍然是一部强盗片，影片的架构和人物设置也参考了经典好莱坞时期强盗片的模式，但又与之不完全相同。本片取材自美国历史上真实的"雌雄大盗"的故事，将邦尼和克莱德这对与社会规范格格不入的鸳鸯劫匪描写成正面角色，而维护社会秩序的执法者则成了反面角色。影片着力突出的不是邦尼与克莱德的不法行为，而是他们的生活状态——反抗传统、向往自由。他们以一种无政府主义者的姿态建构属于自己的乌托邦，所对抗的并不是公平与正义，而是无情的国家机器。他们只抢

---

① 李一鸣：《新好莱坞制造者——斯蒂芬·斯皮尔伯格》，《当代电影》，2001 年第 02 期

银行，对底层农民和工人反而非常团结友爱，还把枪借给自家房屋被银行回收的工人，供其发泄愤怒。与之相反，影片的执法者成了没有人情味、没有人性的冷血动物。由于受到主角二人的侮辱和挑衅，警察哈默利用公务来报私仇，不择手段地想要抓捕二人，甚至严刑逼供主角的家人。影片结尾高潮处，哈默带人向这对亡命鸳鸯暴雨式地宣泄子弹，种种笔触都塑造出一个十分残暴的负面警察形象，表现出对国家机器和警察过度使用暴力的反思。通过这种"好强盗"和"坏警察"的对比塑造，影片给予观众一种暗示：法律与真善美并不是完全统一的。而邦尼和克莱德成了影片极力想要突出的"反英雄"式的英雄，他们驾驶着汽车去各个银行抢劫，虽然看似堕落、令人不齿，但实际上是忠于他们内心"我们抢银行"的渴望。在 20 世纪 60 年代的时代背景下，激励着当时的美国青年去反思自我的价值，思索战争的残酷，道出那个时代的反抗之声：充满生命力的个人对没有人性的社会制度的反抗。

### 2. 风格类型——哲理化与个人化

在 20 世纪三四十年代的好莱坞，导演只是一个地位极低的工种，他和编剧、演员、摄影师等一样，仅靠拿片酬过活。导演在片场唯一的作用就是确认演员的走位和摄影机的移动，在那个时代导演是不允许进入剪辑室的，制片人和公司老板拥有着一部影片的生杀大权。

受限于这种标准化的生产，经典好莱坞时期的影片如同流水线产品一般被不断生产出来，这些遵从戏剧化叙事结构、类型化人物形象、大团圆式结局等经典好莱坞叙事模式的影片被称为"零度风格"。到了 20 世纪 70 年代，在以法国新浪潮为代表的欧洲艺术电影的影响之下，弗朗西斯·科波拉、马丁·斯科塞斯、史蒂文·斯皮尔伯格、乔治·卢卡斯等为代表的一批"新观念"导演开始横空出世。

一方面，这些导演在电影中注入哲理化与个人化的风格，不再建构虚幻、理想的电影空间，而是通过富有哲理性的纪实性镜头来给予观众启发、带给观众思考。如 1979 年由"新好莱坞四杰"之一的弗朗西斯·科波拉导演的《现代启示录》就是这样一部上升到哲学层面的影片。影片虽讲述的是越战的内容，但其内核可以用于人类历史上任何一场战争，甚至超越了战争，启发着观众对战争、历史和人性的思考。

《现代启示录》讲述了越战期间一位美军上尉威拉德奉命刺杀另外一名叛逃并据地为王的美军上校库尔茨，库尔茨叛逃以后在当地建立起一座独立王国，推行着野蛮、血腥、非人的残暴统治。威拉德率领一队士兵沿着湄公河逆流而上，在这过程中，他目睹了越南战场上的种种暴行，感受到深深震撼的同时自己也变得疯狂。两人相遇后，库尔茨借助威拉德的手完成了渴望已久的死亡，从这个疯狂的世界中得以解脱。虽然库尔茨的疯狂被制止了，但是越南战场上的杀戮与疯狂还在持续。影片采用近乎荒诞的超现实主义的手法来表现战争，其中的夸张色彩、隐喻象征手法，借助于战争来刻画人性的黑暗，通过表现主义的手法展现了战争中人性的泯灭和丧失，从人类文明和存在意义的角度揭露战争的真相，深刻揭露了战争对人性的摧残和人性最深层的恐惧，使影片呈现出一种鲜明的反讽意味和强烈的荒诞感。

另一方面，这些导演也从欧洲艺术电影中汲取营养，形成了一道个人化风格的艺术景观。如被称为"银幕哲学家"的斯坦利·库布里克，他受到战后欧洲电影，尤其是以伯格曼为代表的现代主义电影的深刻影响，总是围绕一个主题来讲述人们在非常时刻的遭遇中所暴露的人性弱点及其所导致的灾难，致力于探讨人性、人类命运等命题，在影片中表现出荒诞的人生和悲剧化的哲理，从不同角度深入到人类生存的核心。在战争片《全金属外壳》《奇爱博士》中，他放弃对战争场景的描摹，而是以其中诸多个体的行动思想为主要表现对象。这种手法一方面使战争片摆脱了以往的纪录传统，增添了演绎的属性；另一方面其立足于战争中的个体所展开的叙事更有利于剖析人和人性。在科幻片《2001 太空漫游》中，他不注重对超越现实的科幻场景的营造，而是通过营造孤独的氛围感，暗示着在科技发达的未来，人际关系会走向疏离、人类生活也将走向孤独。

### 3.表现手法——技术化与艺术化

整个 20 世纪 50 年代，电影与电视行业的竞争难分难解，对此制片厂利用各种技术创新，如彩色印片法和 3D 技术，来提高影院上座率，但反响大多低于预期。不过歪打正着的是，这次冲击为好莱坞的复兴铺平了道路，让年轻的美国艺术家有机会在技术和艺术方面重新定义美国电影，并与世界分享他们的热情。

首先，由于电视有着小屏幕这一局限，于是新好莱坞的电影人们开始着眼于发展宽银幕、立体声等新兴技术。在可变焦距、扩大纵深场面调度、自然色彩等方面进行大量的技术改造，通过这些新技术来达成电视节目还未能达成的艺术效果。并且还尽可能地在影片情节中加入颇具未来感又具有高度科学性的机器或武器等设备，这一点在科幻片中体现得尤其明显，如乔治·卢卡斯导演的《星球大战》系列。影片虽然故事情节依旧老套，但现代科技的包装、奇特的视觉效果、沉浸式的视听体验都让观众目不暇接、为之倾倒。这种通过强烈视听冲击来吸引观众的做法一直延续到今天。

其次，新好莱坞电影还非常注重影片的艺术性。在表现手法上，这些电影海纳百川，将当时一切能够借鉴的手法兼容并蓄，不论从艺术的角度还是商业的角度都极大地丰富和发展了好莱坞电影。在表现手法上，借鉴欧洲艺术电影的创作经验，不再追求完整故事情节和定型化人物，而追求开放式结尾和人物的自然本性。电影语言上，自由地处理时间和空间，突破了传统的时空连续性和线性情节结构。如科波拉导演的《窃听大阴谋》采用双线结构，通过主人公在特殊环境中的活动来揭示人物性格，而人物性格又反过来推动了情节的发展，两条线的共同发展丰富了传统的侦探模式，极好地实现了写实的效果。

## 四、结语

在 20 世纪 60 年代的兴起、70 年代的高涨成熟期后，新好莱坞电影在 80 年代进入平稳发展期，随后的好莱坞电影也开始了更加多样化的发展。尽管新好莱坞的一批导演逐渐老去并退出一手缔造的电影帝国，但他们仍间断有新作问世，且更加注意作品在艺术化与大众化之间的平衡。而昆汀·塔伦蒂诺、大卫·林奇、史蒂文·索德伯格、科恩兄弟、克里斯托弗·诺兰、丹尼斯·维伦纽瓦等一批导演的问世，他们在新好莱坞反叛和抗议的基础上，在作品中注入了对世界成熟的思考和兼容并包的宽广胸怀，使得好莱坞电影继续焕发着别样的生命力。

从某种程度上来说，新好莱坞电影并不是传统意义上的如同法国新浪潮和意大利新现实主义一样的电影革命和电影运动，它是好莱坞内部自身演化发展的结果。以弗朗西斯·科波拉、马丁·斯科塞斯等为代表的一批导演，他们的雄心是力挽狂澜，在低谷中重振好莱坞电影，保护大卫·格里菲斯、奥逊·威尔斯留下的可贵传统；而史蒂文·斯皮尔伯格、乔治·卢卡斯等人则为经典好莱坞电影的商业叙事注入新鲜的血液，挽救好莱坞在全球正在日益丧失的地位，为美国的主流意识形态做出与时俱进的诠释。科波拉曾说："给我两个亿，我再借一百个亿，我将拍出影史上最伟大的电影。"这种豪放的气概正是新好莱坞电影和电影人们的缩影。

# 第四节    乐高的电影之路

我们回顾乐高玩具的发展历程，并指出乐高玩具"可电影化"的基础——"马赛克美学"，也将结合"漫威电影宇宙"中的部分影片深入分析"马赛克美学"是如何将乐高积木玩具从物质对象逐步发展成为当今社会流行文化的潮流表征。乐高积木玩具的发展颇有英国学者斯科特·拉什（Scott Lash）提出的"物的媒介化"趋势，顺承"物的媒介化"这一观点，对乐高积木的发展以及与电影联姻以后的"可电影化"趋势以及乐高玩具与漫威电影的"融合"现象进行深入分析。

## 一、乐高的电影之路

### 1. 系统：乐高玩具套装的精髓

乐高的天才之处在于将建筑套装和玩具套装结合成了一个产品，从而推出了乐高系统，其中每一块乐高积木都能与其他乐高积木结合在一起，这是玩具行业的第一个"系统"。当乐高积木首次出现在市场上时，像林肯原木（Lincoln Logs）这样的建筑套装可以建造特定种类的东西（例如木屋、棍棒或车辆），但它们一般不用于建造整个环境，也不包含可以让儿童来体验他们所建造的东西的人物的化身。另一方面，玩具套装具有详细的设置和居住在其中的人物，但它们仅限于已经代表的东西；所有东西都是现成的，很少或没有新的东西可以做。乐高则带来了可以建造的环境（这决定了每套玩具有哪些部件），但孩子们可以用同样的乐高积木建造其他东西，甚至可以将多套乐高玩具组合在一起，建造更大的环境。

（1）乐高人仔

在乐高的早期开发中，可以看到玩具套装和建筑套装的逐渐融合。1949 年，该公司生产了第一批塑料积木，即自动组合砖块。乐高系统的第一套玩具套装《城市规划 1 号》出现于 1955 年，随之一起出现的还有其他可与之结合以扩大城市规模的装置。然而，汽车、树木，尤其是乐高人仔，仍然像其他玩具套装中的塑料人物一样，每一个都是一个单件，可以在玩耍时使用，但不能更改。1961 年，乐高车轮及其所连接的零件问世①，让孩子们可以自己建造汽车。但是，由于角色是儿童自我代入的化身，角色对玩具套装至关重要，在一段时间内无法构建。1963 年，建筑大师 004 套装在其盒子上展示了一个由乐高积木建成的人物，但它有两打积木高，与其说它是一个可用的化身，不如说是一座雕像，而且它太大了，大到无法与经典的乐高车辆和建筑一起使用。第二年，出现了几个基于人物角色的小套装；《跷跷板 803》《三个小印第安人 805》《牛仔和小马 806》《娃娃 905》，还有一套《小丑 321》出现在 1965 年。在所有这些套装中，角色没有脸或有关节的肢体；然而，他们的设计离更小尺寸的可用化身更近了一步。在这些年里，出现了几十套车辆套装，车辆仍然是乐高玩具套装的主要产品。其中一套是 1970 年的《行李马车 622》，甚至有几块积木代表了马车的司机，但只是作为马车套装的一个特点，而不是可以单独使用的角色。1973 年发布的六个《基础套装 1，2，3，4，5，8》以及《建筑套装 105》《建筑套装 115》，在盒子上展示了玩具套装中用积木拼搭的人物，但仍然是块状的、没有脸的那种。直到 1974 年，乐高才最终推出了代表人物的特殊物件——乐高人仔，这些人仔有圆头、圆脸、有关节的手臂和手，并按比例缩放以适合车辆和建筑物。共推出了九套以这些人仔为特色的套装，其中一套《家庭 200》完全由人仔组成。②

　　虽然人仔的引入拓宽了乐高玩具套装的可能性，但这些人仔的尺寸仍然因为太大而无法与一些套装一起使用，因为这些套装中较小的车辆和建筑代表着二者之间比例失衡。1975 年，一种新的乐高人仔

---

① ［丹］丹尼尔·利普科维茨，［丹］耐文·马爹利著，张国强、金蓉译：《乐高全书》，北京：科学普及出版社，2020 年版，第 21 页。
② 根据塞巴斯蒂安·埃格斯等人的说法，其他八组包括《古董车套装 196》《飞机和飞行员套装 250》《米勒和妻子的风车套装 251》、司机和乘客的《机车套装 252》、两位人物的《完整厨房套装 263》、两位人物的《起居室套装 264》、一位人物的《完整浴室套装 265》和《儿童房套装 266》。

出现了，它没有脸或有关节的手臂，但有一个专门的头部、一个躯干和一个代表腿和脚的单件。这些人仔模型将在未来几年内更新，直到1978年现代意义上更小的乐高人仔出现，具有彩绘的脸、可移动的手臂和腿，以及与手臂相连的手部件。尽管乐高人仔最终将取代较大的人仔，但这两种尺寸的人仔是同时制作的，甚至在某些套装中出现在一起，比如1978年推出的《带婴儿车的母亲套装208》和《幼儿园套装297》，以及1979年推出的《浴室套装261》《家庭套装268》和《厨房套装269》。乐高人仔定位为婴儿或儿童，尺寸较大的人仔在这些套装中定位为父母和成人。

（2）乐高主题

在1978年更新的新城镇、城堡以及太空主题系列玩具套装中，乐高人仔开始正式成为玩具套装的特色，同时，乐高人仔也随着角色的数量增加和种类丰富变得流行起来。随着新的玩具主题推出，乐高玩具套装已经具备了其他类型玩具套装的所有功能，完成了建筑套装和玩具套装的合并。由于布景是按迷你人仔比例设计的，1979年以后，大尺寸的乐高人仔不再出现在套装中。

而主题套装的出现则意味着乐高可以在任何特定时间与流行文化的流行主题相联系，但不需要授权任何特定知识产权或特许经营权；由于"星球大战"系列的持续成功，1978年太空主题的出现肯定与20世纪70年代兴起的科幻小说等流行文化相吻合。在20世纪80年代和90年代，乐高每年都会发布新的太空主题套装，包括被称为黑色入侵者、指挥中心、太空警察、机甲战士、单轨发射站和宇宙飞船的支线系列。这些支线系列的名称将套装组合成乐高自己的内部品牌；尽管在20世纪80年代和90年代，特许经营和商品销售联手兴起，乐高还是更喜欢创建自己的原创商品。但这一政策在1999年发生了变化，乐高公司自20世纪70年代初开始许可其第一部作品，并出现了第一套乐高星球大战套装。①

这项长达数十年的政策的变化可能部分是出于经济方面的考虑。1998 年，该公司的利润自 1932 年以来首次出现下滑，这表明需要进行改革。② 除了出售一些外国资产，减少员工和生产的积木种类（两者都约减半）外，乐高还改变了对其生产的玩具种类的看法。据记者詹姆斯·德林波尔报道：

> 乐高的工作人员也不得不放弃他们的高尚情操。典型的例子是 1999 年爆发的内部争吵，当时首次提出了与《星球大战》的产品搭配：公司有经验的老人反对，理由是任何标题中带有"战争"的产品都会树立一个糟糕的道德榜样。但《星球大战》系列后来成为乐高最畅销的作品之一。

除了有助于公司的销售外，这些授权套装的成功还导致了 200 多种不同的乐高《星球大战》套装的生产，并推动公司购买了其他主题套装的许可，包括"哈利·波特""加勒比海盗""蝙蝠侠""我的世界"和"指环王"的特许经营权。来自电影媒介文本的"可玩具化"特许授权模式俨然成为乐高公司盈利的重要手段。

## 二、乐高玩具的"可电影化"

在电影与玩具互动的异业合作过程中，经历了从"衍生"到"共生"的合作模式的更迭。在长时间的摸索过程中不仅电影文本逐渐探

---

① 最早的一些乐高套装包括品牌名称，尽管它们通常来自汽车行业，比如《埃索拖车 252》《大众甲壳虫 260》和《埃索加油站 310》，都是 1958 年的，或者《雪铁龙 DS 19 603》和《菲亚特 1800 605》，都是 1965 年的，或者《壳牌服务站 648》，1956 年，乐高公司还生产了一些沐浴环和一个以迪士尼人物为主角的木制玩具。利普科维茨，《乐高全书》，第 156 页。
② ［美］詹姆斯·德林波尔：《当乐高玩具失去理智时，这个玩具总动员是如何获得圆满结局的》，《在线邮报》，2009 年 12 月 18 日。

索出了"可玩具化"的玩具转换逻辑，玩具作为乔纳森·格雷所谓的"帮助观众跨越旁观者障碍"的电影源文本入口副文本之一，也逐渐形成了一种"可电影化"的转化逻辑。在众多玩具产品中，我们选择乐高积木这一改编过程中更为灵活的媒介终端作为说明。

马克·J. P. 沃尔夫在讨论到《星球大战》改编为乐高玩具套装的逻辑时提到："玩具套装的设计不是改编一个叙事，而是为其用户提供重演某个特定叙事所需的所有元素，而无需重演该叙事"，"它们的整体形状、颜色色调和独特的细节，特别是那些在电影中清晰显示的细节，成了乐高星球大战玩具套装设计的标准"①。也就是说，玩具套装把电影文本中可识别和独有的特征夸大，从而简化了一些角色、车辆和场景的设计。为了更深入地说明这种改编的逻辑，我们提出乐高积木玩具的"马赛克美学"进行论证。

## 1. 乐高积木玩具的"马赛克美学"

乐高作为一种积木玩具，其特殊之处在于凸粒和凹管咬合系统，即在正常的积木上方增加凸粒，在积木内部的下方增加凹管，相比于普通的块状积木，这样的拼合方式更加稳固，直到今天这种凸粒和凹管的积木仍然是乐高玩具中重要组成部分。而这种拼搭系统的好处就是，尽管现在的"乐高元件有成千上万种不同的形状、颜色和大小，但所有都是精确设计并且能够与原有积木连接的"，这也就意味着"诞生于1958年的乐高积木与60年后生产的积木也能接驳到一起"②。而乐高玩具套装玩耍的逻辑就在于将套装内的各个积木拼搭起来，用很多数量的乐高积木拼合在一起搭建出建筑物、车辆、人物等模型，这与一种被称为"马赛克"的艺术形式有着相似的逻辑。

---

① Sean Guynes. Dan Hassler-Forest. Star Wars And The History Of Transmedia Storytelling.( Amsterdam University Press, 2017 ), 175.

② ［丹］丹尼尔·利普科维茨，［丹］耐文·马爹利著，张国强、金蓉译：《乐高全书》，北京：科学普及出版社，2020 年版，第 18-19 页。

　　马赛克，是由英文字母"Mosaic"音译得出，指"值得静思，需要耐心的艺术工作"[①]，是一种以各种不同大小、颜色相异的小块材料，如贝类、石头、陶瓷片等镶嵌和拼合成具有图像感的装饰艺术。马赛克最初用来指代这些用来镶嵌的材料，而现在"马赛克"一词更偏向于指代这种极具图像感的艺术形式，也就是说，马赛克更应被称为马赛克图像，是一种图像。马赛克图像在《国际织物印花图案流派》一书中有明确定义："将平涂的色彩分割成小块色片，然后把这些色片拼合成各种图案，有时是用单纯的小色块组合成色彩的交响曲，这种大量运用小色块，组合成为具有特殊图像感的图案，就是马赛克图案。"[②]这种马赛克图案形成的过程与前文提及的乐高积木的拼接方式是一致的，具体来说，二者都是利用大量小块材料，通过特定的排列组合方式拼合在一起创造出某种图像、玩具，乐高玩具的拼搭可以被看作是马赛克图像的一种立体应用。因此，我们认为，乐高玩具中存在着鲜明的"马赛克美学"的特质，而这种"马赛克美学"可能构成了电影文本向乐高玩具的转换逻辑。

　　所谓"马赛克美学"，我们认为主要体现为马赛克图像特殊的图像感。有研究艺术设计专业的学者把这种图像感称为"空间混合效果"，简单来说，空间混合效果就是将不同色相的模块排列在一起，当我们欣赏时，这些色块会对我们的感光细胞产生刺激，这样就会在视觉中产生色彩的混合，所以我们的肉眼很难将它们单独分辨出来。而特殊的图像感就来自于这种空间混合效果，产生空间混合效果的马赛克图案，近看时每个色块元素色点清晰，都会一块块突显出来，并不会获得特殊图案感，相反地，若在一定距离以外观看时，就会获得明

---

[①] 李赐生：《个性化的马赛克装饰艺术》[J].《家具与室内装饰》，2007年第11期，第38页。

[②] 忻泰华编著：《国际织物印花图案流派》[M].北京：轻工业出版社，1987年版，第37页。

确的色调和图案感。我们认为，乐高玩具就是利用了这种空间混合效果对电影文本进行转换。

乐高积木的拼合原理是利用表面的凸粒与其他积木内部的凹管进行拼合连接在一起，拼搭好的乐高玩具表面就会有裸露的凸粒，这种凸粒是比乐高积木更小的构成单位，可以被理解为乐高玩具中的色块元素点，当一个乐高玩具被拼搭好，这种凸粒就会产生"马赛克美学"的效应。比如乐高"星球大战"系列的《10018 达斯·摩尔头像终极收藏版》《10030 帝国歼星舰》《10143 死星Ⅱ》等套装，这些套装"给人带来很强的视觉冲击力"[1]，这种冲击力就是"马赛克美学"的体现，近看时积木表面的凸粒非常清晰，并不会有很强的特殊图案感，但若以整体的视野观看，能够令人清晰地与影片"源文本"产生外观上的联系。

乐高积木零件中还有一种叫作"光板"（Tiles）的乐高积木，这种积木与普通乐高积木最大的差别在于表面没有凸粒，是表面光滑的塑料积木。我们认为光板积木丰富了乐高玩具中的"马赛克"元素，让乐高玩具的"马赛克美学"与电影的"可玩具化"特性产生了呼应，达到了一种"影玩融合"的效应。《乐高全书》中描述了光板与凸粒积木拼合的好处，"有、无凸粒的板配合使用，制作出更多细节"[2]。具体来说，有凸粒的积木用于构造整体，而光板用于勾勒细节，这点在 2017 年发布的乐高 75192 豪华千年隼套装中表现得尤为明显，外部裸露的凸粒能够让人整体识别出这是《星球大战》系列电影中的交通工具，而维护通道、圆形通风孔、驾驶舱等在影片《星球大战 5：帝国反击战》和《星球大战 7：原力觉醒》中被清晰展示过的细节则统

---

[1] ［丹］丹尼尔·利普科维茨，［丹］马爹利著，张国强、金蓉译：《乐高全书》，北京：科学普及出版社，2020 年版，第 196 页。
[2] ［丹］丹尼尔·利普科维茨，［丹］马爹利著，张国强、金蓉译：《乐高全书》，北京：科学普及出版社，2020 年版，第 203 页。

统用光板来拼搭，这也让该套装被认为比乐高第一款超级收藏版千年隼（10179）套装更真实地复原了影片中飞船的造型。

### 2. "可拓展性"："马赛克美学"与"可玩具化"的融合

乐高玩具的"马赛克美学"在外部造型层面与电影"可玩具化"中对视觉造型设计的需求产生了呼应，形成一种"融合"趋势。进一步来说，我们认为这种"马赛克美学"帮助乐高玩具突出了在电影文本中被清晰展示的细节，与电影源文本产生了"彩蛋"式的文本勾连。更重要的是，这种"融合"在乐高玩具中展现出一定的"可拓展性"，让玩具套装在叙事层面更深入地参与了故事世界建构。

乐高玩具的"可拓展性"专指玩具套装之间具有拼搭、融合的可能性，我们认为这能够为主题玩具套装提供故事世界模型，让玩具文本进入到屏幕中。格雷认为在电影中并不成功的人物角色可以通过玩具变得成功，继而作为"入口副文本"重新开发为重要的银幕文本。①玩具作为重要的"入口副文本"消除了粉丝进入庞大故事世界的边界障碍，但还未讨论这种边界障碍具体是如何被消除的。我们认为这种边界障碍的消除是因为玩具的"可拓展性"增加了玩具文本与电影故事世界二者之间边界的模糊感，这种模糊感掩盖了玩具的文本来源，使它们看起来真正是多平台、多起源、跨媒体的故事，从银幕到实体玩具，再回到银幕来。

我们认为乐高玩具套装"可拓展性"是通过"乐高主题"玩具套装的拼搭来增强玩具文本与电影故事世界之间边界的模糊感的。在20世纪70年代众多玩具公司纷纷购买知名电影媒介特许经营授权的浪潮中，乐高公司并未盲目地追随流行趋势，而是选择了开辟原创的故事品牌，并在1978年推出了"乐高主题"系列玩具套装，"乐高主

---

① Jonathan Gray: *Show Sold Separately: Promos, Spoilers, and Other Media Paratexts*, NYU Press: New York, 2010. P187.

题"背后体现的是乐高公司"玩具系统"的理念。而所谓"玩具系统"，其真谛在于"系统的兼容性与连贯性，不同的套装之间相互兼容，用乐高积木搭建出的场景、模型可以不断地向外扩展"①。最初发布的"乐高主题"系列玩具包括乐高太空、乐高城堡以及乐高小镇三种主题，每种乐高主题下囊括了大量支线主题。乐高最早发布的太空主题只包含了宇宙飞船、月球基地、火箭和空间漫游者等简易元素，基本满足了玩家对于当时宇宙探索的想象，后续发布的外星人入侵、火星任务、太空警察等支线主题，不断充实乐高太空主题的玩具文本内容。这些主题玩具套装的故事背景会通过拼装说明书进行交代，当玩家拼砌完成后，在乐高积木搭建的玩具场景中可以利用乐高人仔为媒介引入角色扮演的故事叙事方法，从而构建出一个乐高品牌的主题故事。

　　当各种乐高主题系列玩具套装发展足够庞大之后，乐高公司将这些玩具搬上了银幕。2014 年上映的《乐高大电影》(*The Lego Movie*, 2014）就是这样，这部电影采用数字技术制作，画面却模拟了定格动画的效果，故事情节取自乐高粉丝社群中提供的素材。影片中出现的人物、场景、背景环境都有相对应的乐高积木搭建的真实原型，把乐高好朋友、乐高太空、乐高城市、乐高海盗等众多乐高主题玩具套装的元素融入一部电影。比如主人公艾米特驾驶的梦幻太空船就是在向经典乐高太空主题系列的"银河探索者"致敬；营救艾米特这情节中救援军所驾驶的"海牛号"致敬了经典乐高海盗主题的伸缩式锚链与可射击的火炮；主人公艾米特与反派生意王战斗用的工程机甲更能体现"可拓展性"，将乐高机甲战士主题与乐高城市主题的支线主题乐高城市建设者相结合，创造了一个类似于能够变形的挖掘机……这些

① ［丹］丹尼尔·利普科维茨，［丹］马爹利著，张国强、金蓉译：《乐高全书》，北京：科学普及出版社，2020 年版，第 52 页。

融合的乐高主题套装凭借"可拓展性"在银幕上构造了一个故事世界。同时，乐高公司还推出了同名的"乐高大电影"主题玩具套装，"电影的回报不仅是在票房上，同时带动了相应套装、人仔的销售"①，这甚至比格雷所认为的回归到银幕有了更长足的发展，因为《乐高大电影》让玩具文本从银幕又回到了玩具实体当中，开发出了更多的玩具文本参与故事世界构建。

尽管《乐高大电影》的出现让银幕不再是跨媒介平台叙事的终点，又开发出更多的玩具文本作为产品终点，但我们认为谁是文本的终点已经不再重要，玩具文本的"电影化"特征与电影文本的"可玩具化"特征互相融合，当粉丝面对《497 银河探索者玩具套装》《乐高大电影》以及《70186 本尼的飞船、飞船、飞船！》玩具套装时产生的边界模糊感，以及让故事世界更加庞大、包容、易于进入才是电影"可玩具化"与玩具"电影化"的核心目的。

<hr />

① ［丹］丹尼尔·利普科维茨，［丹］马爹利著，张国强、金蓉译：《乐高全书》，北京：科学普及出版社，2020 年版，第 96 页。

# 第三章

## 观念：情感、跨媒介叙事与媒介本体论

## 第一节　梁启超后期的文学思想

在中国近现代文化史上，梁启超是最不惮于"以今日之我难昔日之我"的人物，他不懈地以"他者"的眼光来审视自己过往的思想、行为和著述。他的文学思想也是如此。

早年，梁启超掀起"文界革命""诗界革命"和"小说界革命"，拉开了中国文学走向现代的序幕。但平心而论，这些文学主张只是梁启超维新思想的附庸，其实质是改良传统文学，使之能更有效地给予社会以启蒙，更有效地发挥工具的作用。这恰恰是传统文论在"经世致用"这一线索上符合逻辑的演化结果，传统的"教化"以现代性的、西方色彩的"启蒙"开始了自身的蜕变，也因此获得新生，并使传统文学观中的实用主义、道德主义和文学的使命感在得到重新阐释之后，一直顽强地延续到五四运动以来的"文学革命""为人生""革命文学"……

20世纪20年代，当年指点江山、才华横溢的少年进入了他生命中的晚境。这一时期，梁启超仍有文学研究的文章问世，在数量上也并不少于1900年前后之作。其实，梁启超早期的文学思想粗疏而草率，

并不能代表他全部的文学见解，甚至并不为他自己所重视。① 然而其影响远远超过了当时其他更具学术价值的文论，也超过他自己 20 年代写的更成熟更具学术理性的文学研究著述。至今，这种影响力上的差异仍然存在，学界关于梁氏前期文论的研究可谓硕果累累，对其 20 年代的文学研究却极少。整理和认识梁启超后期的文学主张和文学研究，有助于全面客观地评价他的文学观，也有助于我们理解 20 世纪 20 年代文学的丰富性与复杂性。

## 一、情感文学论：从致用到审美

梁启超后期的文学思想和文学研究，以"情感"作为文学的核心因素，主要是从审美层次上对文学进行探索的。夏晓虹认为后期的梁启超主要是从人生这个方面来研究文学的，具有很强的个人道德修养意味。"即使后期退出政坛，热心于讲学与著述，发表'文学是人生最高尚的嗜好'之论，也并不意味着其改而奉行文学的唯美主义，'高尚的情感和理想'的解语，正揭出'高尚的'一词所包含的道德意味。改良群治与有益人生，虽然指向不同，一关乎社会政治，一关乎个人情操，在文化的层面上却可获得统一。梁启超既不以文学为纯粹美的创造，研究文学时，就很容易接受与采用文化的视角，把文学问题放到文化的范围内来讨论。"② 夏晓虹以为后期的梁氏虽然倾向于"情感中心"说，但并不奉行文学的唯美主义，最起码她没有明确指出后期的梁启超从审美层次上看待文学。

确实，后期的梁启超发表过"文学是人生最高尚的嗜好"之论，

---

① 梁启超在《饮冰室文集·自序》中说："吾辈之为文，岂其欲藏之名山，俟诸面世之后也，应于时势，发其胸中所欲言，然而时势逝而不留者也，转瞬之间，悉为刍狗。……故今之为文，只能以被之报章，供一岁数月之道铎而已。过其时，则以覆瓿焉可也。……以吾数年来之思想，已不知变化流转几许次。"

② 夏晓虹：《梁启超的文学史研究》，王瑶主编：《中国文学研究现代化进程》，北京：北京大学出版社，1996 年版，第 25 页。

也有过"高尚的情感和理想"的说法，所以很容易使人和传统儒家"独善其身"的个人道德情操修炼联系起来。而且后期的梁启超在《情圣杜甫》中谈到美时总离不开人生，即便说到"为作诗而作诗"的唯美主义时，也说"人生目的不是单调的，美也不是单调的"，把唯美和人生联系起来，颇有"为人生而唯美"的味道。这样一来，梁启超后期的文学观便极易理解成"为人生而文学"，难怪夏晓虹认为梁启超的文学观从早期的改良群治转化为后期的有益人生。但是不要忘了中国传统美学的实质，"中国美学的实质，乃是为了探询使人们的生活与生存如何成为艺术化的审美创造，它是从一个特殊的层面、特殊的角度来体现中国人对人生的思考和解决人生问题的努力，体现着中国人对于人的生存意义、存在价值与人生境界的思考和追求……美学在实质上只能是存在的诗性之思。"[①] 中国传统美学可以说是人生美学，它重视人生，最后总要落实于人生。生存在这块文化土壤中的梁启超禀有此种文化积淀的色彩也是不难理解的，因此，梁启超谈及唯美文学时总也离不开人生。故而，夏晓虹认为梁启超后期的文学思想是主张有益人生的，却否定其后期对唯美文学的宽容甚至推崇，这就不无遗憾了。

作为现代中国文论"逻辑起点"的重要构成内容，梁启超关于文艺要推动社会改良与进步的主张，鲜明地体现了文学的社会功利要求，从而在发生学意义上内在地影响着其后的文学发展。正是在这个意义上，人们向来关注的是梁启超文艺思想中直接鼓吹文学改良社会的部分。但纵观梁启超一生文学思想的发展，他从来没有忽略文学自身固有的审美特征，而且还从情感方面做出了堪称不俗的论述，特别是随着时间的推移，他的这一倾向愈发明显。客观来看，在文学与社会现实之间的关系上，梁启超明确持功利性主张，这是其社会改良及启蒙

---

① 皮朝纲主编：《审美与生存》，成都：巴蜀书社，1999年版，第28页。

思想的必然反映；而在文学自身属性上，他则明确持情感审美论，在他看来，只有情感才是把文学的社会功利性与审美属性联结和沟通起来的枢纽，也就是说，文学的自律性与他律性的统一就在于情感。本文试图从梁启超关于文学的情感本质、情感与创作、情感的表现方式等的一系列论述中，把握他的情感论文学观。

## 1. 文学的情感本质

　　情感对于文学艺术的重要性，是古今中外的各种文艺理论体系共同关注的话题。中国传统诗学中的"抒情言志说"，早就将情感置于中心话语的地位，予以突出强调；而西方诗学中的克罗齐－柯林伍德的"情感表现说"，更是将情感强调到了极端的地步。任何一个理论范式，只要不漠视文学艺术的自身属性，无不重视对于情感问题的探讨。对于情感本质的认识，是梁启超情感理论的基石。在《中国韵文里头所表现的情感》一文中，他明确提出："天下最神圣的莫过于情感。"[1] 首先，"情感是人类一切动作的原动力"。梁启超将情感与理智做了比较，他认为："用理解来引导人，顶多能叫人知道那件事应该做，那件事怎样做法；却是被引导的人到底去做不去做，没有什么关系。有时所知的越多，所做的倒越发少。用情感来激发人，好像磁石吸铁一般，有多大分量的磁，便引多大分量的铁，丝毫容不得躲闪。"其次，"情感是宇宙间一种大秘密"。梁启超说："我们想入到生命之奥，把我的思想行为和我的生命迸合为一，把我的生命和宇宙和众生迸合为一，除却通过情感这一个阀门，别无他路。"[2] 在这里，梁启超对情感的理解体现出非常深刻辩证的见地。第一，他不是把情感视为纯粹感性个体的东西，而是将情感视为感性与理性、个体与社会的融

---

① 梁启超著：《中国韵文里头所表现的情感》，《饮冰室合集·文集之三十七》，北京：中华书局，1989 年影印版，第 71 页。

② 梁启超著：《中国韵文里头所表现的情感》，《饮冰室合集·文集之三十七》，北京：中华书局，1989 年影印版，第 71 页。

通。第二，梁启超将对情感特质的考察与生命特质的考察联系起来，既给予了情感非常重要的地位，又给予了情感极为丰富的内涵。在此基础上，梁启超进一步提出了自己的文学情感本质论。他非常明确地主张："艺术是情感的表现"①，"艺术的权威，是把那霎时间便过去的情感，捉住他，令他随时可以再现；是把艺术家自己'个性'的情感，打进别人们的'情阈'里头，在若干期间内占领了'他心'的位置"，音乐、美术、文学等艺术形式的价值，就在于把"情感秘密"的钥匙都掌握住了。可见，情感贯穿整个文学活动全过程，文学艺术的本质就在于能够掌握"情感的秘密"，即个性化的真情实感，掌握并占领"别人的'情阈'"，占领"他心"，完成一己之情感的客观化、对象化。梁启超的这种关于文艺情感本质的观点，是比较符合文学的艺术规律的，既继承了中国传统诗学"抒情言志"的传统，又体现出西方现代诗学把情感视为个体生命"表现"的理论痕迹。②

## 2. 文学情感的真实

文学情感必须真实，这是梁启超坚持的首要原则。"情感越发真，越发神圣。"何谓艺术情感之真？梁启超说："大抵情感之文，若写的不是那一刹间的实感，任凭多大作家，也写不好。"③可见，梁启超把真实的艺术情感视作来自生活的与具体事件相联系的真实感觉。那么，主体如何去捕捉"那一刹间的实感"呢？梁启超认为有两条互相联系的途径。首先，是要以"纯客观的态度"，观察"自然之真"。不能抓住自然的真相，就无法产生真实的感觉。其次，是要以"热心""热肠"，"在同中观察异，从寻常人不会注意的地方，找出各人情感的特

---

① 梁启超著：《情圣杜甫》，《饮冰室合集·文集之三十八》，北京：中华书局，1989年影印版，第37页。
② 梁启超著：《中国韵文里头所表现的情感》，《饮冰室合集·文集之三十七》，北京：中华书局，1989年影印版，第72页。
③ 梁启超著：《中国韵文里头所表现的情感》，《饮冰室合集·文集之三十七》，北京：中华书局，1989年影印版，第72页。

色"。真事是实感的基础。有了真事，才有真实的感觉；有了真实的感觉，还要能够捕捉体味，要能品鉴出"那一刹间的实感"的独特之处。在评价杜甫作品的过程中，梁启超指出："真事愈写得详，真情愈发得透。"① "自然之真"与"情感的特色"是互为联系、相辅相成的。因此，对生活实感的捕捉与表现是艺术情感真实的两个有机层面。梁启超认为文学艺术活动中有两种创作流派，一谓浪漫派，一谓写实派。浪漫派的做法是"用想象力构造境界"，"把情感提往'超现实'的方向"②。梁启超极为推崇楚辞与屈原的作品。他认为"我国古代，将这两派（即指浪漫派与现实派）划然分出门庭的，可以说没有"，"但我们文学含有浪漫性的自楚辞始"③。实际上，梁启超在此已明确地将楚辞视为我国浪漫主义文学的开山之作。同时他把屈原视为我国浪漫主义文学的杰出代表。他说："欲求表现个性的作品，头一位就要研究屈原。"梁启超认为文学应表现实感，但能"从想象力中活跳出实感来，才算极文学之能事"④，而屈原就是这样一位将想象之活跃与情感之真实密切联系的真诗人。梁启超认为："就这一点论，屈原在文学史上的地位，不特前无古人，截到今天止，仍是后无来者。"梁启超指出，屈原具有"极热烈的情感"，他"极诚专虑的爱恋"的对象是"那时候的社会"。他"又爱又憎，越憎越爱，两种矛盾性日日交战，结果拿自己生命去殉那'单相思'的爱情"。因此，"屈原是情感的化身"，

---

① 梁启超著：《情圣杜甫》，《饮冰室合集·文集之三十八》，北京：中华书局，1989年影印版，第44页。
② 梁启超著：《中国韵文里头所表现的情感》，《饮冰室合集·文集之三十七》，北京：中华书局，1989年影印版，第128页。
③ 梁启超著：《中国韵文里头所表现的情感》，《饮冰室合集·文集之三十七》，北京：中华书局，1989年影印版，第128页。
④ 梁启超著：《屈原研究》，《饮冰室合集·文集之三十九》，北京：中华书局，1989年影印版，第68页。

他的作品句句都是真性情的流露，是"有生命的文学"①。后人没有屈原那种发自肺腑的真实自然的"剧烈的矛盾性"，只"从形式上模仿蹈袭，往往讨厌"。这类作品不能将想象与真情相结合，不能创造出"醇化的美感"，只能"走入奇诡一路"。

　　艺术活动中的另一种创作流派是写实派。写实派的做法，是"作者把自己的情感收起，纯用客观态度描写别人情感"，"将客观事实照原样极忠实地写出来，还要写得详尽"。写实派所写的多是"寻常人的寻常行事或是社会上众人共见的现象"，"没有一个字批评，只是用巧妙技术把实况描出，令读者自然会发厌恨忧危种种情感"。写实派作家以"冷眼""忠实观察""社会的偏枯缺憾"，注重写"人事的实况"与"环境的实况"。他的"冷眼"底下藏着"热肠"。梁启超极为精辟地指出，写实派的作家"倘若没有热肠，那么他的冷眼也绝看不到这种地方，便不成为写实家了"②。因此，写实家仍然拥有对生活的真情与热爱。梁启超最为推崇的写实派文学家是杜甫。他把杜甫誉为"情圣"。因为杜甫与屈原一样都是"富于同情心的人"。他把自己的"精神和那所写之人的精神并合为一"，把"下层社会的痛苦看得真切"，并"当作自己的痛苦"。因此，"别人传不出"的"情绪"，"他都传出"③。可见，梁启超并非机械地理解写实与浪漫的创作特征。在他的批评标准中，写实与浪漫并无高低之分，不管运用何种方法，只要拥有真情，发透真情，即为大家。

　　情感真实是艺术之美的基础，但梁启超并没有停留于此，而是进一步深入地指出："情感的本质不能说他都是善的，都是美的。他也有

---

① 梁启超著：《屈原研究》，《饮冰室合集·文集之三十九》，北京：中华书局，1989年影印版，第55—63页。
② 梁启超著：《中国韵文里头所表现的情感》，《饮冰室合集·文集之三十七》，北京：中华书局，1989年影印版，第138页。
③ 梁启超著：《中国韵文里头所表现的情感》，《饮冰室合集·文集之三十七》，北京：中华书局，1989年影印版，第139页。

很恶的方面，也有很丑的方面。他是盲目的，到处乱碰乱进，好起来好得可爱，坏起来坏得可怕。"① 可见，梁启超对于情感的性质与作用采取了一分为二的辩证态度。真情感是神圣的，因为它出自人的真生命、真性情。但真情感在内涵上有"美"与"丑"的区别，在作用上有"好"与"坏"的区别。这一认识就对艺术表现情感提出了鉴别提炼的任务，艺术应该表现的是"美"的情感与"好"的情感，这一标准在梁启超的作家作品研究中具有鲜明的表现。而从更深刻的层面来说，梁启超认为，艺术家本身必须注重情感的"陶养"，"艺术家认清楚自己的地位，就该知道：最要紧的工夫，是要修养自己的情感，极力往高洁纯挚的方面，向上提挈，向里体验，自己腔子里那一团优美的情感养足了，再用美妙的技术把它表现出来，这才不辱没了艺术的价值"②。也就是说，艺术家体验把握真情感，又不能随性而至，随情而发，而要用理性去陶养、去规范，使本能的情感往"美"的与"好"的方向提升。因此，梁启超的主情主义从感性出发，以理性为归宿，体现了对东西方情感理论的化合与创造，也体现了他对情感与理性关系的辩证理解。

## 3. 情感表现法

作品是艺术感染力发生的前提与基础。因此，梁启超非常重视作品的情感表现技巧。他认为："要有精良的技能，才能将高尚的情感和理想传达出来。"因此，他对于艺术作品的"表情技能"进行了具体研究，并以诗歌作为主要范例，总结出"奔进的表情法""回荡的表情法""含蓄蕴藉的表情法""写实派的表情法""浪漫派的表情法"五种主要表情方法。

---

① 梁启超著：《中国韵文里头所表现的情感》，《饮冰室合集·文集之三十七》，北京：中华书局，1989年影印版，第139页。
② 梁启超著：《中国韵文里头所表现的情感》，《饮冰室合集·文集之三十七》，北京：中华书局，1989年版，第72页。

　　"奔进的表情法"是"用极简单的语句，把极真的感情尽量表出"。其特点是"忽然奔进一泻无余"①。此法特别适用于哀痛情感的表现。哀痛情感往往是一种"情感突变，一烧烧到'白热度'"，"在这种时候，含蓄蕴藉，是一点用不着"，作者"一毫不隐瞒，一毫不修饰，照那情感的原样子，迸裂到字句上"。梁启超认为艺术情感"讲真，没有真得过这一类"。这类作品是"喷出来"的，"一个个字，都带着鲜红的血"，是"语句和生命"的"迸合为一"。而且，"这种生命，只有亲历其境的人自己创造，别人断乎不能替代"。梁启超指出，虽然"奔进的表情法"主要用于表现悲痛的情感，但并不是不能用于表现其他的情感内涵。但不管哪一种情感，它都必须具有一种内在特质，即具有情感的突变或亢进的状态，这样才能与"奔进"的技能相切合。同时，"奔进的表情法"也有一定的文体限制，如词"讲究缠绵悱恻"与"奔进"的美感效果有一定的距离，因此，词家很少运用这种方法。曲中运用这种方法也较少见。

　　"回荡的表情法""是一种极浓厚的情感蟠结在胸中，像春蚕抽丝一般，把他抽出来"②。"奔进的表情法"与"回荡的表情法"都是表现热烈的情感，但前者重在"真"，后者重在"浓"；前者是"直线式的表现"，后者是"曲线式或多角式的表现"；前者的性质是"单纯"的，后者的性质是"网形"的、"掺杂""交错"的。梁启超认为，"人类情感，在这种状态之中者最多"。因此，"回荡的表情法"也是运用最多的一种表情方法。在具体的文学实践中，梁启超认为"回荡的表情法"又形成了一些不同的特点，构成了螺旋式、引曼式、堆垒式、吞咽式四种不同的方式。螺旋式的表情是层层递进，一层深过

---

① 梁启超著：《中国韵文里头所表现的情感》，《饮冰室合集·文集之三十七》，北京：中华书局，1989 年版，第 73 页。
② 梁启超著：《中国韵文里头所表现的情感》，《饮冰室合集·文集之三十七》，北京：中华书局，1989 年版，第 78 页。

一层；引曼式的表情是磊磊蟠郁，吐了还有；堆垒式的表情是酸甜苦辣写不出，索性不写，咬牙咏叹；吞咽式的表情是表一种极不自由的情感，故才到喉头，又咽回肚里。"回荡的表情法"诗、词、曲均可运用，历代出现了许多名篇佳构，如屈原的《离骚》、宋玉的《九辩》、杜甫的《三吏》《三别》、辛弃疾的《摸鱼儿》《念奴娇》，此外还有苏东坡、姜白石、李清照的词作，曲本中则有《西厢记》《琵琶记》《牡丹亭》《长生殿》《桃花扇》中的精彩曲段。

　　"含蓄蕴藉的表情法"是一种"温"的表情法，"奔迸的表情法"与"回荡的表情法"都是"有光芒的火焰"，情感是"热"的。这种表情法则是"拿灰盖着的炉炭"，内里也是极热的，但不细心、耐心体味，就不能把捉其神韵。梁启超把这种表情法分为四类。第一类是在情感很强的时候，"用很有节制的样子去表现他"。其特点"不是用电气来震，却是用温泉来浸，令人在极平淡之中，慢慢的领略出极渊永的情趣"①。梁启超还将这类作品与前面奔迸法、回荡法相比较，他用了非常形象传神的比喻来说明两者的区别。奔迸法与回荡法就像"外国人吃咖啡，炖到极浓，还掺上白糖牛奶"。而这类作品像"用虎跑泉泡出的雨前龙井，望过去连颜色也没有，但吃下去几点钟，还有余香留在舌上"。这种方法是"把感情收敛到十足，微微发放点出来，藏着不发放的还有许多，但发放出来的，确是全部的灵影，所以神妙"。这类作品写得好的即是"淡笔写浓情"的杰作，与古典美学所创导的"羚羊挂角，无迹可寻""不着一字，尽得风流"的美学品位相切合。梁启超指出："这类诗做得好不好，全问意境如何。"而"生当今日"，必须取"新意境"，若一味围于古人的意境，那么不管怎样运笔灵妙，也"只有变成打油派"。第二类是"不直写自己的感情，

① 梁启超著：《中国韵文里头所表现的情感》，《饮冰室合集·文集之三十七》，北京：中华书局，1989年影印版，第109页。

乃用环境或别人的感情烘托出来"①。梁启超认为，这类作品的写法可算作"半写实"。所谓"写实"，是指这类作品"所写的事实，全用客观的态度观察出来，专从断片的表出全相"，这种方法"正是写实派所用技术"②。而"半写实"，是指这类作品"所写的事实，是用来做烘出自己情感的手段"，它的目的不在写实本身。如《古诗为焦仲卿妻作》，写兰芝与仲卿言别，兰芝不说悲，只叙往日旧物；兰芝与小姑言别，兰芝同样不说现在的凄惨，只叙过去的情爱，只叙宽慰与劝勉。梁启超认为这部作品深得"半写实法"的"三昧"，使"极浓厚的爱情""极高洁的人格""全盘涌现"。③第三类是"把情感完全藏起不露，专写眼前实景（或是虚构之景），把情感从实景上浮现出来"④。梁启超将这类作品与纯写景的作品作了比较，指出两者的区别是：纯写景的作品"以客观的景为重心，他的能事在体物入微，虽然景由人写，景中离不了情，到底是以景为主"。这类作品则"以主观的情为重心，客观的景，不过借来做工具"。这类作品，梁启超最推崇的是曹操的《观沧海》，杜甫的《倦夜》《登高》等。第四类则是"把情感本身照原样写出，却把所感的对象隐藏过去，另外拿一种事物来做象征"⑤。这种方法，作品所描绘的对象，只是作为一种"符号"，意思却"别有所指"。梁启超把这种表情法比喻成"打灯谜"似的方法。写得好的有屈原的《离骚》，美人芳草，是"于无可比拟中"，以"极微

---

① 梁启超著：《中国韵文里头所表现的情感》，《饮冰室合集·文集之三十七》，北京：中华书局，1989年影印版，第113页。
② 梁启超著：《中国韵文里头所表现的情感》，《饮冰室合集·文集之三十七》，北京：中华书局，1989年影印版，第115页。
③ 梁启超著：《中国韵文里头所表现的情感》，《饮冰室合集·文集之三十七》，北京：中华书局，1989年影印版，第114页。
④ 梁启超著：《中国韵文里头所表现的情感》，《饮冰室合集·文集之三十七》，北京：中华书局，1989年影印版，第115页。
⑤ 梁启超著：《中国韵文里头所表现的情感》，《饮冰室合集·文集之三十七》，北京：中华书局，1989年影印版，第117页。

妙的技能，借极美丽的事物做魂影"，来"比拟"自己"极高尚纯洁
的美感"与"极秾温的情感"，"着墨不多"而"沁人心脾"。梁启
超认为，《楚辞》也是中国文学纯象征派的"开宗"。至中晚唐，有人
"想专从这里头辟新蹊径"，但"飞卿太靡弱，长吉太纤仄"，李义山
则不失为一大家。总体来看，对于"含蓄蕴藉的表情法"，梁启超极
为推重，认为这种方法可谓"文学的正宗"，是"中华民族特性的最
真表现"。所谓"中华民族特性的最真表现"，我认为这不是指一种
艺术表现方法上的特征，而是梁启超对中华民族性格特点的一种理解，
即梁启超认为中华民族的民族性格具有含蓄蕴藉的特征，故在本性上
与这种表现法最相切合。

"写实派的表情法"是"作者把自己的情感收起，纯用客观态度描
写别人的情感"①。其写作的要领，一是要"将客观事实照原样极忠实地
写出来，还要写得详尽"；二是"专替人类作断片的写照"。这种方法
的特点是作者"用极冷静的态度忠实观察"，再"用巧妙技术把实况
描出"，作者"不下一字批评"，而"令读者自然会发厌恨忧危种种
情感"。梁启超指出，运用写实法表情要注意：①写实家所标旗帜是冷
静客观，"不搀杂一丝一毫自己情感"，但这"不过是技术上的手段罢
了"，"其实凡是写实派大作家都是极热肠的"。因为没有"热肠"，就
不会关注"社会的偏枯缺憾"；没有"热肠"，他的"冷眼也决看不到
这种地方的"。因此，没有"热肠"，"便不成为写实家"。②一般写实
家的"通行做法"是"专写社会黑暗"，但写实法也可用来"写社会光
明"。所谓"写实派的表情法"指的是表情的方法特征，而非内容特点。
③写实派"重在写人事的实况，但也要写环境的实况，因为环境能把人
事烘托出来"。梁启超对于写实派表情法的理解是相当辩证的，尤其是

---

① 梁启超著：《中国韵文里头所表现的情感》，《饮冰室合集·文集之三十七》，北京：
中华书局，1989 年影印版，第 135 页。

提出了"人事"与"环境"的关系问题，具有相当的认识深度。

"浪漫派的表情法"是"求真美于现实界之外"，把"超现实的人生观，用美的形式发掘出来"①。这类表情法"最主要的精神是'超现实'"，主要手法是"想象"与"幻构"。其作品往往"想象力愈丰富愈奇诡便愈见精彩"，用"幻构的笔法""构造境界"，描绘"出乎人类意境以外"的"事物"。

梁启超对"表情法"的总结对于艺术和美学理论具有重要意义。①梁启超对艺术特别是古典诗歌的表情法进行如此系统深入地总结，在中国诗学与美学思想上前无古人。②从西方文论中引入了"写实派""浪漫派""象征"等概念，使中国文论产生了新质。③在研究方法上突破了传统诗话只品不论的特点，有鉴赏有分析，有评点有论证，推动了中国文论在思维方法上的现代转向。

## 二、趣味主义：沟通人生与审美

### 1. 趣味的本质

关于"趣味主义"，梁启超有一段很重要的自我表白：

> 假如有人问我："你信仰的什么主义？"我便答道："我信仰的是趣味主义。"有人问我："你的人生观拿什么做根柢？"我便答道："拿趣味做根柢。""我生平对于自己所做的事，总是津津有味，而且兴会淋漓。什么悲观咧，厌世咧，这种字面，我所用的字典里头可以说完全没有。我所做的事，常常失败——严格地可以说没有一件不失败——然而我总是一面失败一面做。因为我不但在成功里头感觉趣味，就在失

---

① 梁启超著：《中国韵文里头所表现的情感》，《饮冰室合集·文集之三十七》，北京：中华书局，1989年影印版，第128-129页。

败里头也感觉趣味。"①

在《学问之趣味》中，他又说"趣味"就是"快乐""乐观""有生气"。显然具有正面的情感意味，蓬勃向上的生命意味。梁启超把趣味视为生活的基本价值，人类只有"常常生活于趣味之中，生活才有价值"②。因此，"趣味"的状态也应是人生的自然状态。为"趣味"而忙碌，是"人生最合理的生活"。作为人类"活动的源泉"，"趣味干竭，活动便跟着停止"；"趣味丧掉，生活便成了无意义"。③梁启超强调，没趣便不成生活。

那么，趣味的内质是什么？梁启超很看重"趣味"在人生中的地位，他认为"趣味是生活的原动力"，人活着就是为了趣味。"趣味的反面，是干瘪，是萧索"。④无趣的生活就是"石缝的生活"和"沙漠的生活"。"石缝的生活"，"挤得紧紧的没有丝毫开拓的余地。又好像披枷带锁，永远走不出监牢一样"。⑤这是一种人生的禁锢，没有一点创造性与自由。"沙漠的生活"则"干透了没有一毫润泽，板死了没有一毫变化。又好像蜡人一般，没有一点血色"⑥。"人类若到把趣味失掉的时候，老实话，便是生活得不耐烦。那人虽然勉强留在世间，也不过行尸走肉。倘若全社会如此，那社会便是痨病的社会，早已被

————————

① 梁启超著：《趣味教育与教育趣味》，《饮冰室合集·文集之三十八》，北京：中华书局，1989 年影印版，第 12 页。
② 梁启超著：《学问之趣味》，《饮冰室合集·文集之三十九》，北京：中华书局，1989 年影印版，第 15 页。
③ 梁启超著：《趣味教育与教育趣味》，《饮冰室合集·文集之三十八》，北京：中华书局，1989 年影印版，第 13 页。
④ 梁启超著：《趣味教育与教育趣味》，《饮冰室合集·文集之三十八》，北京：中华书局，1989 年影印版，第 14 页。
⑤ 梁启超著：《美术与生活》，《饮冰室合集·文集之三十九》，北京：中华书局，1989 年影印版，第 22 页。
⑥ 梁启超著：《美术与生活》，《饮冰室合集·文集之三十九》，北京：中华书局，1989 年影印版，第 22 页。

医生宣告死刑。"① 趣味在人类生活中占如此重要的地位，看来，趣味就不是指活着，而是指活得有意义。趣味显然是精神性的东西，它以正面情感的形式表现出来，而本质却是一种对人生价值的理解，即趣味是生命的活力，是创造的自由。其次，梁启超从衡量趣味的标准出发，探讨了趣味的内质。趣味总是个体的，对同一事物，甲感到有趣味，乙可能感到无趣味。这样，趣味就显然具有审美的色彩了。审美是一种趣味，但并非所有的趣味是审美，梁启超将趣味做了好坏的区分。他说："趣味的性质不见得都是好的，如好嫖好赌，何尝不是趣味，但从教育的眼光看来，这种趣味的性质当然是不好。所谓好不好，并不必拿严酷的道德做标准。既已主张趣味，便要求趣味的贯彻。倘若以有趣始以没趣终，那么趣味主义的精神算完全崩落了。"② 这里说到衡量趣味的两个标准：一个是道德标准，一个是趣味自身的标准即趣味能否贯穿始终。后一个标准的提出是很有意义的，这正是审美趣味的特点之一。如此，趣味具有两个最重要的属性：既是道德的，又是审美的，它是善与美的统一。

把趣味提到生命本体的高度、放置到人生实践的具体境界中来认识，是梁启超趣味主义哲学的根本特点，也是其趣味与美融通的关键。在梁启超这里，谈趣味就是谈生活，就是谈生命，也就是谈美。趣味是在生活与生命的层面上展开的，是对于具体的人和人的生命活动而言的。梁启超说：人与动物不同，动物的活动是本能的，人的活动是有目的的，人只有在生活中、在实践中才能获得趣味。梁启超在《"知不可而为"主义与"为而不有"主义》③ 一文中对趣味（好的趣

① 梁启超著：《趣味教育与教育趣味》，《饮冰室合集·文集之三十八》，北京：中华书局，1989年影印版，第13页。
② 梁启超著：《趣味教育与教育趣味》，《饮冰室合集·文集之三十八》，北京：中华书局，1989年影印版，第13页。
③ 梁启超著：《"知不可而为"主义与"为而不有"主义》，《饮冰室合集·文集之三十七》，北京：中华书局，1989年影印版，第59页。

味）的特点做了更深入的论述。他说的"知不可而为"主义来自孔子的"知不可而为之"，梁启超的解释却不限于孔子，很多内容来自西方近代哲学、美学对功利主义的反对。梁启超认为失败与成功是相对的，"进一步讲可以说宇宙间的事绝对没有成功，只有失败"。因此，如果抱着一定要成功的目的去行动就无趣味可言。"知不可而为"主义是要求我们做一件事，"把成功与失败的念头都撇在一边，一味埋头埋脑地去做"。这样，人不为功利所束缚，"使人将做事的自由大大地解放。""为而不有"主义，从字面上来看，它来自老子的"无为"哲学，但同样，梁启超并未完全按照传统哲学去解释，而是搬用了罗素的一些观点。罗素说人有两种冲动：一是占有冲动，二是创造冲动。他说这话是提倡创造的冲动。"为而不有"主义，梁启超说"是不以所有观念作标准，不因为所有观念始劳动。简单一句话，便是为劳动而劳动"。这种"为劳动而劳动"，"为生活而生活"，梁启超说是"劳动的艺术化，生活的艺术化"。这种"劳动的艺术化""生活的艺术化"强调手段本身就是目的，这个目的不是功利，而是趣味。"我们为什么学数学，因为数学有趣所以学数学；为什么学历史，因为历史有趣所以学历史；为什么学画画、学打球，因为画画有趣、打球有趣，所以学画画学打球。"①

　　"知不可而为"主义与"为而不有"主义其实是一回事，只是"知不可而为"强调不以效果预测是否行动；"为而不有"强调不为个人占有而行动，都体现为对功利主义的超越。由此可知，梁启超的"趣味主义"是一种审美主义，将无功利推广到整个人生领域。梁启超说的超功利，并不是不要功利，而是说不要唯功利，功利毕竟只是外在的，人的一切行为如果都是为了外在的功利，那是很可怕的，它意味着，

---

① 梁启超著：《趣味教育与教育趣味》，《饮冰室合集·文集之三十八》，北京：中华书局，1989年影印版，第15页。

人失去了自身的价值，失去了主体性，人实际上非人化了。梁启超主张将外在的功利转化为人内在的需求，转化为趣味，这样将人从具体的得失成败中解放出来，让人的胸襟更宽广，气度更恢宏，做事更大胆，更有创造性，从而更自由地实现自己。

以审美的态度看待人生，是梁启超趣味主义的一个重要方面。值得指出的是，梁启超说不计较成败，是说不因失败而灰心，也不因成功而裹足，并不是说不要成功，只要失败，更不是说对待工作可以马马虎虎。为了防止别人的误解，也是为了更全面地表达他的趣味主义，他说：

> 我平生最受用的有两句话：一是"责任心"，二是"趣味"。我自己常常力求这两句话之实现与调和。[①]
>
> 诸君读我的近二十年来的文章，便知道我自己的人生观是拿两样事情做基础：一"责任心"，二"兴味"。[②]

"趣味""兴味"在这里是相通的。它说的是对生活持一种品赏的态度，玩味的态度。用来说对待工作，则为"乐业"。梁启超说："凡职业都是有趣味的，只要你肯继续做下去，趣味自然会产生。"[③]人在世界上总是有自己的工作要做的，做工作首先要有"责任心"，力求把工作做好，梁启超说这叫"敬业"。敬业说的是功利的态度，乐业说的是审美的态度，二者缺一不可，应该统一起来。梁启超说：

> "责任心"强迫把大担子放在肩上，是很苦的，兴味是很有趣的。二者在表面上恰好相反，但我常把他调和起来。

---

① 梁启超著：《敬业与乐业》，《饮冰室合集·文集之三十九》，北京：中华书局，1989 年影印版，第 28 页。

② 梁启超著：《"知不可而为"主义与"为而不有"主义》，《饮冰室合集·文集之三十七》，北京：中华书局，1989 年影印版，第 60 页。

③ 梁启超著：《敬业与乐业》，《饮冰室合集·文集之三十九》，北京：中华书局，1989 年影印版，第 28 页。

所以我的生活虽说一方面是很忙乱的，很复杂的，他方面仍是很恬静的，很愉快的。①

"有责任的趣味"强调的就是将个体的感性实践融入众生宇宙中去的生命姿态，是一种认真执着的人生追求与自由创化的人生境界的统一。如果一个人每做一件事，在未做之前，就耿耿于事情的结果，计较于个人的得失，那么你只能永远忧烦无穷，时时患得患失。他认为"趣味生活"是人生的最佳境界。在这种境界中，人生实践的外在规范已沉淀为主体的内在情感欲求，成为主体的内在生命本质追求。此时，每一次个体实践本身作为生命的创化，超越了与对象的直接功利对置，超越了狭隘的感性个体存在。因此，感性个体的自由创化之境也就达成了感性实践与理性追求的统一，实现了个体、众生与宇宙的迸合，成为饱含"春意"的人生胜境。梁启超指出，作为个体生命，应该永远保持"生趣盎然地向前进"，永远保持"以趣味始以趣味终"的精神追求。因此，梁启超的人生观在本质上就是审美的。在谈人生态度与人生哲学中，梁启超已完成了对趣味的界定与阐释。正如梁启超谈趣味从来不是脱离人生实践来谈抽象趣味或者脱离现实关系来谈纯粹趣味，梁启超谈美也总是将其置于整个人生实践的大框架中来展开的。可以说，在梁启超这里，趣味与人生与美紧密相连。趣味作为通向美的桥梁，在本质上，求趣味即是求美，趣味的实现就是美的实现，也就是理想人生的实现。

### 2. 趣味的生成与趣味教育

关于"趣味"的产生，梁启超在《美术与生活》②一文中提出三种

---

① 梁启超著：《敬业与乐业》，《饮冰室合集·文集之三十九》，北京：中华书局，1989 年影印版，第 28 页。

② 梁启超著：《美术与生活》，《饮冰室合集·文集之三十九》，北京：中华书局，1989 年影印版，第 21 页。

方式：

第一，"对境之赏会与复现。"这种方式指直接"和自然之美相接触"。而对着"水流花放""云卷月明"定然是"赏心乐事"，"妙趣无穷"。"如果把在大自然的美景印进脑海经久难忘，不时复现则也可产生初次领略时同等或仅较差的效用。"

第二，"心态之抽出与印契。"这种方式可分为二：①将所遇到的快乐事、快乐状态归拢来想一想，这样一想，势必越想越有味；②凡遇着苦痛的事，把苦痛倾筐倒箧吐露出来，这样苦痛就会大大减少。不唯如此，看出或说出别人的快乐，也可增加自己的快乐；同样，替别人看出或说出苦痛也减少自己的苦痛。此种处理痛苦的方法俗语叫作"开心"，这正是西方美学很有名的"宣泄"法，亚里士多德很早就谈过悲剧的宣泄功能。

第三，"他界之冥构与蓦进。"这种方式是基于对现实状况不满而提出的，也可分为两个方面：①肉体上的生活被现实环境捆死了，精神上的生活却常常对于环境宣告独立。②现实环境很糟糕，精神却超越现实闯入理想境界中去。这种方式是讲情感的升华功能和超越功能。

梁启超这里所论述的趣味所产生的三种方式既有对西方美学有关理论的概括，又有自己的独特创造，并且都是他的切身体会。他所说的三种方式，第一种与第二种属于对生活所持的审美态度，第三种属于艺术的审美态度。

梁启超很重视艺术的作用，他认为艺术能够在三个方面给我们带来趣味。①艺术可以描写自然界的美和生活中的美，将我们曾经领略过的趣味复现出来，让我们再次领略这种趣味。生活中的趣味是可以过去的，艺术可以将生活中的趣味固定下来，我们什么时候想领略，就可以去领略。②艺术善于刻画心态，"不知不觉间，把我们的心弦拨动，我快乐时看他便增加快乐；我苦痛时看他便减少苦痛"。③艺术可以表现理想的境界，这理想的境界"优美高尚，能把我们卑下平凡的境界夺下去，他有魔力，能引我们跟着他走，闯进他所到之地"。

梁启超基于自己的趣味观念，提出了"趣味教育"的主张。他所倡导的"趣味教育"具有鲜明的特色与独特的内涵。

梁启超说近代欧美教育界早已通行"趣味教育"，但西方"是拿趣味当手段"，而他想"进一步拿趣味当目的"[①]。这一改动意义十分重大。"以趣味当手段"只不过是以"美"引真，以"美"引善，"美"的地位不高；而"以趣味当目的"则以"美"立"美"。"美"的地位就很高了。实际上，梁启超认为趣味教育的目的，就是倡导一种趣味主义的人生观。这种趣味主义的人生观包括两个层面，一是对于人生的趣味态度的培养；二是对于好的纯正的趣味态度的培养。梁启超把趣味视为生活的原动力，认为人生在世首先就要培养与建立一种趣味的精神。他说："我所做的事，常常失败——严格的可以说没有一件不失败——然而我总是一面失败一面做。因为我不但在成功里头感觉趣味，就在失败里头也感觉趣味。我每天除了睡觉外，没有一分钟一秒钟不是积极地活动，然而我绝不觉得疲倦，而且很少生病。因为我每天的活动有趣得很，精神上的快乐，补得过物质上的消耗而有余。"[②]这种不计得失、只求做事的热情就是一种对待现实人生的趣味主义态度。它远离成败之忧与得失之计，远离悲观厌世与颓唐消沉，永远津津有味、兴会淋漓。梁启超认为，人生若丧掉了趣味，那就失掉了内在的生意，即便勉强留在世间，也不过是行尸走肉，犹如一棵外荣内枯的大树，生命必然日趋没落。但是梁启超又指出，真正的趣味又不只是一种热情与兴会。他说："凡一种趣味事项，倘或是要瞒人的，或

---

① 梁启超著：《趣味教育与教育趣味》，《饮冰室合集·文集之三十八》，北京：中华书局，1989年影印版，第13页。

② 梁启超著：《趣味教育与教育趣味》，《饮冰室合集·文集之三十八》，北京：中华书局，1989年影印版，第12页。

是拿别人的苦痛换自己的快乐，或是快乐和烦恼相间相续的，这等统名为下等趣味。严格说起来，他就根本不能做趣味的主体。因为认这类事当趣味的人，常常遇着败兴，而且结果必至于俗语说的‘没兴一齐来’而后已，所以我们讲趣味主义的人，绝不承认此等为趣味。”①为什么这类趣味不能算趣味？按照梁启超的观点，因为这类趣味不纯正，即不能以趣味始以趣味终。梁启超认为真正纯粹的趣味应该从直接的物质功利得失中超越出来，又始终保持对感性具体生活的热情与对精神理想的追求，实现手段与目的、过程与结果的统一。只有这样的“趣味”，才是可以令人终身受用的趣味。梁启超主张应该从幼年青年期，就实施这样的趣味教育。教育家最要紧的就是“教学生知道是为学问而学问，为活动而活动；所有学问，所有活动，都是目的，不是手段，学生能领会得这个见解，他的趣味，自然终身不衰了”②。

其次，梁启超认为艺术是趣味教育的主要内容与形式。梁启超主张通过文学艺术来开展审美教育，培养高尚趣味。他指出，艺术品作为精神文化的一种形态，就是美感落到字句上成一首诗，落到颜色上成一幅画，它们体现的就是人类爱美的要求和精神活力，是人类寻求精神价值、追求精神解放的重要途径。中国人却把美与艺术视为奢侈品，这正是生活“不能向上”的重要原因。由于缺乏艺术与审美实践，致使人人都有的“审美本能”趋于“麻木”。梁启超指出恢复审美感觉的途径只能是审美实践。审美实践把人“从麻木状态恢复过来，令没趣变成有趣”，“把那渐渐坏掉了的爱美胃口，替他复原，令他常常吸收趣味的营养，以维持增进自己的生活康健”。他强调：“专从事诱发以刺戟各人感官不使钝的有三种利器。一是文学，二是

---

① 梁启超著：《趣味教育与教育趣味》，《饮冰室合集·文集之三十八》，北京：中华书局，1989 年影印版，第 14 页。

② 梁启超著：《趣味教育与教育趣味》，《饮冰室合集·文集之三十八》，北京：中华书局，1989 年影印版，第 15 页。

音乐，三是美术。"① 他尤其关注文学的功能，认为"文学的本质和作用，最主要的就是'趣味'"，"文学是人生最高尚的嗜好"②，主张通过文学审美来培养纯正的美感与趣味。

梁启超是从人的生命本质与特征上、从趣味与人生本质与实践理性的关系上来理解趣味及其与美的联系，这一视角不仅大大拓展了趣味的内涵、丰富了趣味的底蕴，而且揭示了对美的来源、特征与价值的独到理解。趣味之美就是积极入世与自由畅神、理性追求与生命激扬融合为一的饱含春意的人生胜境。趣味范畴及其在梁启超美学思想中的本体界定凸显了梁启超美学思想鲜明的个性，昭示了其美学思想独特的哲学内涵、人文意蕴与实践指向，体现出其作为改良主义思想家和启蒙主义美学家的思想特质。

# 第二节　跨媒介叙述

## 一、媒介融合

媒介融合语境下，基于主题娱乐观念的媒体特许经营模式正在成为商业电影主动规避市场风险，增加电影综合收益的选择之一。这一模式以电影作为支柱型产业，通过异业合作等方式辐射联动其他相关娱乐产业协同发展，其中的一个显著特征就是以电影为"源文本"构建"故事世界"及其跨媒体叙事规划。媒体特许经营模式下，一方面，内容、生产突破传统电影媒介的边界，扩散到电视、游戏、互联网、

---

① 梁启超著：《美术与生活》，《饮冰室合集·文集之三十九》，北京：中华书局，1989 年影印版，第 23 页。
② 梁启超著：《晚清两大家诗钞题辞》，《饮冰室合集·文集之四十三》，北京：中华书局，1989 年影印版，第 70 页。

主题乐园等不同平台，为构建"故事世界"提供了跨媒体基座；另一方面，内容在不同媒体间转换、迁徙时不再遵循传统的改编观念，而是更加凸显基于源文本的"故事扩展性"和"媒介扩散性"，在互渗、互推和互动的跨媒体叙事中构建故事世界。正如亨利·詹金斯所言："这样一个跨媒体故事横跨多种媒体平台展现出来，其中每一个新文本都对故事做出了独特而有价值的贡献。"

在媒体特许经营模式下，参与跨媒体故事世界建构的既有电影、电视剧、动漫、游戏等视听叙事媒介及平台，也包括手办、积木玩具等更具"物质性"的实体产品。在媒体特许经营模式下的电影衍生品之中，玩具就是其中极其重要的一类。2022 年 3 月，电影《新蝙蝠侠》上映，根据我国权威 IP 数据统计机构原仓数据统计显示，仅在我国，影片上映后，"蝙蝠侠 IP 近一个月衍生品销售额达 1 351.7 万元，其中乐高推出的相关积木产品销量比较突出"。这一现象反映出，在电影的媒介特许经营模式下，在产业层面上，作为以电影 IP 形象为内容核心的玩具产业极大程度地增大了电影产业的综合收入；而在文本层面，乐高公司在影片上映的四个月前，即 2021 年 11 月 1 日便发布了影片中新款"蝙蝠车"的积木玩具，对电影文本内容提前进行了"剧透"。《新蝙蝠侠》这一影片被玩具公司的业内人士称之为极具"可玩具化"（Toyetic）特征，证明了实体玩具与电影虚构文本之间存在着某种建构跨媒体故事世界的文本叙事关联。"可玩具化"正在成为当下电影发展过程中受到"后市场"影响的一种"自上而下"的文本特点，玩具为电影带来的收入越来越多，两种媒介之间的文本牵连愈多，玩具商品与电影文本的互动关系正呈现出深度融合趋势。

一般来说，在传统电影研究中我们通过"后电影市场"和"电影衍生品"等概念来认识电影与玩具之间的商业关系和产品关联。但正如美国媒介研究学者乔纳森·格雷所言："我们需要用'银幕外的研究'来理解其他实体的价值，这些实体充斥着媒体，并构成了电影与电视。"如果电影的虚构故事与衍生的实体玩具之间不只是一种特许授权经营的市场关系，也有某种建构跨媒体故事世界的文本叙事关联，那么我们需要提出的问题是，在产业层面什么产业运作机制支配或者主导电影与玩具进行"异业合作"？在媒介层面从电影到玩具之间是否存在一个互通的转换机制？在文本层面电影虚构故事转变成积木玩具等银幕外有形产品的逻辑是什么？虚构故事与玩具文本之间又是如何构建起紧密的叙事关联的？玩具文本又是如何超越其"衍生品"形态和物质性特征从而成为"进入作为整体的产品系列的一个切入口"及其跨媒体故事世界中的一个叙事入口？在文化层面电影主题玩具的兴起又代表了怎样的消费语境以及粉丝文化？

## 二、研究现状

### 1. 国外文献

本文对国外文献的参考主要分为五个方向，在 Jstor、Ebsco 等数据库以及 Google scholar 学术资源站进行检索，五个方向分别是跨媒介叙事、故事世界建构、玩具媒介理论、电影与玩具的形象转化以及粉丝文化研究。这五个方向囊括了本文所讨论问题的理论建构、案例研究以及现象研究，瞄准当前国外学者对于媒介融合语境下电影与玩具在产业层面、文本层面、媒介层面、文化层面的研究，较好地体现出同时期国外对于本选题研究对象的研究现状。

（1）跨媒介叙事

2006 年，亨利·詹金斯出版的《融合文化：新媒体与旧媒体的冲突地带》一书用"媒介融合""参与性文化""集体智慧"三个概念搭建起全书的主旋律，集结了詹金斯多年来媒介文化研究的精粹。说明在新的历史情境之下，融合文化就是一个"新旧媒介碰撞、草根媒介和公司媒介交汇、媒介生产者的权力和媒介消费者的权力互动"的场域。在这种权力交互之中，有两个概念在媒介融合时代具有前沿性的意识：一是"跨媒介叙事"（transmedia storytelling），二是"集体智慧"（collective intelligence）。"跨媒介叙事"借用《黑客帝国》的案例强调了一个核心思想：每一种媒介对于阐明整个故事都有其特殊的贡献，它反映了媒介的联合经济。不同媒体平台对于核心叙事的表现手法尽管不同，但它们营造的协同娱乐体验能极大地促进消费者的参与性。"集体智慧"则是詹金斯引用法国赛博理论家列维（Pierre Levy）的"集体智慧"概念来描述理想中的受众参与状况。因为"在互联网上，没有人知道所有东西，但每个人知道一些东西"。人们自愿地临时聚集在一起，为了共同的目标做出自己的贡献。这一意识强调生产者已经不是单方面的制造者，只有与消费者建立协同合作的良好关系，才能适应社会持续进步以及媒介技术不断更新换代的趋势。

2004 年玛丽 - 劳尔·瑞安主编论文集《跨媒介叙事》，这本书收录了十余篇与"跨媒介叙事"相关的论文。玛丽 - 劳尔·瑞安将其分为面对面叙述、静态图片、动态图片、音乐、数字媒介五个方面，借此来探讨故事在跨越上述诸种媒介的表述过程中是如何具体运作的，突破了传统叙事学理论研究"文字"叙事的范畴，重新定义了故事叙述的新形式。2006 年出版的《故事的变身》，则对跨媒介叙事的理论研究更进一步，瑞安从新的媒介领域探讨数字叙事，提出了"数字越界"的概念，并对互动叙事做出主要论述。瑞安从叙事学角度出发，探讨了故事在新旧媒体之间的"越界"行为，厘清了叙事与媒介的界定问题，展示了故事作为一种意义形成如何在新旧媒介中呈现多重变身，建构了其跨媒介叙事学的理论结构和核心框架。

（2）故事世界建构

跨媒介叙事并不是一个仅仅停留在文化产业上的概念，无论是"电影宇宙"抑或是"IP 宇宙"，它们都有一个在叙事学中的表达——"故事世界"（Story World）。

玛丽 - 劳尔·瑞安的《文本、世界、故事：作为认知和本体概念的故事世界》，对"故事世界"的发展做出了全方位的阐释，以文本增生的三种类型来概括"故事"与"世界"的关系，认为以同一世界为目标的多个不同的文本，尤其是不同媒介的文本，这样文本和媒介共同增生的方式，才属于亨利·詹金斯所提出的"跨媒介叙事"中的故事世界建构方式。2014 年玛丽 - 劳尔·瑞安发表一部论文集《跨媒介的故事世界》，书中纳入了更多的媒介类型，如戏剧、多模态小说、媒介特许经营等，考察了经典叙事学概念的跨媒介有效性、叙事文本的多模态问题，尤其是媒介融合新语境中的跨媒介故事讲述和跨媒介世界问题。从理论建构来看，这本书将"跨媒介叙事"的叙事性思想直接概括为"故事世界"，在媒介性思想方面补充了多模态和媒介间性概念。除此之外，玛丽 - 劳尔·瑞安还在持续发表论文来论述跨媒介叙事的核心概念——"故事世界建构"，并阐述叙事与计算机、数码等新媒介之间的关系。她的文章《跨媒体叙事：行业新词还是新叙事体验》对跨媒介叙事进行了概念上的界定，再次强调了成功的故事世界建构对于跨媒介叙事的重要作用。2017 年由博尼·玛尔塔主编的论文集 *World Building: Transmedia, Fans, Industries* 对故事世界建构做了更详细的说明，论文集由 22 篇文论组成，探讨故事世界建构的各种层面：理论、经济、沉浸概念、跨领域、流派和文化等与故事世界建构相关的层面以及社会用途。其中第一章中玛丽 - 劳尔·瑞安的文章 *The Aesthetics of Proliferation*，以《云图》为例，总结了目前故事世界建构的几种形式，包括一个有许多故事的世界，一个有许多世界的文本（或故事），以及在同一个世界中汇聚的不同媒体的许多不同文本，同时指出情节更弱的叙事文本更适合参与故事世界建构。

　　叙事学家戴维·赫尔曼的文章《故事、媒介与心理：借助文字和形象建构叙事世界（英文）》一文中提出"故事世界是某人与其他人，在某时间、某地点，因某原因，使用某方式在世界上做了某件事的心理模型"，也就是说，故事世界并不是在现实中存在的，而是由文本唤起，投射在读者内心的"心理模型"；这篇文章从故事、媒介和心理三个角度出发，展现了故事世界的建构过程，并从叙述者和接受者角度阐释了其对"故事世界"的观点，进一步分析故事世界建构的方法。另外，美国学者马克·JP·沃夫的著作 *Building Imaginary Worlds*，提出了故事世界的组织要素，其中最基础的三个要素分别为：地图（事物可以存在和发展的空间）、时间线（事件发生的持续时间或跨度）以及人物角色关系（居住在世界上的一个或多个人物）。这三个要素分别代表了时间、空间、角色三个基础。沃夫认为地图是这些要素中最重要的，地图作为世界的基本形象，它们为幻想世界提供了基本的结构；而时间线可以将背景故事与故事的当前事件联系起来，帮助观众填补空白，此外，时间线还允许同时发生的行动、故事或其他因果关系相比较，为事件提供背景；而人物角色关系发挥的作用，是将角色彼此联系起来，在更大的背景框架内赋予他们故事发展空间。世界有了基础构成，才能在之上进一步建立这个"幻想世界"的自然环境、运行逻辑、历史文化等其他要素。

总的来说，赫尔曼与詹金斯阐述的角度不同，赫尔曼强调叙事者与接受者所理解的故事世界可能存在不同，詹金斯则偏向于强调故事世界对于故事延展的重要性。玛丽-劳尔·瑞安则以"通达性"概念，兼容了詹金斯和赫尔曼的观点，将二人对于"故事世界"的讨论归于统一路径。而马克·JP·沃夫则更有针对性地瞄准"故事世界建构"中的组成要素。

（3）玩具媒介理论

英国学者丹·弗莱明较早地关注到了玩具的话题。在 1996 年出版的 *Powerplay: Toys on Popular Culture* 一书中，他提出了两个关键问题：①儿童玩具如何作为物质实体发挥其功用？②它们揭示了关于文化的什么问题？弗莱明从他在英国的童年回忆开始分析，他区分了传统玩具（如锡制玩具）和与媒体相关的玩具，并将重点放在后者上。

特别是，他关注到了玩具的叙事问题，提出了"玩具如何承载源自文本的叙事痕迹"这一问题。他采用了一种结合精神分析和文化理论的方法，指出玩具是"一个观察欲望和需求之间复杂互动的好地方"。弗莱明对当时儿童文化方面的学术研究进行了回顾，并介绍了玩具和电子游戏的历史。他引用了最早的玩具，其中包括玩偶和成人微缩模型，接着讨论了工业革命对玩具制造的影响，最后讨论了1964年以后与媒体相关的玩具数量激增。虽然这本书的核心是权力问题，但在讨论儿童授权玩具以及衍生这些玩具的电影、电视和电子游戏如何构成霸权信息时，关注到了玩具的叙事性功能以及从影视作品转向玩具实体的改编过程，将玩具与流行文化结合到一起。

施蒂格·夏瓦的专著《文化与社会的媒介化》从传播学的角度讨论了媒介化的概念以及媒介化对文化和社会的影响。媒介化是指媒体在社会和文化领域中产生了日益重要的作用和影响。作者认为，随着现代媒体的不断发展，人们的生活和文化逐渐被媒体所渗透，影响了人们的价值观、思维方式和行为模式。在媒介化的过程中，媒体成为塑造人们认知和现实的主要渠道。在第五章——游戏媒介化：从积木到比特，作者以乐高玩具为例，讨论了媒介化对文化消费的影响，夏瓦指出，乐高作为一种玩具，通过与媒体的互动，使得其产品得以在广泛的文化领域中出现，包括电影、电视、游戏等。例如，《乐高大电影》就在全球范围内获得了很高的票房和口碑，成了一种流行文化的象征，乐高玩具也成了文化消费的重要组成部分。

而另一本学术专著《全球文化工业：物的媒介化》由斯科特·拉什、西莉亚·卢瑞合著，探讨了全球化背景下文化产业与商品生产的相互作用，提出了一个重要的概念，即"物的媒介化"，指的是物品在被制造和使用的过程中所经历的媒介化过程，这种过程在当代文化产业中起着重要的作用。作者将玩具产业视为文化产业中的一个重要领域，作者指出，玩具通过媒介化过程，将儿童与文化和社会的各个方面联系在一起，从而在文化产业中产生重要意义。作者总结了两种玩具与电影、电视节目结合的方式：①玩具品牌通过与电影、电视节目合作推出新品、衍生品，达到品牌推广的效果；这种合作可以让电影和电视节目受众更容易地与角色和情节产生联系，并且可以实现玩具品牌与电影、电视节目的成功紧密相连。②玩具作为一种元素出现在电影、电视节目中，书中提到《变形金刚》系列电影就将玩具中的变形机制成功地引入了电影中，从而吸引了更多的观众。总之，本书核心思想在于玩具在文化产业中的重要性不仅在于其作为商品的价值，更在于其作为文化产物的价值。玩具通过与电影、电视和游戏等其他文化产业的结合，成了文化产业中不可或缺的一部分，对于推动玩具产业的发展和文化产业的繁荣都具有重要意义。

此外，涉及玩具问题的专著还有加拿大学者乔纳森·格雷的 *Show Sold Separately: Promos, Spoilers, and Other Media Paratexts*。这本书以叙事学研究中的"副文本"作为话题切入到电影研究中，格雷通过对电视节目、电影、小说、漫画等不同类型的媒体作品中的宣传海报、预告片、评论、网站等副文本的分析，阐述了这些副文本在营销、宣传、解释和批评作品方面所起的重要作用。同时，格雷也探讨了这些副文本可能会给观众带来的预期和解释上的偏差。重要的是，格雷在第六章单独论述了玩具作为电视节目和电影等媒体作品的营销和宣传策略中所扮演的重要角色。他认为玩具不仅仅是作为媒体作品的商品化延伸，更是作为与作品相关的副文本为观众提供了额外的信息和故事线索。他还提到了《变形金刚》玩具在 20 世纪 80 年代的营销策略中所起到的作用，玩具被视为与动画节目紧密相关的产品，可以激发观众对节目的兴趣，并提供了额外的信息，帮助观众更好地理解和参与节目。此外，作者还谈到了玩具作为媒体产品中的副文本如何影响媒体文化的塑造。他指出，通过收集和购买玩具，观众可以在现实中扩展其对虚构世界的参与度，并在社交圈子中与其他爱好者分享经验和故事。在媒介文化与粉丝参与层面，格雷的专著为本文提供了对电影媒介与玩具媒介进行研究的借鉴思路。

尽管这些著作是从传播学、文化产业的角度看待玩具的媒介化问题，但是讨论的玩具如何媒介化的过程，为从电影学视角研究乐高玩具的电影化和乐高玩具如何影响电影媒介提供了前提条件与研究思路。

（4）电影与玩具的形象转化

马克·JP·沃夫主编了第一套直接讨论乐高玩具的学术论文集 *LEGO Studies*: *Examining the Building Blocks of a Transmedial Phenomenon*，这本书着眼于与乐高相关的各种学术议题，诸如跨媒介改编、符号学表征、叙事学副文本、媒介特许经营和交互性等主题贯穿于这本书的各篇文章中。其中 *Adapting the Death Star to LEGO: The Case of Set 10188* 则以《星球大战》系列电影中的死星为例直接讨论了电影文本是如何被改编成为乐高玩具套装的。文章认为电影元素被改编为乐高玩具的关键在于乐高玩具套装提供了电影叙事所需要的元素，而不是重演叙事。文章尽管指出了乐高玩具套装适应电影叙事的一种特性，但是并未讨论更多乐高玩具套装进行电影改编的具体逻辑，比如空间场景设计、人物形象塑造以及美学转换逻辑等问题，启发本文讨论从电影文本到乐高玩具文本的叙事改编问题。

马克·斯特因伯格的著作 *Anime's Media Mix: Franchising Toys and Characters in Japan* 则是以文化产业的视角，探讨了日本动画产业的商业模式，讨论了动画、玩具、漫画等媒介之间的相互影响以及产生的商业价值，揭示了日本动画产业独特的商业模式和商业运作方式。尽管这本书探讨的重点是日本动画与其相关的玩具，但是书中提到的"Media Mix"的概念实际上与跨媒介叙事有异曲同工之处，通过研究动画产业的这一奇特现象可以为电影产业的研究提供借鉴思路。首先，作者阐明了日本动画产业中的"media mix"概念，即动画作为一种商业产品，需要通过多种媒介的相互协作来创造商业价值。在这种商业模式中，动画作为主要的媒介，与其他媒介如玩具、漫画、游戏等相互影响和补充，形成了一个完整的产品生态系统。这种商业模式不仅提高了动画的商业价值，而且推动了各种产品之间的销售和相互促进。更重要的是，作者认为，这种关系可以促进动画的普及和商业价值的提高，同时，玩具市场对于动画的发展和商业价值有着重要的影响。成功的动画作品需要与玩具市场相结合，以便产生更多的商业价值。作者除指出日本动画产业与玩具产业的商业运作模式之外，还提出了"动态不动图像"的概念，指玩具的生产利用动画中最具运动感的静态帧图像作为设计灵感，将视听媒介的动态特性转化到静态的玩具实体中。这一概念直接解释了动画媒介转向玩具媒介的改编路径，也为本文电影媒介转向乐高玩具的讨论提供借鉴思路。此外，该书还探讨了日本动画产业中的一些重要问题，如动画的版权保护、动画的全球化、动画的粉丝文化等。作者认为，这些问题对于动画产业的发展和商业运作都有重要的影响。其中，动画的全球化对于日本动画产业的发展具有重要的作用，可以促进日本动画作品在国际市场上的推广和销售。而动画的粉丝文化则是日本动画产业中不可或缺的一部分，它通过吸引更多的粉丝来扩大动画产业的影响力和商业价值。总的来说，这本书虽然将研究视角聚焦于动画产业中的玩具产业发展，但是其研究思路与研究方法为电影学研究提供了可以参考的范本，对于电影媒介与玩具实体的转化、粉丝研究等提供了更开阔的视角。

（5）粉丝文化研究

亨利·詹金斯在 1992 年出版的专著《文本盗猎者：电视粉丝与参与式文化》中提出了"游猎者"这一概念，指粉丝们并非固定地"在这里或者在那里"，而是不断移动向另一种文本，利用新的原材料，创造新的含义。这强调了粉丝群体在文化创造和传播方面的重要性，促进了学者们对于粉丝文化的研究和探讨。菲利普·杜米尼克·凯德尔的文章 *Between Textuality and Materiality*: *Fandom and the Mediation of*

*Action Figures* 探讨了可动人偶在粉丝文化中的作用和意义。文章通过分析粉丝对可动人偶的收集、展示和使用方式，认为玩具公仔不仅是一种文化产品，也是粉丝文化的载体和重要组成部分。文章先介绍了视听媒体相关可动人偶的历史和发展，然后提出了可动人偶在粉丝文化中的三种功能：表征、媒介和物质实践。作者认为，可动人偶作为表征，可以代表着某种特定的文化意义和身份认同，如收藏者对某个角色或电影的热爱。同时，玩具公仔也是粉丝之间交流和互动的媒介，可以促进社群感情和情感共鸣。最后，作者强调了玩具公仔的物质实践功能，即作为实物对象，可以被用来进行各种各样的游戏和互动，进一步丰富了粉丝文化的内涵。文章还讨论了可动人偶的商品化和收集的复杂性，以及数字化时代可动人偶对非虚构类粉丝作品产生的影响。总之，这篇文章通过对可动人偶在粉丝文化中的多维度分析，为我们提供了一个更加深入地理解粉丝文化的窗口。

## 2. 国内文献

目前国内直接针对"电影与玩具"这一话题展开的学术研究较少，在中国知网以"电影玩具"为关键词进行主题检索，有57条结果，文献可以被分为以下几类：①销售资讯类，多来自于《中外玩具制造》《玩具世界》等玩具产业期刊，共有19条相关文献。②案例研究类，有15篇文章针对《玩具总动员》系列电影做了文本分析，但仅集中于讨论该系列电影的形象设计、动画技术、角色塑造等话题，并没有关注到银幕之外的玩具发展。③现象研究类，这部分文章主要集中体现为学位论文，但是大多从影视媒介的宏观角度出发来探讨整个影视产业中的衍生品开发，玩具大多作为一种影视产业发展的后市场策略被提及，比如庞冲的博士论文《中国动漫产业链发展问题研究》，以产业经济学的视角梳理了美国、日本等动漫产业发达国家的衍生品开发及其商业模式，用对比分析的研究方法分析中国动漫产业的发展现状以及影响衍生品收入的因素，试图寻找中国动漫产业衍生品开发的路径；罗晓星的硕士论文《〈巴啦啦小魔仙〉电影衍生玩具营销策略研究》，虽然直接讨论了电影玩具这一话题，但是其研究是以市场营销为逻辑起点，研究的侧重点在于讨论中国电影产业玩具市场的产品定价、宣传渠道以及促销方案实施，忽视了媒介融合的文本背景，与电影学科相关的研究方法、内容较少。

如果只以"电影玩具"作为关键词进行检索，以电影媒介为原点进行的研究较少，有关玩具的讨论多集中于整个影视行业，且玩具通常作为影视产业下游的众多衍生产业中的一种被简单带过，于是把检索范围扩大到叙事学相关领域的"跨媒介叙事"中来，从宏观视角考察电影玩具在媒介融合背景下的研究现状。检索后发现国内关于跨媒介叙事的研究主要集中在理论阐述、现象研究、案例研究等方面。

（1）理论阐述

围绕跨媒介叙事理论进行理论阐释的研究，主要是针对亨利·詹金斯和玛丽－劳尔·瑞安等对于"跨媒介叙事"理论有突出贡献的国外学者的理论研究进行解读和阐释的文章和译著，以及国内学者对"跨媒介叙事"理论的阐释研究。

陶东风的《粉丝文化读本》第一章"粉丝与文化消费"中收录了詹金斯的两篇关于粉丝文化的文章（均为杨玲翻译），对于研究跨媒介叙事中的粉丝作用意义重大；杨玲于2008年翻译了詹金斯《文本盗猎者》的第一章《大众文化：粉丝、盗猎者、游牧民——德塞都的大众文化审美》；杜永明于2012年翻译了詹金斯2006年出版的《融合文化：新媒体和旧媒体的冲突地带》一书，这对研究詹金斯的融合文化及跨媒介叙事的影响重大，促进了"跨媒介叙事"的国内研究；施畅的文章《跨媒体叙事：盗猎计与召唤术》从技术和文化层面解读了亨利·詹金斯所提出的"跨媒介叙事"的理论内涵，并与其相似概念一一比对，总结它们之间的本质区别与概念间的相互吸收，认为詹金斯的"跨媒介叙事"之所以能够在众多相似概念中脱颖而出，与资本的加持密不可分，跨媒介叙事是一种天然的营销手段，但又区别于品牌营销。施畅延续了詹金斯对德赛都"游牧"与"盗猎"观点的运用来概括受众的参与行为，并提出故事世界的建构便是媒介生产者收编受众的"召唤术"，受众与媒介之间"盗猎"与"召唤"的不断博弈，正是跨媒介叙事的一体两面；2016 年，郑熙青翻译了詹金斯 1992 年出版的《文本盗猎者：电视粉丝与参与式文化》一书，对于研究詹金斯的粉丝文化和参与式文化意义重大。

　　四川大学外国语学院教授张新军对于玛丽－劳尔·瑞安"跨媒介叙事"理论的国内研究做出了主要贡献，他的文章《故事与游戏：走向数字叙事学》对瑞安的数字叙事学进行了阐释，探讨了电子游戏和故事的关系，对于跨媒介叙事的游戏叙事研究具有参考价值。他的著作《可能世界叙事学》和《数字时代的叙事学——玛丽－劳尔·瑞安叙事理论研究》对于国内学者研究瑞安的叙事学理论，尤其对了解她的跨媒介叙事理论有重要的价值意义。他还翻译了瑞安的两部有关跨媒介叙事的作品：2014 年翻译了瑞安的《故事的变身》，2019 年和林文娟等学者翻译了瑞安的《跨媒介叙事》。这对了解玛丽－劳尔·瑞安的"跨媒介叙事"理论有着更直观的价值意义。

　　凌逾的《跨媒介叙事刍议》在媒介融合的视域下，系统梳理了文学艺术与媒介艺术的跨界之道，她以麦克卢汉的"再媒介"概念来概括跨媒介改编，以玛丽－劳尔·瑞安的"增生美学"来归纳"多媒介、多世界、多故事"的文本增生，又以"多媒介雪球"来指代"同题材、多媒介、一故事或多故事"的多元整合行为。然后她又提出了跨媒介叙事的"三难"，即"跨越难""化合难""流转难"，对我国"跨媒介叙事"的理论研究和实践发展提出了问题和建议。相比之下，凌逾对于跨媒介叙事的理解范围，要大于詹金斯的"跨媒介叙事"概念，在她梳理的媒介艺术的跨界之道中只有"多媒介雪球"与詹金斯的跨媒介叙事概念重合，但是凌逾对跨媒介的系统梳理，更有益于我们区分"跨媒介叙事"与"跨媒介改编"和"多平台传播"等相关概念的内涵；李诗语在《从跨文本改编到跨媒介叙事：互文性视角下的故事世界建构》一文中，以跨媒介性和相关性来概括"改编"和"跨媒介叙事"的相同之处，文章继承了玛丽-劳尔·瑞恩和戴维·赫尔曼的"故事世界"的观点，认为"跨媒介的故事世界"是存在于受众内心的心理模型，并提出"故事世界"的核心是"互文性"，而跨媒介的故事世界建构是基于"互文性"的结构架设；刘永亮和钟大丰的《跨媒介叙事视角下电影生态美学研究》以兴起于国内的"生态美学"去融合詹金斯的"跨媒介叙事"观念，认为跨媒介叙事的兴起改变了电影的叙事方式和生态环境，电影生态美学旨在摆脱"人类中心主义"和"二元对立的认识论"，来调和电影本体和电影生态之间的共存关系；陈先红和宋发枝的《跨媒介叙事的互文机理研究》对我们研究跨媒介叙事"故事世界"的各文本之间、媒介之间以及制作方与受众之间的互文性机制极具参考价值。

（2）现象研究

利用"跨媒介叙事"理论来阐释我国文化产业现象的研究，主要是针对我国影视行业热点现象，尤其是"IP"产业发展现状和粉丝文化进行研究的文章或专著。

杨成的《媒介融合语境下中国电影的跨媒体叙事发展》针对我国电影发展中出现的跨媒介叙事现象进行梳理和总结，为我国电影跨媒介叙事的发展中存在的问题提供了建议；尹一伊的《作为文本空间的"电影宇宙"：故事世界与跨媒介叙事》就近年影视行业出现的"电影宇宙"现象，结合我国影视实例探讨"系列电影"和"电影宇宙"的本质区别，认为"电影宇宙"的开发是跨媒介叙事故事世界建构的关键所在，并强调受众创作在"电影宇宙"开发中的重要意义；由于国内影视行业"IP改编"现象盛行，所以国内学者多将IP的"跨媒介改编"视作跨媒介叙事理论的研究对象。唐昊、李亦中的《媒介IP催生跨媒介叙事文本初探》结合亨利·詹金斯的跨媒介叙事理论，分析当时国内刚刚兴起的"IP"热潮，认为我国当时的跨媒介 IP 开发尚处于跨媒介改编的初级阶段，肯定了"故事世界""媒介协作""受众参与"与"互文性"在跨媒介叙事的故事开发中的重要价值，并为我国未来的"IP"产业发展提出了合理化建议；朱松林的《论跨媒体叙事中的粉丝经济》强调粉丝在跨媒介叙事开发中的重要作用，认为故事生产者在故事开发中应当考虑粉丝及偶然受众的需求，才能使其商业价值最大化；齐伟、黄敏的《媒体特许经营模式与中国电影产业化进阶——主题娱乐观念的视角》在讨论完"跨媒体叙事""故事世界建构"的文本层面之上，提出在消费方式层面，文本内容向屏幕外衍生，强调了玩具等新产品为电影产业带来的消费体验升级以及对于延续电影产业长尾经济的重要作用。

（3）案例研究

有关"跨媒介叙事"的作品案例研究，本文主要包括国外跨媒介叙事作品案例的研究和国内 IP 作品的跨媒介叙事研究。

谢弦驰的《跨媒介叙事视野下漫威电影研究——以〈复仇者联盟〉为例》是国内学者较早用跨媒介叙事理论研究漫威电影的论文，文章结合亨利·詹金斯的跨媒介叙事理论，以"漫威宇宙"系列作品为例，对其跨越漫画、电影、电视剧、游戏等不同平台的影像建构和叙事策略进行分析，并结合国内的 IP 电影现象分析了 IP 改编与跨媒介叙事的异同，为我国的影视行业提供建议；黄雯、孙彦的《从美国漫威公司作品看跨媒介叙事》同样以詹金斯的理论对"漫威宇宙"系列作品进行跨媒介叙事分析，并从创作过程、故事文本、粉丝参与、传播模式等方面为国内 IP 影视作品的跨媒介叙事创作提供参考；李瑞乾的《"星际迷航"跨媒介叙事研究》对"星际迷航"系列作品的跨媒介叙事历程进行了系统的梳理，探讨了"星际迷航"的故事世界建构、媒介协同叙事和粉丝参与叙事等跨媒介叙事行为；王雅倩的《〈哈利·波特〉

的跨媒介叙事研究》从体系建立、故事世界建构、媒介跨越、受众心理几个方面对"哈利·波特"系列作品的跨媒介叙事表征进行梳理，并试图为我国的跨媒介叙事实践提供建议；袁冶的《武侠电影的跨媒介叙事研究——以黄飞鸿的故事世界构建为例》以中国功夫IP"黄飞鸿"系列作品为例，探讨武侠电影的跨媒介叙事特征和故事世界的建构，并对跨媒介叙事和改编的区别做出界定；齐伟、黄敏的《论华语系列电影的跨媒体叙事与"故事世界"建构》以"唐探"IP系列作品为例分析华语系列电影的跨媒介叙事经验，对以电影为"源文本"的故事世界建构过程中人物关系的话题展开了目前国内学界较为深入的讨论，指出了中心人物对故事世界延展性的"黏合剂"作用，并且强调了人物关系对于吸引粉丝社群参与故事世界建构的积极作用。

我国对于"跨媒介叙事"的研究，在理论阐释方面，除了对亨利·詹金斯和玛丽-劳尔·瑞安的原有理论进行翻译和解读之外，国内学者对于跨媒介叙事的研究也在稳步增长，且研究角度各有不同。在现象研究和作品案例方面，受我国影视行业"IP改编"现象盛行的影响，多数学者以"IP改编"的作品或者现象为跨媒介叙事的研究对象，对于国外经典跨媒介叙事IP范例的研究相对较为深入。而在这些研究中，缺乏运用跨媒介叙事理论对玩具以及乐高玩具的研究，系统且深入的著作少之又少。

## 第三节　乐高玩具的"媒介本体论"

媒介融合的现象其实是内容与意义生产在屏幕、文本与物质实体两种媒介之间的双向流动，可能会产生"从电影到玩具再到新电影产生"的循环升级现象。本节将站在"媒介本体论"的角度上，来论证乐高玩具在媒介层面的合法身份。

## 一、经典电影本体论的三种理论向度与媒介融合

### 1. 经典电影本体论的三种理论向度

经典的电影本体论是从多个方面如美学、人类学、语言学和心理学等切入进行研究探讨，从而形成了蒙太奇本体论、摄影影像本体论和电影美学本体论三种主要的理论体系。现代电影艺术也是基于这三种理论体系而不断发展的。[①]

（1）蒙太奇本体论

蒙太奇本体论是从语言结构和思维的角度入手研究电影的表意方式，是把对于电影本体的构建回归在电影的客体上。最早期的蒙太奇本体论体系是由爱森斯坦（Sergei M. Eisenstein）提出的，并在形成的过程中逐渐向哲学方向变化。爱森斯坦在分析电影镜头衔接所产生的巨大感情冲击的基础上进一步延伸出了新的观念，即镜头之间联系与碰撞所产生出的新思想，这种研究指向性的变化形成了早期的理性蒙太奇。这种蒙太奇体系的新范式主要把人类的思维结构与运动方式作为研究的重点。[②] 比较有名的三种派生形式主要是节奏蒙太奇、主音蒙太奇和多声部蒙太奇，这些新形式的不断涌现促使蒙太奇电影本体论体系更加完整，也使得电影本体论得到了长足的发展。此后，阿尔都塞（Louis Pierre Althusser）将爱森斯坦的意识形态主义与拉康（Jacques Lacan）镜像阶段的询唤机制有机结合起来，促进了国家机器般意识形态表达的形成。本体论的进一步发展加快了蒙太奇理论中语言思维架

---

① 陈犀禾：《国家理论视野下的电影本体论》，《电影艺术》，2015年第3期，第19-22页。

② 刘悦笛：《将电影还原为"移动影像"——新旧"电影本体论"的交替》，《电影艺术》，2015年第3期，第19-22页。

构与结构主义符号学的融合，从而促进了具有符码和次符码的电影本体表意系统的形成。不言而喻的是，对于"漫威电影宇宙"而言，蒙太奇的"电影构造术"仍然发挥作用，如《复仇者联盟》《蜘蛛侠》《钢铁侠》等不同影片中出现的相同场景，就是不同于传统电影镜头之间拼合的、时间跨度小的蒙太奇，可以看作是一种"团块蒙太奇"。

（2）摄影影像本体论

摄影影像本体论最本质和突出的特点是，通过将现实完整再现而实现对于生命的永久保存。从各种艺术的发展和进化历程来看，电影与其他艺术不同的是，它通过对画面的摄像记录和自主运动而避免了人为进行干预来保存生命的历史。摄影机从很大程度上代替了人的眼睛，对于画面进行更加长久的记录、保存和分享，这种技术实现了靠机械复制来制造人类幻想的欲望。[①] 巴赞曾经提出要实现"完整电影"（Cinéma Total）的神话，就是要将电影作为对于现实完整再现的手段和方式，从而打造出一个具有彩色画面、空间立体感和声音特效的全新的幻境世界。而神话也就意味着无法排除掉人的思想观念和组织安排，最终电影也只能是现实世界完整再现的幻象而已，是无限逼近现实却永不重合的一条渐近线。现代电影从对于现实完整再现的客观真实转变为观众能够接受的主观真实，从而成了"想象的能指"，成了电影观众的一种内在幻象。显而易见的是，对于真实性的追求是电影的生命机制，虽然在以《乐高大电影》为代表的乐高电影中，"蜘蛛侠""钢铁侠"等超级英雄角色一改往日真人电影的肉身建构，以乐高人仔、3D 建模的方式来构建主体，但仍然是对人类世界的模仿，摄影影像本体论仍在"漫威"电影以及"乐高"电影中占据形成画面的基础作用。

---

[①] 叶风：《虚拟奇观——数字媒体时代下的电影概念设计理念》[J].《装饰》，2015年第 05 期，第 30 页。

（3）电影美学本体论

电影美学本体论是基于美学与心理学的摄影影像审美机制的反应，因此与上述两种本体论迥然有别。闵斯特伯格（Hugo Münsterberg）在著作《电影：一次心理学研究》中将这种本体论体系分为本体研究领域和现象研究领域两种类别。这两种电影美学领域都是通过格式塔心理学来进行研究的，而格式塔心理学是基于康德（Immanuel Kant）的审美知觉心理而形成的。他认为康德的审美自律原则是电影本体论得以建立的基础，康德的审美自律原则认为被感知对象只有与审美者达到内在契合之后才可以获得真正的审美体验。[①] 也就是说，电影本体应该在自身的审美自律中被认知。闵斯特伯格把电影画面的感知情感认定成是从一般视觉感知到全面审美感知的过程，他又把这个过程细分为注意力、情感、运动感和深度感，以及记忆和想象四个阶段。观众在观影的过程中能够通过想象和联想的方式把观看到的画面和影像在脑海中形成一个相对完整而连续的时空，从而达到与电影人物进行深度连接的效果，使观众能够更加入情地进行观影，增加观众的观影体验。所以，闵斯特伯格认为摄影设备机械复制出的影像不是电影的本体，电影的本体应该是观众的观影情感。这也是从康德的美学角度来证明电影美学本体论所注重的是超越客观反应的观众内心的直观感情表达。换言之，情感（或者叫作"情动"）可以看作是电影与观众之间的审美应答，无论是《钢铁侠》三部曲还是《复仇者联盟》四部曲以及其他的漫威电影，都把观众的地位奉为圭臬，它们与观众之间建立了深厚的情感联系，观众在影片中见证了角色的成长并产生了自我代入，所以当漫威电影中某一系列或角色完结时，观众往往会潸然泪下。因此，人类的情感是电影建构的核心。

---

① 李立：《电影本体论的嬗变——媒介考古学引起的思考》[J].《艺术评论》，2019年第 06 期，第 145 页。

## 2. 电影本体论与"积木电影"

（1）"积木电影"为何

目前，新媒体的快速发展深刻地改变着人们的生活方式。乐高玩具及其媒体内容"积木电影"作为审美标准的新型媒介所包含着的艺术形式也从很多外在表现和核心精神上体现出强大的游戏效果和融合色彩。而这种以乐高玩具为主要文本的媒体内容则被乐高公司称为"积木电影"。

"积木电影"则分为由粉丝自制后上传在各类流媒体视频平台的粉丝电影与乐高官方出品的"乐高的品牌故事"两种类型。粉丝电影指乐高粉丝使用乐高积木与乐高人仔拍摄制作的电影与微电影，往往会上传在 YouTube、Twitter、哔哩哔哩动画等社媒平台，以及乐高公司打造的 CUUSOO、IDEAS 等乐高粉丝社区中。这类影片由于粉丝的制作水平参差不齐，通常是实拍电影，比如《购物》（2009）、《绵阳》（2017）、《星球大战三部曲》（2010）等。而"乐高的品牌故事"则是以前文提到的乐高主题为故事、乐高人仔为角色的 CG 电影。比如《生化战士：光之面罩》（2003）就是由乐高公司制作的首部以乐高生化战士主题为内容的 DVD 长篇"积木电影"，这部电影全部由计算机制作完成，是标准的 CG 电影，在与同名主题玩具一起推出后获得了极大成功，并在 2004 年与 2005 年又分别拍出续集。

但无论是哪种"积木电影"，影片中的每一个可以分割的独立元素，都有相应的乐高积木搭建的真实原型。这就导致从电影美学本体论来说，无论是实拍制作还是 CG 技术制作，"积木电影"都是以乐高积木、乐高人仔为元素构成的电影，在此基础上，"积木电影"与传统电影有何区别，其特点是否符合电影本体论的框架，就成了讨论乐高玩具"媒介本体论"合法身份的一种途径。

（2）"积木电影"之"突破"

首先，"积木电影"是一种重视观众选择权的媒介形式。传统电影中有一定的读者中心存在，但是电影本身的话语权依然掌握在导演和编剧的手中。这也就意味着观众的审美体验和情感的感知边界是受限的和被动的。[①] 苏珊·朗格（Susanne K. Langer）曾把传统电影比喻为梦境，她认为传统电影创造出了一个虚幻的现实，观众在其中只是直观地进行观看，这种直接的呈现方式和梦境如出一辙。[②] 因此，有学者指出传统电影的审美效果是在观众精神和运动的自我剥削中所形成的。与传统电影不同的是，媒介融合后的"积木电影"以观众为出发点，将电影作者的个人喜好减弱，从而呈现出观众"俯瞰"世界的新人类视觉感受。《乐高大电影》的故事取自粉丝在网络社区中提供的素材，《乐高幻影忍者：幻影旋转术大师》（2011 至今）也是如此；还有由积木玩具网站"rebrick"中粉丝观众制作的"积木电影"，诸如《高尔基想要一匹马》（2013）、《垃圾人》（2013）等。这些"积木电影"都充分展示了观众（也是乐高粉丝）的创造力与想象力，加之电影作者的创作，"积木电影"如迷宫般"二元选择的组合"形式导致不同的结尾出现，观众为自己的想象力买单，承受影片结果。

其次，"积木电影"将建构多重个性化的审美体验。"积木电影"一般都设计有多种多重客体和环境体验的背景，因此打造出真实的多重个性化体验。"积木电影"依仗其很强的快捷性，使得审美主体与客体的交互性加强，从而对电影的审美体验也在一个动态的过程中变化。数字技术能够超越物理时空，现代电影的呈现能够依托大数据和数字化技术实现在互动中加深观众的审美体验，从而让观众的思维与情感得到拓展和延伸。这种方式相比于其他的传统方法提高了观众观影和审美感受的自由性，促使观众把电影中的时代和情节自然地融入自己

---

① 张书端：《数字时代电影本体论的演变——以"谜题电影"为中心的考察》[J].《北京电影学院学报》，2019 年第 11 期，第 28 页。

② 刘森：《数字媒体时代的电影本体论再思考——以"交互式电影"为例》[J].《西北美术》，2021 年第 03 期，第 129 页。

的生命体系中去，从而真情实感地进行观影。① 具有更多自由性的"积木电影"观众能够通过自己联想的方式对电影中留白的部分进行补充，从而增加整个电影意识形态的深度和广度。另外，对于网络数字技术下的"积木电影"审美，观众还可以依据自己的审美体验进行改造，通过释放观影者的审美潜能来为观影者服务，从而进一步扩大审美体验的边界。② 《乐高大电影》就为观众提供了从高空云景到狂野不羁的西部、从海盗船到会飞的警车等多重精彩的银幕场景。同样，多样性的观众选择路径是其"囚徒困境"般多样化情感体验的来源。

### 3. 电影本体论在媒介融合时代的更进

当代数字媒体技术已经逐渐取代了传统胶片，电影拍摄和制作技术的不断发展使得电影一直处在一种持续"生成"的状态里。这也就意味着电影本体论的论域需要有高度的开放性和包容性。在经典电影本体论中，研究的基础是电影传播媒介的特点与其他艺术传播媒介的差异。③ 所以，传统的电影本体论中非常注重从胶片与摄影机的成像特点上来构建电影本体。尼克·布朗（Nick Browne）就认为经典电影本体论在对电影本性提出解答的时候，内含着某种伦理共鸣的深层网络，它是渴望对各种艺术进行改造而发展出的产物。按照尼克·布朗所表述的，电影本体论应该是由电影传播媒介的特性和价值意识形态所构成的。因此，承认电影之所以成为电影的根本属性，并且在技术与时代发展之中来寻找电影本体的变更之道，是当下电影理论研究发展应有的朝向，在此背景下，"积木电影"与其内容文本的主体乐高玩具就更加具备"电影本体论"的合法媒介身份。

---

① 吴冠军：《从"后理论"到"后自然"——通向一种新的电影本体论》[J].《文艺研究》，2020 年第 08 期，第 101 页。
② 张文娟：《西方电影本体论的流变及当代转向》[J].《电影文学》，2020 年第 21 期，第 4 页。
③ 余冰清：《现实的边界：再探电影本体论》[J].《电影评介》，2020 年第 14 期，第 25 页。

## 二、参与式建构："积木电影"与传统电影的融合

### 1. "虚实"之变：电影媒介属性的转移

电影业现在正逐渐远离化学胶片处理的媒体，转向数字电影，使用高质量的视频放映机，再加上先进的系统，主要以"数字电影包"格式的形式存储和播放，使用数字存储来极大地延长电影的持续时间，例如"漫威电影宇宙"中丰富、多变的叙事因电影路径的选择而使得电影持续时间变得异常延展。这种电影传播媒介的变革性发展对以媒介分子为研究基础的电影本体论造成了很大的影响，闵斯特伯格在美学电影本体论中对观众感知力的研究就可以与 3D 电影的发展相衔接。但是从康德美学原则来考虑，人在进入从现实抽离的状态时应该也能够进行沉浸式的电影感知。① 比如要想完整了解"漫威电影宇宙"故事世界的建构，最好的观影方式不是在电影院按照从《钢铁侠》（2008）到最新一部"漫威电影宇宙"电影的现实世界影片上映顺序观看，而是选择流媒体平台按照"漫威电影宇宙"故事世界的叙事时间，从《美国队长：第一战士》（2011）到《钢铁侠》等再到《复仇者联盟 4：终局之战》（2019）的顺序观看。这就要求观众必须转入流媒体平台或者其他"小屏幕"，依仗它们的海量存储能力才能为其提供电影的完整故事，这表明电影已经开始"从离散媒体向连续媒体的转变"②。

而在这种转变之下，"虚拟现实"也成为电影本体的一种现实维度。CG 技术的使用使电影可以在没有现实摹本的情况下对现实进行超真实的展现，这对巴赞的"完整电影"的神话是一种很大的冲击，但其内核——通过虚拟体验来让观众体验"真实"——也依然是观影者

---

① 张默然：《电影本体论的后形而上学建构》[J].《电影文学》，2016 年第 12 期，第 4-7 页。

② Dominic Smit h. *The Future Of Cinema: Finding New Meaning Through Live Interaction* [J]. Live Visuals, 2013, 19（3），P26.

完整心理模式构建的必然基础。<sup>①</sup> 媒介融合背景下电影赋予人们的无穷想象力与全面的电影技巧，实现了电影叙事的空前解放。现在数字媒体技术已经能够轻易打破时空局限进行故事情节的描绘，形成了一种更加多样的逻辑体系，这其中就包含着一个完整的故事链条。比如"漫威电影宇宙"、《乐高大电影》甚至是更早的《星球大战》《玩具总动员》等影片，以其"持续的沉浸感"和先进的数字制作技术使得电影文本更加有趣。这表明，当代数字技术的发展导致传统美学将走向瓦解，"因为虚拟影像技术的成熟使得电影的成像本体不再只是摄影机和感光材料在规定的模式下自动生成，而是可以根据意愿随意地进行生成"<sup>②</sup>。现实与虚拟的边界变得越来越模糊。电影制作者也可以实现不只在现实世界中寻找合适演员的目标。所以，将"积木电影"称之为"非现实的虚拟"，也就是说虚拟影像所呈现的不是对现实世界的临摹，而是在不断的交互中产生了自己的生命力。这种生命力的产生将摆脱环境的限制，从而生成另一种现实——"拟像的现实"。

### 2. 乐高的粉丝文化：参与式互动

《乐高大电影》等电影赋予观众以少量但显著的控制权（粉丝直接向导演提供素材），这样的权力让渡在古典电影理论中显然不可想象。其实，在"拟像的现实"层面，乐高玩具系统的"拼搭一切"理念就为电影与玩具两种媒介的"融合"奠定了基础。乐高公司通过"CUUSOO"网站与"IDEAS"网站，帮助乐高粉丝、玩家把乐高创意带入生活中，把玩家的创意变成真正的乐高玩具套装，这种权力让渡在玩具业同样也是不可想象的。2014 年推出的《21108 捉鬼敢死队 Ecto-1》乐高套装就是粉丝根据 20 世纪 80 年代电影《捉鬼敢死队》中的汽车原型进行设计的，除了汽车，该套装中还出现了电影人物彼

① 刘悦笛：《作为"看见世界"与"假扮成真"的电影——再论走向新的"电影本体论"》[J].《电影艺术》，2016 年第 04 期，第 110 页。
② 熊立：《数字电影本体论》[J].《文艺评论》，2014 年第 11 期，第 100 页。

得、雷、埃贡和温斯顿的乐高人仔形象。

这样的融合现象意味着多人或多事物之间的相互作用。要使一部电影或任何相关的艺术品真正具有互动性，它必须与观众或粉丝进行沟通。卢特克（Samuel James Luedtke）认为，"'电影'描述了吸引观众注意力的艺术和电影，以便与他们所看到的东西互动，创造他们自己的奇观"①。乐高 IDEAS 作为一种完全独立的玩具形式，其与电影之间的融合更像是一种互动，在大多数情况下，虚拟现实都是关于粉丝和他们所处世界之间的关系。这是一种非常个性化的体验，通过关注它所创造的个人主义，虚拟现实可以打开大量的可能性。乐高玩具与电影的融合将吸引粉丝、观众操纵面前的图像，从而转化为每个人所选择的独特的新图像和体验。粉丝、观众与艺术品的互动重新聚焦为吸引力的来源和"审美共同体"的快感之一。而除去粉丝早已熟知的乐高电影主题系列玩具套装，乐高还有一个"乐高机械组"系列，这一系列的产品与《21108 捉鬼敢死队 Ecto-1》的产品类似，都将目标瞄向了出现在电影中的汽车，比如乐高《76911 阿斯顿马丁 007》套装，复刻的是在《007》系列电影中詹姆斯·邦德的固定座驾阿斯顿·马丁 DB9 跑车，这给乐高玩家、《007》电影粉丝带来了双重的视觉快感。而视觉体验是电影作为第七艺术应有的美学基础和精神内核，那么，其实也可以认为，乐高玩具也在这种"拟像的现实"中实现了媒介本体的自觉。

在电影诞生的时候，世界从语言文字走向图像表达，这种变化使得整个人类文化的发展历程发生了转变，而数字技术的迅速发展使得电影经历了从真实性到视觉特效大量运用的转变，这个过程中乐高玩具在产业合作的基础上参与了电影故事世界的文本构建，带来了"拟像的现实"，同时又与电影一同回到原初意义上的视觉艺术。

---

① Samuel James Luedtke: Video Games, Virtual Reality, and the Progression of the Cinema of Interactions, https://lux.lawrence.edu/luhp.

## 三、"积木电影"与积木的影像本体论影响

### 1. 影像真实的物质本体改变

自 1898 年卢米埃尔兄弟的第一部电影短片开始，电影艺术便与"真实"紧密相随。由于电影摄影技术能够逼真地记录和复现客观世界，使得逼真性成为影视艺术基本且重要的美学特性。巴赞的影像本体论认为，电影就像指纹一样逼真地反映着现实，影像与现实存在着一一对应的关系。"摄影与绘画不同，它的独特性在于其本质上的客观性……在原物体与它的再现物之间只有另一个实物发生作用，这真是破天荒第一次。外部世界的影像第一次按照严格的决定论自动生成，不需人加以干预、参与创造……一切艺术都是以人的参与为基础的，唯独在摄影中，我们有了不让人介入的特权。"①

但数字技术下"虚拟现实"的介入，使得电影影像本体论的核心基础——物质现实变得土崩瓦解。无论是《复仇者联盟》中的"复联大厦"、《钢铁侠》中的钢铁侠，还是《玩具总动员》中的全三维动画，这些在电影银幕上所展现的一幕幕光怪陆离、远古未来的场景已不再是摄影机与被摄物体的统一，也不再是本雅明口中"物质现实的复原"，而是由数字技术制造出来的"影像真实"。而这些影像也由客观的物质现实通过人脑想象变身为计算机处理系统中的数字指令。

"随着数字技术对影像生成方式的革命性改变，影像不再是一个简单的摹本，而是在电脑与人脑的直接关联下有了自己的生命和动力。"②电影创作者的丰富想象力即可为未来影像提供摹本。2019 年的《蜘蛛侠：英雄远征》中，孤胆英雄"蜘蛛侠"要面对来自未来时空随意穿梭且能制造幻象的"神秘客"，"水城"威尼斯、"雾都"伦敦等现实

① [法]安德烈·巴赞著，崔均衍译：《电影是什么？》[M].南京：江苏教育出版社，2005 年版，第 6 页。
② 张浩：《数字时代电影艺术中的假定性美学阐释》[J].《扬州大学学报（人文社会科学版）》，2020 年版，第 24（05）期，第 53 页。

世界的城市空间在影片中战火纷飞、满目疮痍。这些影像在我们的现实生活中是不存在物质本体的，而是人类自身创造的思维方式带来的产物。电影也不再需要把任何一种客观存在的实体摆放于镜头之前来力求创造出一个又一个真实存在的物质本体。现实与影像之间的对应关系瓦解后，关于影像本体论的理论基点便被动摇和改变了。尽管巴赞在后期也意识到电影作为一门艺术不可能实现对客观现实的完整再现，因此他又提出了"电影是现实的渐近线"的观点。在这一观点中，巴赞力图说明电影虽然不可能完全等同于现实，但应该不断地向现实靠拢。然而这种以物质现实为主要基础的"渐近线"理论也随着数字技术的不断演进而备受挑战。

数字化影像产物的不断涌现，让我们看到了现实生活中根本没有摹本的"真实再现"，影像的物质本体没有真实的依托，电影却好像更加符合现代人的欣赏口味了。比如在"漫威电影宇宙"中，当《复仇者联盟》《钢铁侠》等相对更现实的系列电影完结后，《海王》《雷神》等更具科幻色彩的影片逐渐成为近年来"漫威电影宇宙"的重头戏。这说明，在电影影像真实的接受过程中，观众的心理发生了巨大的重构。

## 2.影像真实的接受心理重构

巴赞认为，电影产生的心理基础在于人类内心固有的"木乃伊"情结，人类内心要求镜头保留时间的真实与空间的真实。巴赞提出用长镜头与景深镜头来取代和对抗传统的蒙太奇手法。我们可以看出，巴赞的影像本体论主要来源于一种心理的真实，或者说主要是一种感知的真实。"我们用现实的幻想取代了客观现实……这是一种必然性的幻想，但是，它会很快使人迷惑，失去对现实本身的知觉，在观众的脑海中，真实的现实与它在电影中的表象合二为一。"[①] 但是数字技术的

---

① [美]达德利·安德鲁，李伟峰译：《经典电影理论导论》[M].北京：世界图书出版社，2013年版，第190页。

进步引发了数字电影的兴起与蓬勃，数字电影为我们带来的游戏心态，是对视听奇观的享受而不是对银幕现实的认同。观众明知眼前的星球战役、自然灾难等种种奇观是虚拟生成，却还是乐于沉迷其中，啧啧称赞。这就说明，数字时代不仅造就了新的电影语言表达方式，同时也产生了一批从未有过的数字时代的观众。而与此同时，我们不得不发现观众接受心理的改变对影像本体论的心理基础也造成了巨大的重构，即对现实理念的重构。

这种观众接受心理的改变同样也发生在乐高玩具上，在1999年之前，人们更愿意购买"可玩具化"的老牌玩具公司的玩具，而与电影建立联姻关系的乐高玩具迅速在市场上反超从前的老大美泰公司。这不仅仅与乐高公司获得的《星球大战》授权有关，更与乐高积木玩具的"马赛克美学"以及数字电影技术的进步有关。数字电影技术在不断地突破电影与现实的"渐近线"，让电影与现实变得模糊，而乐高玩具的"马赛克美学"恰好就代表了这种模糊性。尽管数字电影技术让"漫威电影宇宙"的电影文本越来越膨胀，故事世界愈发壮大，但人物角色、交通工具、空间场所都是具有连续性的，这种连续性给了乐高玩具"马赛克美学"增强模糊性的可能，使乐高玩具不仅在文本层面游走在玩具与电影媒介的边缘，更是利用外部形象的模糊性将这层边界与"渐近线"慢慢融合。

数字技术制造出来的数字影像，可以做到与原型分毫不差，许多从未企及的图景可以表现为可视形象。有专家学者将这些可视现象重新命名为电影奇观，他们认为电影奇观是指非同一般的具有强烈视觉吸引力的影像和画面，或是借助各种高科技电影手段创造出来的奇幻影像和画面。数字影像充实了抽象世界的框架，使抽象的变为具体的，使意念的变为现实的。不止如此，数字影像还以极为形象的形式虚拟出一些不复存在于现实的场景。我们不禁感叹数字影像的确使我们"看"到了更多的真实。它增加了我们对真实的把握，又削弱了我们对真实的不懈苛求。虚拟真实就是利用计算机去模拟人类的感觉世界，同时对感官与神经进行刺激。从受众美学的角度分析，数字电影技术所营造的视听奇观符合观众对视听效果的需求，观众的审美需求使电影创作者自然地选择了数字技术，数字技术也相应地刺激了观众对视听效果更高层次的要求。

而在观众的众多高层次要求中，物质性要求也逐渐具备"碰触"的可能性。前文提到过乐高玩具的机械组主题套装，这一系列的乐高玩具在现实中可以由玩家控制乐高人仔进行驾驶。而相比《钢铁侠》《复仇者联盟》《哈利·波特》《星球大战》等主题的乐高玩具套装，机械组最大的"触碰"性在于这些汽车都能在现实社会中找到原型，《速度与激情》中的道奇肌肉车、《007》中的阿斯顿·马丁 DB9 跑车等，从而让粉丝与观众的"触碰"转移到玩具、电影以外的其他产业中。

当镜头内的画面已经不再是真实的物质本体的存在，当观众的接受心理已经改变为对于奇观影像的沉迷与所求，我们可以得出相应的结论：巴赞的影像本体论面对数字时代的数字影像技术的时候，摄影影像与客观现实中的被摄物同一已经不能再用来佐证电影艺术的真实本性，数字技术结束了影像本体论时代，同时开启了以乐高玩具与漫威电影为代表的媒介融合时代。

# 第四章

## 文本细读：人物形象与故事

### 第一节 《呼兰河传》：别样的诱人

　　《呼兰河传》是萧红最后一部重要作品，1940年12月完稿于香港。当时，作者的心境是苦闷和寂寞的。她在给白朗的信中说："我的心情永久是如此的郁郁，这里的一切景物都是多么恬静和幽美，有山，有树，有漫山遍野的鲜花和婉声的鸟语，更有澎湃泛白的浪潮，面对着碧澄的海水，常会使人神醉的，这一切不都正是我往日所梦想的写作的佳境吗？然而呵，如今我却只感到寂寞！在这里我没有交往，因为没有推心置腹的朋友。"而她和端木蕻良的感情也并不融洽。他们"这两性格凑在一起，都在有所需求，而彼此在动荡的时代，都得不到对方给予的满足"。在这种情况下，自然更加容易引起她对故乡的思念和对童年生活的回忆。于是，她在孤寂中完成了这部抒写她"幼年的记忆"的、带有自传性质的长篇小说。同年，她还发表了以呼兰老家后花园作为场景的自传体小说《后花园》。可见，这并非她"现实的创作源泉已经枯竭"的表现，而是因为呼兰故乡在她的漂泊生涯中经常魂牵梦绕，是她创作灵感的重要源泉。

　　小说以童年的生活回忆为线索，写北国的自然风光，故乡小城的历史、风俗民情以及旧生活的悲剧。茅盾说"它是一篇叙事诗，一幅多彩的风土画，一串凄婉的歌谣"。

《呼兰河传》是萧红后期的代表作。当时她在香港，贫病交加，这自然引起她对于乡土的思念，对于童年生活的回忆。小说所展现的是20世纪20年代中国东北一座小县城的生活图景。形形色色的地方风习，停滞、刻板的生活，人民饱受煎熬而又麻木的甚至愚昧的情景，都在作者笔下得到了生动的描绘。

美国学者葛浩文认为《呼兰河传》是萧红那注册商标式的个人回忆式文体的巅峰之作。的确，《呼兰河传》标志着萧红艺术风格的成熟，她创造了一种介于小说与散文之间的新型小说样式。茅盾的《序》中说：

> 也许有人会觉得《呼兰河传》不是一部小说。
>
> 他们也许会这样说：没有贯穿全书的线索，故事和人物都是零零碎碎，都是片断的，不是整个的有机体，也许又有人觉得《呼兰河传》好像是自传，却又不完全像自传。
>
> 但是我却觉得正因其不完全像自传，所以更好，更有意义。
>
> 而且我们不也可以说：要点不在《呼兰河传》不像是一部严格意义的小说，而在于它这"不像"之外，还有些别的东西——一些比像一部小说更为"诱人"些的东西：它是一篇叙事诗，一幅多彩的风土画，一串凄婉的歌谣。
>
> 有讽刺，也有幽默。开始读时有些轻松之感，然而愈读下去心头就会一点一点沉重起来。可是，仍然有美，即使这美有点病态，也仍然不能不使你炫惑。

那些"别的东西""更诱人的东西"就是萧红小说的艺术特色所在。具体地说，就是把小说散文化、抒情诗化、绘画化。

小说的第三、四、五章是能够体现这些特点的。

第三、四章作者回忆自己童年时代的生活，与祖父相处难忘的往事；以感情的起伏脉络为主线贯穿事件的断片或生活场景，为我们勾勒出一幅幅生活场景的速写，信笔写来，娓娓而谈。萧红的童年是不幸的，母亲的早逝、父亲的冷酷、继母的虐待、祖母的专横，这些都伤害了她幼小的心灵。如果不是善良慈祥的祖父和那充满生机与自由的后花园，她的童年世界完全是凄凉黯淡的。因此，她从未忘记祖父的爱及祖孙间那段欢乐时光：

> 祖父只是自由自在地一天闲着；我想，幸好我长大了，我三岁了，不然祖父该多寂寞。我会走了，我会跑了。我走不动的时候，祖父就抱着我；我走动了，祖父就拉着我。一天到晚，门里门外，寸步不离，而祖父多半是在后园里，于是我也在后园里。

"后园"构成了她童年的重要世界，在这里，她和大自然发生密切的接触，从而领略到对大自然的爱。院中的樱桃、李子、榆树，金的蜻蜓、绿的蚂蚱，还有各色的蝴蝶，使得她的生活色彩斑斓，生气勃勃，并在以后的人生道路上魂牵梦萦。

对于这些，作者是充满了感情的。她以温馨的、极为蕴藉清新的诗的笔调来抒写，从而把小说抒情诗化了。有时她甚至径直用起诗歌惯用的"回环复沓"的艺术手法。如第四章第二节开头写："我的家是荒凉的。……"第三节是："我家的院子是荒凉的。……"第四节又是："我家的院子是很荒凉的。……"第五节仍是："我的家是荒凉的。……"借助"回环复沓"，强化小说的诗的情感和氛围，读来感人肺腑，荡气回肠。同抒情诗一样，小说中还有一个鲜明的自我抒情形象。"我"单纯善良，天真无邪，富于幻想，勇于追求，在漫漫的黑暗中，挣扎着、憧憬着、奋斗着、呼唤着自由和美。仿佛那真挚动人的诗情，都是从"我"的心灵深处流淌出来的。

作者并未忘记那些在黑土地上挣扎与奋斗的灵魂。小说的第五章，写了小团圆媳妇被欺凌致死的故事，表现了下层人民不幸的命运，揭示了愚昧、保守而又自得其乐的农民身上的病态心理和被扭曲的性格。作者描绘了呼兰的自然风光，浸透其中的是人们卑劣平淡的灰色生活。那横在东二道街上的大泥坑极富象征意义，尽管它经常陷溺车马人畜，但从没人想到填平它；相反，空虚无聊的灵魂乐于从这里寻找闲话的材料和看热闹的乐趣。呼兰河就是这样的寂寞、沉滞。在这黑暗的王国里，各种人生悲剧的发生也就不可避免了。天真活泼的小团圆媳妇因"个儿长得太高""太大方"，便招致众人的非议。她的婆婆为把她"规矩出一个好人来"，百般折磨她，最终断送了这年轻的生命。然而所有的把小团圆媳妇送上旧生活祭坛的人，又都不是有意害她，他们照着几千年传下来的习惯而思索和生活：

> 她想一想，她一生没有做过恶事，面软、心慈，凡事都是自己吃亏，让着别人。虽然没有吃斋念佛，但是初一十五的素口也自幼就吃着。虽然不怎样拜庙烧香，但四月十八的庙会，也没有拉下过。娘娘庙前一把香，老爷庙前三个头。哪一年也都是烧香磕头的没有拉过"过场"。虽然是自小没有读过诗文，不认识字，但是"金刚经""灶王经"也会念上两套。虽然说不曾做过舍善的事情，没有补过路，没有修过桥，但是逢年过节，对那些讨饭的人，也常常给过他们剩汤剩饭的。虽然过日子不怎样俭省，但也没有多吃过一块豆腐。拍拍良心，对天对得起，对地也对得住。

这是多么愚昧而又可怕。这种被封建礼教严密地控制着的旧生活，像层层淤积起的泥沙吞没了可能萌发的新生活的生机。漂亮能干的王大姑娘爱上了赤贫如洗的磨工冯歪嘴子，自由结成夫妻，也使周围的人不能容忍，流言蜚语四起，致使王大姑娘在贫困、诽谤的重压下悲哀地死去。萧红曾说："现在或者过去，作家们写作的出发点是对着人类的愚昧！"

# 第二节 《围城》：情与爱的哀歌

《围城》是钱钟书先生唯一的长篇小说，也是一部家喻户晓的现代文学经典。美国著名现代文学研究专家夏志清教授在《中国现代小说史》中称："《围城》是中国近代文学中最有趣和最用心经营的小说，可能亦是最伟大的一部。"

1941 年暑假，钱钟书从任教的学校回到上海，原拟小住数月即返，不料珍珠港事件爆发，自此被困在上海。在"孤岛"的艰难岁月中，钱钟书在教书之余开始文学创作。1944 年，夫人杨绛编写的话剧上演，钱钟书去观看，或许有所触动，萌生了创作一部长篇小说的想法。其后，他便减少授课时间，所有家务由夫人杨绛负责，以便安心进行创作。一直到 1946 年，小说完成。正如他在小说脱稿后所说："这本书整整写了两年。两年里忧世伤生，屡想终止。由于杨绛女士不断地督促，替我挡了许多事，省出时间来，得以锱铢积累地写完。"

1946 年 2 月 25 日，《围城》在郑振铎、李健吾主持的大型文艺刊物《文艺复兴》上连载，1947 年 6 月由上海晨光出版公司单行出版。此书一出，一时洛阳纸贵，接连印了三版，在当时曾受到无数的好评，也受到不断的攻击。本书初版时，晨光文艺丛书的介绍词说："人物和对话的生动，心理描写的细腻，人情世态观察的深刻，由作者那支特具清新辛辣的文笔，写得饱满而妥适。零星片断充满了机智和幽默，而整篇小说的气氛却是悲凉而又愤郁。"

钱钟书在《围城》中描写了抗战时期一群高级知识分子的生活。通过主人公方鸿渐的坎坷境遇和不幸爱情，暗示现代文明背景下的人生困境。"围城"是对一种人生情景的形象概括，也是对一种心理意态的巧妙捕捉。"围城"所描绘的，乃是人类理想主义和幻想破灭的永恒循环。《围城》着力刻画的是现代中国的"某一部分社会，某一类人物"。钱钟书说："写这类人，我没忘记他们是人类，只是人类，具有无毛两足动物的基本根性。"这个基本根性就是人性的弱点，它导致人类演出种种喜剧、悲剧和"悲剧之悲剧"。所谓"悲剧之悲剧"既是人生愿望和爱情追求的悲剧心理的描述，又是欲望既达之后可以去观照的一个不圆满的情境。这个情境，虽然不圆满，充满痛苦，但又会有新的企慕。

小说的第八、九两章，通过方鸿渐与孙柔嘉失败的恋爱与婚姻，再次揭示了人生的荒谬无常，在人类情爱的层面凸显出"围城"的深层意蕴。

杨绛在《围城》电视剧片头的题词中说："围在城里的人想逃出来，城外的人想冲进去。婚姻也罢，职业也罢，人生的愿望大抵如此。"城外的人急切地盼望，以求达到圆满；城内的人在期待以后又产生失望，在痛苦中重新驰骋他们的希望。人生就是这样一个无尽期的追求、奋斗的过程，直到生命的终结。方鸿渐具有人所共有的"愿望"，他的快乐，他的痛苦，都出于"愿望"的亏欠，由此而不断地碰壁，又不断地生出新的"愿望"。

方鸿渐留学回国后屡经挫折，爱情失败，事业无着，即将离开三闾大学之际，困顿中陷入了孙柔嘉精心布置的婚姻陷阱。可以说，这是一场"倾城之恋"，方鸿渐在婚姻的人生大戏里再次扮演了"悲剧之悲剧"的主角。他从职业的"围城"逃出，又陷入婚姻的"围城"。

他和孙柔嘉订婚不久，立即感到对于订婚本身所表现出来的情绪是平淡的。

他对自己解释，热烈的爱情到订婚早已是顶点，婚一结一切完结。现在订了婚，彼此间还留着情感发展的余地，这是桩好事。他想起在伦敦上道德哲学一课时那位山羊胡子的哲学家讲的话："天下只有两种人。譬如一串葡萄到手，一种人挑最好的先吃，另一种人把最好的留在最后吃。照例第一种人应该乐观，因为他每吃一颗都是吃剩的葡萄里最好的；第二种人应该悲观，因为他每吃一颗都是吃剩的葡萄里最坏的。不过事实上适得其反，缘故是第二种人还有希望，第一种人只有回忆。"从恋爱到白头偕老，好比一串葡萄，总有最好的一颗，最好的只有一颗，留着做希望，多少好？

他还在回味着唐晓芙。失去了的"她"是最美丽可爱的"她"，就在身边的"她"是习处生嫌的"她"。"遥闻声而相思相慕，习进前而渐疏渐厌"，这就是悲剧人生的"悲剧之悲剧"。在香港，方鸿渐尝尽了厉害滋味才明白深心忌刻的孙柔嘉不是他理想中的女性。而从前的情人苏小姐又冷落他，奚落他，糟践他。"鸿渐郁勃得心情像关在黑屋里的野兽，把墙壁狠命地撞、抓、打，但找不着出路。"他身心交瘁，即使对唐晓芙也失去了昔日的神往，猜想着她早已做了妈妈，把自己忘记了。方鸿渐由此对爱情和婚姻做出最后的结论：

> 现在想想结婚以前把恋爱看得那样郑重，真是幼稚。老实说，不管你跟谁结婚，结婚以后，你总发现你娶的不是原来的人，换了另外一个。早知道这样，结婚以前那种追求、恋爱等等，全可以省掉。到结婚还没有彼此认清，倒是老式婚姻干脆，索性结婚以前，谁也不认得谁。

回到上海，伴随着方鸿渐的是无休止地吵架，那个过了时的旧式吊钟不时敲击他郁勃的心胸。国将不国，家之不家。孙小姐走了，孤苦的方鸿渐，在老式钟声的敲击里又抱着新的希望，坠进"最原始的睡"，成为"死的样品"，连梦也没做一个。就这样静静地降下了他的"悲剧之悲剧"的帷幕。

其实，孙柔嘉——婚姻围城的另一主角，境遇也不比方鸿渐更好。

作为一个现代大都市里成长起来的女子，追求舒适安稳的家庭生活无可厚非，可悲的是婚姻绝非她想象得那么简单。除却性格的因素，双方的人际关系是导致他们婚姻失败的重要原因。如果没有鸿渐那顽固守旧的父母和卑琐善妒的弟媳，如果没有孙柔嘉那虚伪阴险的姑母，或许他们还能维持正常的家庭。这里我们可以看到现代社会中人类生存的困境，正如他们吵架后方鸿渐所体会到的"拥挤里的孤寂，热闹里的凄凉，使他像许多住在这孤岛上的人，心灵也仿佛一个无凑畔的孤岛"。

我们还可以领略《围城》勾魂摄魄的艺术魅力。首先，象征性的细节描写增添了作品的韵味。比如作者有意让孙柔嘉两次把老挂钟比作方鸿渐，暗示性地说明方鸿渐是这个社会的"落伍者"。结尾处写那只老挂钟"这个时间落伍的计时机无意中对人生包含的讽刺和怅惘，深于一切语言，一切啼笑"，可谓意味隽永。作者还善于运用讽刺艺术，勾画丑陋的灵魂，揭穿社会的黑暗，具有震撼人心的力量。讽刺苏文纨发国难财说："高高荡荡这片青天，不是上帝和天堂的所在了，只供给投炸弹、走单帮的方便。"新颖别致的比喻也是一大特点，能够发人深思，把读者带到新的意境中去。如用西洋人赶驴的比喻起兴，写方鸿渐有如受役使的驴子，教授头衔有如吃不到的胡萝卜，然后再写鸿渐的愤慨之情，就显得生动有力。

总之，含蓄蕴藉的意境，缠绵悱恻的悲剧气氛，巧妙的艺术构思，精微曲折的细节刻画，共同构成《围城》的艺术世界，让人流连忘返。

# 第三节　《大佛普拉斯》的底层叙事

这里所说的底层是社会、组织等的最低阶层。作为物质现实的复原，复现现实、揭示社会问题自然是电影关注的焦点。回望历史，底层叙事在世界各国早已有之，中国的左翼电影运动、法国新浪潮、意大利新现实主义均有不少经典之作；放眼当下，随着世界范围内底层人物问题的凸显，电影中的底层叙事也重获关注，《燃烧》《小偷家族》《寄生虫》等亚洲影片都在欧洲电影节上有所斩获，甚至连好莱坞商业片如《小丑》也突出地表现了对底层人物的心理刻画。种种现象表明，对于底层的关注再次成为世界电影的重点。

在中国台湾，随着经济高速发展的逐渐减弱，各种社会问题得到凸显，底层人民的生活困境也浮出水面，如此这般现实景象也反映在近年的中国台湾电影中。《台北·丛林》《太阳的孩子》《接线员》《大佛普拉斯》《阳光普照》等影片的主题，有的直接描写底层人民的生存现状，有的则是以底层为背景探讨家庭伦理等。在这其中，黄信尧无疑是翘楚。从前一直从事纪录片导演的他直到 2017 年才拍摄出首部剧情长片《大佛普拉斯》，尽管是长片处女作，但影片在台北电影奖、金马奖、金像奖上收获颇丰，赢得了学术界和影迷界的一片赞誉。影片以现实主义的拍摄手法建构出独特的空间叙事，以独特的叙述将底层社会的人性卑微和话语权缺失展现得淋漓尽致，映照出真切的社会现实，书写出当下中国台湾现实的生命困厄。

## 一、底层世界——深刻的现实主义题材

余华在《活着》里写道："人世间走一遭，以笑的方式哭，在死亡

的伴随下活着。"①直面现实需要勇气，现实主义就是要映射当下的社会问题和人们的反应，通过叙事文本和镜头语言进行深刻发问和直接表达，进而重新理解和回答现实生活中存在的种种问题的艺术方式。②

在《大佛普拉斯》中，导演黄信尧将目光投向台湾中南部的偏远乡村。他说："偏乡中的人们有很多生活样貌，我希望将他们全部集结出来，因为我自己也是来自这个地方。"③影片的剧情可以用几句话概括：菜脯和肚财，底层打工仔和拾荒者，他们在生活的最下层奔波拼命，最大的乐趣不过是吃掉冷掉的便当以及偷偷窥伺老板行车记录仪中的景象和车内的对话，本想意淫一下其中的咸腥，听听老板的调笑和姑娘的娇喘，没想到却意外发现了老板不可告人的秘密。

影片首先将视角投向底层平民。开场的一段平行蒙太奇引出了片中的两位主角，并交代了他们的生活状态。

菜脯，一个主业是工厂保安兼职送葬乐队鼓手的底层打工仔，他的名字在闽南语里是萝卜干的意思。和这个名字一样，菜脯十分瘦弱、无神，他家里有一个生病的老母亲和一个不太靠谱的小叔，乐队成员和工厂的工人们都不待见他，时常耻笑打骂他。

而肚财是一个拾荒者，他的名字则意味着"肚脐"，他也和菜脯一样不怎么重要，也不受别人重视。肚财每天骑着摩托车载着捡来的破烂游走于各种破败工厂之间。他一天只吃一顿饭，每天在便利店关门的时候捡几份快要过期的便当和菜脯分享。他对所有人都唯唯诺诺、畏畏缩缩，唯独来到菜脯的警卫室中才可以趾高气扬、盛气凌人，他这辈子可能只有在这两坪半的货柜屋里才能找到一点点自信。他最可爱的地方在于，即使生活已经潦倒到如此程度，却还保有一个爱

---

① 余华著：《活着》，北京：作家出版社，2017年版，中文版自序。
② 林小溪：《现实主义题材电影的新探索——电影〈大佛普拉斯〉的叙事手法探析》，《视听》，2020年第07期。
③ 黄信尧：《大佛普拉斯》里的人们。

好——夹娃娃。

他们的世界并没有多少生机，正如导演黄信尧在片中的旁白："对他们来讲，无论是出太阳还是下雨都会有困难……社会常常在讲公平正义，但在他们的生活之中，应该是没有这四个字的。毕竟光是要捧饭碗就没力了，哪还有力气去讲那些有的没的。"

而影片另外一个重要角色——菜脯的老板黄启文，则是一个留美归来的"艺术家"，他经营着一家名叫葛洛伯的铜像工厂。这个洋气十足的名字携带着深刻的阶级烙印，是"上层阶级"才能拥有的。闽南语所代表的低贱身份和英语所象征的高贵地位形成了强烈的对照，使得社会不同阶层之间的撕裂感更为突出地显现出来。正如导演在采访中所说："真正的绝望，是无法翻转，社会底层的人无法有翻转的机会。"①

这种对底层人物的关注、对地方方言的运用和对当前社会阶级分裂现状的讽刺让这部影片非常"接地气"，同时也揭示了在国际化与本土化的冲撞与聚合之间所产生的奇特效应。

## 二、黑色幽默——介入性叙事手法与纪实风格

《大佛普拉斯》采用了独特的介入性叙事手法，穿插了独有的导演视角，打破了"第四堵墙"的存在。

影片在出片头字幕之前，旁白就已先行介入。与大多数放置在影片一开始用以交代故事背景的旁白不同的是，本片的旁白直接点明了叙述者即为导演本人的身份，对制作公司的介绍更是在提醒观众，这是一部电影而非纪录片，片中所出现的均是虚构的人物和故事，和绝大多数影片希望观众完全忽视摄像机的存在而沉浸在电影中的做法完全相反。随后在故事中导演时不时以旁白的身份出现，或辅助叙事交

① 陈沛琦：《〈大佛普拉斯〉的荒诞性探析》，《美与时代》，2019 年第 09 期。

代信息或以调侃的口吻解构影片中的台词及情节。导演所增加的这些叙述，不仅仅是具有解释性，同时也注入了个人情感，它让观众摆脱了常规电影叙事的幻觉、摆脱叙事情景，从而站在旁观者的角度对故事进行反思，这也是介入性叙事的目的所在。除了旁白中导演自我身份的暴露，影片中的角色还直接面向镜头回答问题，暴露屏幕前观众的存在。至此，影片以旁白为核心手段，一一揭露导演的存在、摄影机的存在、电影制作流程的存在、观众的存在等，彻底打破"第四堵墙"，对观众带来的影响是接连不断地产生间离效果。这种对观众和电影关系的暴露，一方面形成了比较新鲜的观影体验，产生吸引力和幽默感；另一方面，反复强调观众对于影像的观看，同故事当中菜脯和肚财对于影像的观看乃至于其他各种形式的观看，形成了和谐统一。

在介入性叙事手法之外，影片却又偏向纪实风格，形成了一种荒诞的现实性。导演多次运用长镜头来完整保留人、物、景之间的时空关系，使用大景深来追求纵深感。同时，导演也非常善于在静止的长镜头中采用遮挡的手法，将门窗等物品放在前景，将人物的活动放置在后景的虚处，进而造成"前实后虚"的视觉效果，营造出一种第三人窥视的惊悚感，给观众带来一种压抑、客观的感受。

此外，为了在影片中表现出人在大环境中的游离，导演不止一次采用微俯的长镜头来表现菜脯、肚财、释迦修理房屋和寻找废品的动作或无所适从的神态。苍凉的荒草反衬出人物的微不足道，也表现出他们身份的无足轻重，缓缓地移动长镜头又深刻体现了社会底层小人物的游离状态。

## 三、色彩对比——隐喻式影像表达

在电影的视听语言体系中，色彩往往起到塑造人物形象、烘托环境、渲染气氛以及诠释影片主题等作用，甚至在有些影片中色彩的作用被强化与凸显，成为影片叙事语言与美学格调的重要组成部分。① 在很多优秀的影片中，色彩不仅仅起到还原和纪录的客观作用，更是作为影片叙事内涵的折射和导演个人风格的象征，成为导演和电影语言特色的风格化标签，其中诸如黑泽明、斯皮尔伯格、张艺谋等的影片。毋庸置疑的是，色彩已经成为电影视听语言中不可或缺的重要语言媒介，成为导演宣讲叙事的重要视觉媒介，而其主观性语义强化也逐渐替代客观性的复制还原成为当代电影色彩的最主要价值。②

随着电影技术的发展，在色彩正式进入电影之后，黑白胶片也逐渐淡出历史舞台，但它并没有完全退场，黑白影像仍然会作为一种必要的语言与手段出现在某些影片中。当下部分的电影所使用的黑白影像，大致有三个常见意图：第一，展示某一特定时间或空间下的故事，和我们熟悉的当代社会拉开一定差距，如《艺术家》；第二，避免强烈的色彩刺激，突出光影的视觉美感及造型作用，如《塔洛》；第三，以黑白影像的形式传达影片内核，常和现实主义、悲剧氛围、间离效果等产生勾连。《大佛普拉斯》毫无疑问是第三种，它将现实主义、纪实风格、悲剧氛围及黑色幽默建立在黑白影像的基础之上。

首先，在黑白的颜色属性中，黑与白是特殊的颜色，又被定义为"无彩色"的颜色，而其他诸如"红、黄、蓝"等颜色都被称为"有彩色"。"有彩色"的世界是色彩斑斓的，充满生机与活力的，而相较于此，"无彩色"的世界则是无血色与无生气的。③《大佛普拉斯》里的黑白影像是没有生机也没有活力的，黑白画面交织着一股死亡衰败的气息充斥在社会底层人民四周，展现出生活在底层的生命在绝望与

① 张进：《电影中色彩在心理层面的象征与表意》，《新闻研究导刊》，2020 年第 01 期。
② 丁晓影，张维刚：《〈大佛普拉斯〉：冷眼旁观下的现实主义叙事》，《西部广播电视》，2019 年第 04 期。
③ 李振寰：《〈大佛普拉斯〉的黑白镜像与符号隐喻》，《电影文学》，2020 年第 21 期。

无助的生活压力之下的生存困厄与挣扎。

其次，除了传达叙事主题和烘托环境之外，黑白画面特有的颜色特质还能够起到划分影片叙事时间与空间的功能。在《大佛普拉斯》中，黑白影像成为特有的阶层代指，同时又作为与无法跨越的富人阶层的对比，呈现出无血色的生态喻指。① 影片通过色彩划分出底层平民的黑白镜像与权贵阶层的彩色镜像，透过色彩中"无彩色"与"有彩色"的强烈对比呈现出不可逾越的阶层裂隙，也由这种断裂映射贫富差距失衡下的畸形生态与社会症候。② 影片的巧思在于，通过黑白与彩色的对比，隐喻不同阶层的生存处境，使黑白影像的使用上升到美学自觉的层面，并通过肚财的台词将这一隐喻点明。

通过色彩对比建构出割裂的阶层空间，而后又通过菜脯和肚财的一系列动作表现出底层人对权贵阶层的好奇与向往，但同时影片也指出，这一阶层鸿沟是无法跨越的。菜脯和肚财挣扎于黑暗的底层生活，如同蝼蚁，因而对以老板黄启文为代表的权贵阶层的生活只能是一种奢望与幻想，他们也因此对黄启文的生活产生了窥视的欲望。于是，二人便以行车记录仪为媒介，实现了生活在黑暗底层的小人物对生活在声色犬马的权贵世界的窥视。在行车记录仪里五光十色的花花世界中，充斥着作为底层平民的主角二人十分向往却无法企及的富人生活。黄启文在这个花花世界骄奢淫逸，纸醉金迷，菜脯和肚财只能在黑暗的警卫室里窥视。影片也利用视觉的灯红酒绿和听觉的淫词浪语，将权贵生活表现得极尽奢靡，凸显出富人的灯红酒绿是生活在黑白世界中的平民可望而不可即的。

然而，富人阶层不仅是可望不可即的，更需要底层人付出生命代

---

① 李振寰：《〈大佛普拉斯〉的黑白镜像与符号隐喻》，《电影文学》，2020 年第21 期。
② 刘芯宇、李思维：《秩序·灰暗·彩色——〈大佛普拉斯〉的叠加叙事空间》，《现代交际》，2019 年第 16 期。

价的。由于窥视了老板黄启文杀人，肚财最终被灭口，黄启文却因强大的经济实力和政治背景而暂时逃脱了法律制裁。影片以黑白影像呈现肚财生命最后的印记，一个死亡现场由白色粉笔勾勒的人性图案，连遗像也是之前被捕的新闻截图，突出了影片黑色荒诞的美学意味和耐人寻味的现实主义色彩。

萨特曾说："他逃离了（自身）这存在物，他处于不可触及的地位，（外部的）存在物也不可能作用于他，他已经退而超乎虚无之外。人的实在（human reality）分泌出一种使自己独立出来的虚无，对于这种可能性，笛卡尔继斯多噶派之后，把它称作自由。"① 对于肚财来讲，他找寻不到自由，只有死亡才能让他遁入虚无，这是所有底层人在这个阶层分明的世界中的悲哀。

建立在这样黑白影像的基础上，《大佛普拉斯》巧妙地反映出中国台湾底层平民坎坷卑微的生存状态，同时通过"黑白"与"彩色"的对比建构出割裂的阶层空间，为中国电影的语言探索提供了可贵的借鉴，同时也为当代现实主义题材影片增添了一抹亮色。

## 四、结语

《大佛普拉斯》这部影片，以开拓性的现实题材、创新式的介入性叙事手法以及独特戏谑的影像风格，为世界性的底层叙事潮流贡献了独特的中国台湾经验。导演黄信尧说："如果人的生命是一条线，将起点和终点连接起来，就会变成一个圆。围成一个圆的生命就像是一个漩涡，谁都无法逃离这个漩涡。"② 他以一种戏谑又惆怅的态度，以及用这种态度为表现手法在《大佛普拉斯》以及接下来的《同学麦娜丝》

---

① ［法］让·保罗·萨特著，陈宣良译：《存在与虚无》，北京：生活·读书·新知三联书店，2014年版，第53页。
② https://www.bilibili.com/video/BV1Gs411V7jr?from=search&seid=110794907130967233
11&spm id from=333.337.0.0, 2018年7月4日。

中，来贯穿"无力"（对于杀人犯逍遥法外的无力，对于挚友惨死无处申冤的无力，对于无缘爱情的无力）的电影主题和内核。为了让这种无力感深深贯穿观众的内心，黄信尧始终致力于小人物与坍塌的中国台湾底层社会的描绘。即使是这两部电影中地位最高的高委员，也只是一个需要到乡野婚礼宴席中拉票的小政客；而最底层的肚财、菜埔都是渺小到泥土里的人物。在表现手法上，他更倾向于一种碎片化的表达，这种碎片化的慵懒气质带来了观影的不同方式。因此，欣赏黄信尧的电影并不需要聚精会神地纠结于每个镜头与细节；相反，应该浮光掠影地感受电影故事之下的气质，将各个镜头视作散文、诗句，以此来感受黄信尧对于社会、生命的思考。

但是在电影工业越来越发达的今天，我们一直在追求更好的特效、更高的预算和更疯狂的电影票房，票房似乎成为衡量一部影片是否成功的唯一标准。然而，要更加全面地评判电影行业的繁荣，不应该只是着眼于眼前的数十亿甚至百余亿的票房，更应该看看电影能为社会带来的思考。我们能用最先进的 CGI 技术描绘山川、海洋、天空和宇宙，但我们不能如法炮制地描绘人的感情和思想。正如在《大佛普拉斯》的结尾借导演之口说的一样："虽然现在是太空时代，人们早就可以乘太空船去月球，但永远无法探索别人内心的宇宙。"唯有将对于社会的思考和感悟代入影片，唯有和角色一般挣扎于内心的苦痛，电影人才能制作出真正贯彻人心的影片，才能真正在电影史上留下深刻的印记。

# 第四节　电影世界的多余人：《细细的红线》人物分析

## 一、泰伦斯·马利克与"多余人"

　　"多余人"作为世界文学中的人物典型由来已久，"多余人"这个称号最初是赫尔岑在 1851 年评论普希金的《叶甫盖尼·奥涅金》的主人公时提出来的，从此人们便把奥涅金视为"多余人"的始祖。[①] 我国学者傅加令在证明光源氏为"多余人"形象时曾指出："文学现象是社会现象的反映。规律性的社会现象的出现，虽然会因国家、民族、地区的社会发展阶段不同，而有迟早之分，但不会违背规律形成空白。也就是说，'多余人'的形象，不仅存在于 19 世纪俄国文学的画廊里，也存在于世界文学漫长而广阔的艺术画廊里。"[②] 可以说，"多余人"形象是一个有着概括性和普遍意义的人物典型，是跨时代、跨国家的，例如中国的"零余者"；法国的"局外人"和日本的"逃遁者"等。

　　"多余人"的特征在各个时代都有着一致性。首先，他们都是"思想上的巨人，行动上的矮子"，他们有一身的理想抱负，但又脱离实际、远离人民，天生对生活恐惧，逃避为生活所必需的一切劳动，最终被社会环境所遗弃，变成社会的多余人。其次，这些人物总是孤独矛盾的，他们认为人与人之间总是无法沟通或者存在着潜在的冲突，

---

① 陆凡：《关于奥涅金是"多余人"的形象问题》，《文史哲》，1962 年第 3 期，第 70 页。

② 傅加令：《论光源氏是"多余人"的形象》，《九江师专学报》，1985 年第 6 期，第 68-71 页。

要么总处在自我的沉思当中，要么以行尸走肉般的状态生活着，与外界环境隔绝，孤立地存在着，这些都是"多余人"这一艺术形象的存在状态和性格特征。

泰伦斯·马利克是一个美国电影导演中的"多余人"，他从影四十年，只有七部作品，每一部都耗时很长，且在《天堂之日》之后整整二十年才有了《细细的红线》这部电影，而在此期间他没有从事导演工作，没有任何人知道原因，只知道他的足迹遍布了世界各地。他从不接受采访，不给崇拜者签名，更不让人给他拍照发表。因此在马利克人生中大部分时间都处在旅行和个人思考中，甚至处在与大众媒体隔离的状态中，也不会对自己的电影做出过多的解释，他用这种缺席的方式来把更多的话语权交给观众。

泰伦斯·马利克的电影总在强调人与社会、人与自然的某种联系，人在宇宙之中的位置，上帝存在等终极命题。在电影语言上打破电影叙事风格的常规，时空来回交错，结构也极其散乱，并且贯穿着大量说不清道不明的自言自语和内心独白，更有一些抽象的视觉画面穿插在叙事中，以及很多形而上的哲学以一种诗意的视觉形象出现。在《细细的红线》中，利用两个世界的对比，一边是人肉横飞的战场，另一边是美到窒息的岛屿风光，这就把人与自然，甚至宇宙的不同世界交织在一起，然后进行发问，进行暗示。影片以鳄鱼滑入水中的镜头开场，然后是阳光的画面和树林。我们还没见到士兵，就有士兵维特的内心独白传来："自然界为什么自相残杀？"之后马利克就把这种人物的沉思方式贯穿全篇。纵观整部影片，泰伦斯·马利克所想要突出的不是所谓"战争故事"或是"战争情景"，而是导演对战争思辨的过程，而这种理性主义的色彩是建立在人道主义之上的：原来生与死、爱与恨之间也不过隔了条细细的红线。这些对电影特殊的处理方式，马利克把个人哲思转移到电影的人物中去，可以说这些人物和视听语言之间所表达出的都是他个人沉思的过程。

## 二、《细细的红线》中"多余人"的特性

### 1. 时代特征：巨大的社会矛盾

和文学中的"多余人"形象的社会背景相似，泰伦斯·马利克电影中的人物也大都处在巨大的社会矛盾或者新旧文明的冲击下。影评人程青松也曾讲过，"导演（泰伦斯·马利克）总是把人物放置于自然或战争环境之中，来反应在这些历史条件、社会事件、家庭矛盾下的人物的主观感受"[①]。这正是导演对"多余人"形象在这种特定的时代背景下的人物内心的塑造，并使其具有社会批判意义。比如《穷山恶水》讲述的是 20 世纪 50 年代，美国的底层小人物在动荡的西方资本主义下的生存境遇；《天堂之日》是发生在 20 世纪初资产阶级垄断、贫富差距严重的时期；而在《生命之树》之后的电影都是以现代文明严重的精神危机下人类的生存境遇为背景。

而在《细细的红线》中，讲述的正是关于战争掠夺和新旧文明交替下的故事，在"正义"的反法西斯战争之中，主人公威特、C 连的排长等人就是"多余人"，他们共情于"瓜岛"的土著，面对战事始终保持自身"反战"的思想。排长面对连长的进攻指示无动于衷，威特甚至想要与土著居民在原始森林中生存，脱离战争，在原始文明中逍遥自在。然而"心有余而力不足"，这些战争中的"多余人"，心向和平却深陷战争泥潭，只能随波逐流。

### 2. 性格特征：孤独感与矛盾性

在马利克的电影中的人物角色总是孤独的，人与人之间总是无法沟通或者存在着潜在的冲突，要么人物总处在自我的沉思当中，和别人不能沟通，要么以行尸走肉般的状态生活着，与外界环境隔绝，孤

---

① 程青松：《〈细细的红线〉生命中不能承受之轻》，《电影艺术》，2000 年第 11 期，第 121 页。

立地存在着，这些都是马利克电影中"多余人"的存在状态。比如在《细细的红线》中的威特就是战争中的"多余人"，他是一个理想主义者，但在他一踏上岛的时候就想着离开，他的内心独白说"我不想与世界末日同在"，上了小岛以后，他冷眼旁观这一切，既无法逃离现状，也不愿意同流合污。比如在影片的 2 小时 16 分钟处，威特看着岛屿上土著一家人纯真和谐的生活，但是家园已经明显被破坏，威特不由自主向一个土著人的小孩伸出了手，问他叫什么，而小孩这时看着他后退，没有接受，之后威特开始思考，"我们曾是一家人，不得已被拆散，现在我们自相残杀……我们怎么会失去善良的本性？将人性弃之不顾"。这些都是他作为战争中"多余人"的表现。还有，片中威特和副连长进行过几次对话，但都显示出无法交流的状态，他们第一次对话是在影片的 1 小时 22 分钟处，副连长告诉威特不要想着去救别人，而是好好保佑自己，为自己带来好运，而威特毫无反应，几乎已经陷入了自己的思考，完全没有应答副连长；第二次对话是在影片的 2 小时 21 分钟处，威特对连长说"我觉得和你说话很愉快，但隔一天我们就好像没见过面"，第三次对话是在威特为了拯救全连而牺牲了，副连长把他埋了，对着他说"你生命的光辉呢"，直到威特生命的最后一刻，他和副连长依旧无法正确理解对方。

### 3. 思想层面：存在主义的哲学观

"他人即地狱"出自萨特的剧作《禁闭》，在他的另一部著作《存在与虚无》中，作者重点探讨过人与他人的关系问题。萨特认为，人总是把"他人"看成一个客体，这就粗暴地剥夺了他人的主观性、主体性，把活生生的人变成了"物"。萨特还认为，他人的目光不仅把"我"这个自由的主体变成了僵化的客体，而且迫使"我"多少按他们的看法来判定自己，专心修改自己对自己的意识。当然，"我"对别人也是这样。于是，"我努力把我从他人的支配中解放出来，反过来力图控制他人，而他人也同时力图控制我"①。这些说明了人与人之间不可避免的矛盾冲突，不仅存在于自己与他人之间，更存在于自己对自己的判断中。海德格尔的存在主义中对人与人的思考，和萨特基本上属于一种类型，即他们都认为，个人与他人的关系是对立的，实际上是一种主体与客体、人与物的关系。海德格尔认为，一个人在世界上必须同其他人打交道，他和其他人的关系是"麻烦"和"烦恼"。同其他的人相处，必将产生无限的烦恼，他或者与其他人合谋，或者赞成他人，或者反对他人。

泰伦斯·马利克在个人哲思方面受到海德格尔的影响很深，他的每一部电影中的人物都反映出导演的哲学观念，他的电影中的人物和俄罗斯文学中受过良好教育或者有着先进思想的"多余人"一样，在思想层面都具有分析价值。由于受到海德格尔的影响，在他的电影中，人与人之间充满着不可调和的矛盾与冲突。而在存在主义哲学中，人本来就是一个个体，而"多余人"之间的冲突更是无法交流的。如马利克的电影中的人物状态就和海德格尔的观点不谋而合。《细细的红线》把人与人的矛盾上升到战争中。而这些矛盾，明显都源于人物的"多余"性，他们自身在社会中处于一种迷茫虚无的状态。而马利克借用电影这种表意工具，来表达自己的哲学观。

海德格尔在《存在与时间》中向死而生的哲学观，海德格尔给死亡下的定义是：死亡是"最本己的、无所关联的而又无可逾越的、确知但却不确定的可能性"②，他认为由于时间自身的有限性，人总是向着死亡而存在的，人类只有"向死而生"才有了选择自由和实现自己的自由。在泰伦斯·马利克的电影中的"多余人"对这一哲学观也有所体现，他的每一部电影中几乎都有着对死亡的态度表达，在《细细

---

① 萨特著：《存在与虚无》，北京：生活·读书·新知三联书店，2007年版，第34页。
② 海德格尔：《存在与时间》，北京：生活·读书·新知三联书店，2006年版，第56页。

的红线》中，美国士兵在战争的死亡面前，所思所想的是妻子甜美的微笑以及自然世界的恩赐最终逐渐消退后对死亡的畏惧，而"多余人"威特则是为掩护自己的部队逃生，牺牲自我，丧命于日军枪口之下，一种"向死而生"的哲学观自然而然地被表现出来。

## 三、泰伦斯·马利克电影中"多余人"的艺术表现

专著《泰伦斯·马利克》提到："马利克在屏幕上呈现出的美丽的元素，通过两种形式展现出来：一种是表现自然景观的全景镜头，经常配合着长焦镜头来实现；另外一种是运动镜头，配合平稳的特写镜头，并停留足够长的时间来表达静止的事物。人物或许完全没有在意到的图像（比如《天堂的日子》里的酒杯和酒瓶，《细细的红线》中海滩上的椰子树），或者一些出现过的道具（比如在《穷山恶水》中基特凝视着荒地时挂在背上的步枪；《新世界》中土著人偷偷在森林里跟踪史密斯时）。"[①] 这些都可以看出，导演泰伦斯·马利克在影像元素运用中的别有用心。下文将对这些元素的使用进行详细地阐释，并分析导演在运用这些影像元素的原因和意义所在。

### 1. 大反差的景别

从景别意义上来讲，全景在电影中多用于表达环境和氛围，此时的人物在画面中所占的比例很小甚至没有，且全景镜头一般比特写镜头的时间更长，所以全景一般在电影中就起到了抒情、呈现别样情调的作用。而特写镜头，直接拉近了观众与演员之间的距离，观众不再只是生活化地观看，而是感受到电影中人物的戏剧性和内在的矛盾冲突。特写善于表现人物的思想意识和心理情绪，以及人物的视点，特写可以让观众洞察到人物心灵最深处的东西。

所以，泰伦斯·马利克对这两种景别的运用，绝不仅是简单地针

---

① Michaels L, *Terrence Malick*, University of Illinois Press, 2009. p45.

对其特征进行排列组合，而是想要通过这两种具有极大反差意义的镜头，给观众带来视觉上的冲击，通过这两种景别的对比，来反映出电影中人物与环境的格格不入。在他的电影中，充斥着大量的自然景观的全景镜头，而与此同时，他又经常把人物特写放置在这些大自然环境当中，来表现个人在当时处境下的迷茫与无助，或者来烘托出人性在面对自然时的残酷与光辉。甚至导演有时所表达的人物在大环境中是离席了的，经常一下子脱离了集体，进入个人的思考中，成为画面意义上的"多余人"，此时的画面就一下子从大全景跳到表达人物内心世界的特写镜头中来，用这种大反差的景别来配合人物状态。

在《细细的红线》中，在大兵威特和副连长第一次谈话中，一般的电影中在对白上会使用普通的过肩正反打的镜头，而马利克在这组镜头中，一共六个镜头。给副连长的镜头是过肩的，给威特的镜头却是单人的特写镜头，并且画面中威特的面部表情始终不变，这时的副连长就像是在自言自语，两个人无法达成真正的沟通。副连长的对白不是真正的对白，而更像是独白："在乱世中人的力量很渺小，不要白白送死，没有另一个美好的世界，这是唯一的世界，只有这座孤岛。"这句话同时也为后来威特拯救了陷入困境中的连队，自己孤独地葬身于丛林做了铺垫。这些特写和全景的运用，无一不为他对生命中个体的展现，以及对于个体所处环境的深刻反思，尤其是为体现"多余人"的存在。

## 2. 超越画面的独白

内心独白在电影中的最大的作用之一就是揭示人物的内心活动，也就是说内心独白不应该简单地图解说明画面，更不能代替演员的表演，而是应该深入揭示人物的思想情感，它所需要传达的不应是外部世界所看得到和听得到的东西，而应该是人物对外部事件的心理体验。周传基教授在他的《电影电视广播中的声音》中提到："内心独白有几种时空形式，一种是人物超越叙事空间里的内心声音，一种是人物兼叙事者（既第一人称）在非叙事时空对事件的评价。"① 在泰伦斯·马利克电影中，人物的内心独白就表现为这两种形式。一方面，他的内心独白是超越叙事空间的，表现出人物的内心世界，起到对"多余人"形象的升级和深化；另一方面，他的每一部电影都会有一个甚至多个内心独白作为主要叙述者，有时还会改换叙事人，从而将看似松散的叙事结构，创造出一种内在的凝聚力，有时这些内心独白甚至像论据一样，在论证着导演的发问，评价着事件和人物本身。

从超越叙事空间的形式来讲，泰伦斯·马利克的电影中经常通过独白来展现"多余人"的内心世界，比如在《细细的红线》中的一个场景，当步兵连第一次剿灭日本人时，有一位大兵并没有像他的战友那样穷追余寇，而是神情恍惚地穿行在硝烟和双方的兵士之间，他像一个外来者，而不是参与者，这时有关世界末日的独白絮絮而起。"一个人在看一个垂死的鸟，看到什么，但悬而未决的痛苦"，火车的声音告诉我们。"另一个人看到同样的小鸟，感到荣耀，感觉的东西通过它微笑着"，这段独白提醒观众，虽然我们出生在这样的年代，但是我们对于自然的体验不要被现有已经阐明的象征意义所绑架，也就是说我们无法了解到所有大自然的奥秘，我们只能去接受人类现有的经验意义。从这里可以看出导演想要告诉观众，我们需要认识到自己存在的当下，珍惜现有的美好生活。如果是常规的战争类型片，这时肯定要进入一段战火硝烟的大场面，而导演让人物从这种大环境中一下子跳了出来，用内心独白的方式加入了自己个人的思考，这时就让观众和人物也产生了一种间离效果，感受到了导演的存在，而不是陷入叙事中。整部电影通过独白的方式定下了个人化和主观化的创作风格，使得人与战争、生命与自然的关系更加明了。

---

① 周传基著：《电影·电视·广播中的声音》，北京：中国电影出版社，1991年版，第154页。

### 3. 打破传统的叙事下的"多余人"

对于"多余人"的人物状态，在叙事上，马利克处理得非常得当，在他的电影中很少有明显的情节冲突，甚至也没有明显的起承转合，人与人中间的冲突都被隐藏或者打碎了来表达，冲突不是情节上的，而是人物内心层面的潜在冲突。而且他的电影中对白也很少，甚至个人独白会多于人物的对话，他的人物总是在自言自语地表达自我，或者在一种离席的沉思当中。这些叙事手法的运用只是为了突出个人的存在，从而也就有了"多余人"的存在。

马利克的电影打破了传统好莱坞模式化的起承转合。在好莱坞电影的起承转合中，总体来看可以分为三个段落，开端，建构，结尾。开端部分必须明确有力，建构部分要有冲突张力，结尾要干脆利落。开端部分的前10分钟主要人物要出场，故事背景交代清楚。建构部分的中间段落，一般好莱坞导演会安排三个大转折。每一次转折都带动一次情绪的高潮，人物情感和心理都获得巨大的转变。例如主角妻子被杀，寻找凶手，知道凶手，这是一转。之后复仇，中间复仇失败主角想要放弃，就是二转。三是重新崛起，报仇成功，这是三转。而每一次大转之中又有几次小转。而在结尾部分，最明显的例证就是24秒钟营救，炸弹快要爆炸，主人公与反面角色对决，在炸弹爆炸前的那一刻击败对手，拆下炸弹。这样的结尾就显得很正常，观众也乐于接受，也符合经典好莱坞的叙事模式。而马利克的电影完全打破了这种经典好莱坞起承转合的叙事模式，当然并不是他的叙事中完全没有起承转合，只是在起的部分拉得比较长，转的时候也是不动声色。

在《细细的红线》中，开篇就是长达10分钟的序幕，没有任何对白，而是对土著人在蓝天白云碧草间天堂般田园生活的描写，而在后来足足45分钟之后才响起第一炮，这就使叙事中的开始部分加长。还有在片中美军士兵登陆岛上之后，却一个敌人都看不到，但是之后草茎上的血迹却在提醒观众，这里到处都隐藏着敌人，在看似平静的表象之下营造紧张气氛，一切都在不动声色地进行中。而这些大量景物描写的铺垫正是为表达人物的内心状态和个人的沉思腾出时间。

这时不得不联想到好莱坞的一部经典战争片《拯救大兵瑞恩》。这部电影在一开场就花了半个小时来表现奥马哈海滩登陆战的残酷，到处都是血肉横飞的激烈战争场面，一下子吸引了观众的注意力，并且在之后的镜头中，断腿的士兵和汩汩往外冒血的残躯随处可见，最后片子以沉重的反思收尾，把影片的情绪升格至爱国主义的层面上。这些都可以明显看出，《拯救大兵瑞恩》是一部经典的好莱坞战争片，有力的开始，冲突激烈的建构，最后简单地升华总结为结尾，故事讲得圆满而精彩，导演精细的编排一步步把观众吸引到剧情和强加进去的教化作用中去。而《细细的红线》的时间长达3个小时，但战火纷飞的画面也只有区区15分钟，马利克则是将更多叙事空间和镜头放在战争中的个人身上，对战士的内心世界进行剖析，凸显出他们对死亡的恐惧和对过去生活的追忆。另外，这部影片的高潮也全然没有按照所谓的黄金分割点来建置，整部影片进行到2/3时好像就结束了，战争也结束了，可是影片还在继续。还有，本片将士兵维特作为线索人物贯穿整个影片，并代表马利克对人性和战争本质不断提出质疑，而不是好莱坞式的升华总结。泰伦斯的这些做法，或许不太在意情节规整的起承转合，也不太对奥斯卡评委们的胃口，却给了观众和人物一起思考的空间，而不再只专注于情节的发展。

## 四、结语

本文将泰伦斯·马利克电影的人物形象和"多余人"人物典型联系起来，论述导演在电影中"多余人"形象的特性，并在此基础上整理出导演在艺术手法上是如何将人物特性巧妙地体现出来的。从这些问题的梳理中，我们可以看到，作为电影导演，不管是在思想内容还是艺术形式上，泰伦斯·马利克都是一位电影作者的集大成者。

目前，我国的电影产业一直在好莱坞商业电影的大潮中求生存。近些年，中国电影正在逐渐恢复被外国电影占领多年的"领地"，许多电影在票房上都取得了不错的成绩。但是在肯定电影商业价值的同时，中国电影在艺术价值方面的情况堪忧。造成这一现象的原因是大多数电影急功近利，电影制作人不愿意投资作者电影等，导致中国电影市场中的作品越来越单一化。而泰伦斯·马利克的电影正是在这期间的产物，导演一直坚守着个人的艺术激情和创造力，这对于中国的作者电影的发展具有时代性的意义和艺术形式的参考意义。

# 第五节　新时期东北电影中的老年人物形象

新中国成立前夕的电影《桥》诞生在长春电影制片厂，长春电影制片厂也在一段时间内成为国内最强盛的电影制片厂，使东北地区成为重要的电影创作基地之一。这也使得"东北电影"经常被理解为东北地区制作的电影。事实上，关于"东北电影"的概念在中国电影学界尚存争议，按照钟大丰、舒晓鸣两位合著《中国电影史》中的说法，东北电影是"立足于东北地理境域，根系于中国地域文化的'东北文化'，着眼于描摹具有地域特色的风土、人情、历史与现状，通过电影手段呈现出较为统一审美风格的文化品牌"①。这也是现在更被认可的东北电影的概念。

现在中国电影学界对于"东北电影"的关注较少，关于"东北电影"的研究，尚处于拓荒阶段，随着"重构中国电影史"运动的发展，学者们逐渐燃起了对中国电影进行地域化分类研究的兴趣。而"东北

---

① 钟大丰，舒晓鸣著：《中国电影史》[M]．北京：中国广播电视出版社，2004年版。

电影"则恰恰根植于东北的地理环境，较好地利用视听语言描摹了东北的风土人情，展现东北地域中的精神文化底蕴。

1978 年，党的十一届三中全会在北京召开，我国文艺界也开启了"新时期"，电影创作在此后的 80 年代得到了解放，冲破了"十七年"时期"文艺从属政治""文艺服从政治"的枷锁，电影界提出了"电影是电影"的呼号，电影创作重回正轨。因此，选取 20 世纪 80 年代以来的"东北电影"进行研究，能够在"重构中国电影史"这场学术运动中，重新审视东北电影这不得不提的一节，从而为整体的"重构中国电影史"运动做出微小的贡献。

在电影中，人物形象塑造是关键的一环，其本质上是一种符号化的象征，既是电影叙事性的集中表现，又是导演思想深层意义上象征性的具化表达。在 20 世纪 80 年代以来的东北电影中，老年人物形象既是东北重工业基地繁荣的象征性符号，又是 80 年代我国社会经济转型后东北地区败落的见证者。人在鼎盛时有多辉煌，在破落时便有多失望。影片中的老年人物形象，经历过东北地区的大起大落，自身具有这种人生起伏造就的东北地域精神，能够唤醒人们内心对于人文精神的渴求，激发情感共鸣，也是中国电影发展史上一道独特的风景。因此，20 世纪 80 年代以来东北电影中的老年人物形象研究，是"重构中国电影史"运动中不可或缺的课题。

# 一、老年知识分子形象

东北地区曾经作为国家最为仰重的重工业基地，产业工人凭借"东北人"勤奋能干的精神，创造了在当时极其美好的物质生活条件，现在东北城市中一片片老旧的工人新村公寓楼便是最直接的证据。良好的物质生活条件与环境势必会持续吸引来人才建设城市，新中国成立之后，东北地区不断有诸如宋则行这样的青年人才前来建设，这些人呈现了 20 世纪 80 年代以来的东北电影中老年知识分子的形象。他们大多在祖国危难之时立志以学问救国，对祖国怀有一颗勇于担当、甘于奉献的赤诚之心，因此成为东北地区建设的中流砥柱。而在20世纪80年代，他们的生命也来到迟暮阶段，东北地区的发展也开始衰退，因此在20世纪80年代以来的东北电影作品中，他们是老年知识分子，坚守在自己建设的土地上，带领着留守在这里的青年人们想要守住他们城市即将逝去的往昔繁荣，是一群有着知识分子高风亮节与担当的人物。他们在影片中多是配角，能够配合好主角表现出导演所想要表达的东北人民在面对困难时不卑不亢、一往无前的东北地域精神。

东北青年导演张猛的作品《钢的琴》里有一位汪工，在影片中是一个次要角色，但在剧情发展、影片所要表达的精神立意等方面，犹如影片里的那两根大烟囱一样，"拆不得呀"。在影片中汪工是一个老知识分子，是受过高等教育、驻在厂区的高级工程师，在厂区，他是最有文化的人，所以当政府要拆掉烟囱时，他是组织着曾经的职工们进行反对的人。只有他能看到这两根烟囱的意义。

影片设计拆掉烟囱的片段巧妙地树立了各路人物形象，汪工的知识分子身份也因此得到突显。高大而威猛的烟囱，犹如那个年代的工业基地，伴随着新中国的成立而迅猛发展，从幼婴迅速发展成为共和国长子，而工厂的工人们也是工业发展的骄傲，他们为自己的手艺缔造出的新中国而骄傲，然而随着我国经济发展转型的需要，工业基地顷刻间不再具有荣耀，工人们没有了活计，靠一套手艺挣不来钱，共和国长子的主人翁地位突然被动地消失了，像影片里的烟囱一样倒下了，工人的身份不再骄傲，工人们对自己产生了深深的焦虑，而作为知识分子的工程师，在这一过程中也是同甘苦、共患难。

在烟囱倒下的这段戏里，工人们迷失了，汪工作为知识分子，虽然带领工人们反抗了，但没能阻挡烟囱的拆除，烟囱倒下时汪工脸上努力过后无能为力且苦笑的表情说明：作为知识分子的他，在面对曾经工业图纸的产物轰然崩塌时内心也是无助与迷茫的，充满了失落感。

作为一个在国企大工厂鼎盛时期从事工业设计工作的高级知识分子，他是深深地爱着这片自己曾经设计过机器、付出过热血的土地的，看到工厂倒闭了、工人失业了、烟囱被拆了，他与工人们一样，也感到自己的荣耀被剥夺了，他要亲手夺回来。所以，当陈桂林邀请汪工设计钢琴时，他痛快地答应了。而最终造出了钢琴，则恰好充分体现了他们渴望认同的需要，被推至边缘的工人集合起来建造一架钢做的琴，下岗工人重回工厂，设计师重新指挥施工，通过对职业角色的扮演，重新获得了工人阶级与知识分子工程师的集体身份认同。

在汪工的设计图的辅助下，荣誉被重新拾了起来，可以说，汪工是一个辅助导演表达工人们身上自力更生的东北工业精神的关键人物；没有这一人物形象，就造不出钢的琴，就无法使工人们重新获得自身的荣誉，就无法讽刺陈桂林造出了钢琴却依旧无法保留女儿抚养权的现实情况。汪工是一个非常典型的剧本写作中的"必要人物"，不是主角，但是一个在影片中举足轻重的必要人物。

## 二、老年奋斗者形象

老年"奋斗者"也是这一时期东北电影中较为突出的一类形象，尤以反映"下岗潮"的影片为甚。反映"下岗潮"的东北电影有着统一的叙事风格，对于政治文化都有着反思的意味，又都是商业片，追求商业利益的获取（虽然部分影片的票房成绩不尽如人意）。反映"下岗潮"的影片，可谓是东北电影类型化的最成功的一次尝试。[1] 正像西部片中的主角是牛仔，"下岗潮"影片的主角是老年奋斗者。

《过年》里老王满心欢喜地结束外地务工回家过年，却在大年初二这一天，因为孩子们纷纷向他要钱而下定决心再一次离开家，继续外

---

① 周解东：《对反映东北"下岗潮"电影的批判性解读》[J].《电影文学》，吉林省长春市：长影集团，2020 年版，第 2（10）期，第 47-49 页。

出务工挣钱；《耳朵大有福》里的王抗美，因为肺病被迫下岗而急需
用钱的他，在尝试了兼职歌手、蹬三轮等一系列的"下贱"工作后
都失败了，只相信自己"耳朵大有福"；《幸福时光》里经济拮据的
老赵，一面为了相亲对象的彩礼钱四处奔波，一面还要装成大款照顾
"盲女"。

　　这一系列电影中的老年人物形象，都可以被归纳为老年奋斗者，
年岁已高却还要为了生活拼命奔走，通过特定背景（下岗潮）下的人
物特性的展现，现实生活逼迫人物暴露出阴暗面之后人物自身对命运
的抗争，虽然影片中不乏喜剧元素，但笑中带来的泪也更苦涩，表达
出了这一部分现实主义影片及其导演的思考与观众观后的思忖。

　　反映"下岗潮"的电影作品与他们的老年奋斗者主角相辅相成、
互相成就了彼此，前一类知识分子形象的老年人并没有成为影片的主
角，而在这一部分影片中，这些老年失助的奋斗着的老头老太太们成
了影片的主角。在反映"下岗潮"的影片里，老年奋斗者的生存处
境是影片的主体部分，在影片中，老年奋斗者的生活命运得以被全方
位地展示在人们的视野中。通过老年奋斗者的命运，反射和思考社会
现状，既是电影故事戏剧性的表现，也构成了渊博的人生思考。电
影《耳朵大有福》里的王抗美，面对根本就没尽力为其争取退休金的
单位领导丝毫不敢怒，还要坚挺着自己在社会中混得不错的假象，还
要给他送礼；面对欺负女儿的姑爷只因姑爷有钱敢怒不敢言，还要教
育自己的女儿要忍让；研究擦鞋挣钱时明明兜里一分钱也没有了，还
要好面子要看《人民日报》，因为这样能让自己看上去像是下来视察
的干部。

　　范伟饰演的王抗美是一个特别典型的形象，年近六十的王抗美因
为受伤被下岗而没有任何生活保障，还要供给患重病的老伴，寻找各
种活计，都被命运戏弄最终一无所成，影片结尾被贼踢了一脚之后骑
上破旧的老自行车猛追窃贼又跌倒在铁轨上，醒来推着车在广场上与

年纪相仿的大妈跳了一曲广场舞，又推着车消失在深夜的路灯下，影片结束。范伟把王抗美演活了，很大程度上是因为导演安排的这一结局，可以猜测跳完广场舞消失在夜里的王抗美，必然是在经历了生活带给他一记接一记的重锤之后，最终不得不放弃"耳朵大有福"的幻想，准备好勇敢地直面暗淡的人生。

时至今日，王抗美骑着自行车大声呐喊、与贼搏斗、在铁轨上醒来等一系列镜头，不断地出现在网络中所流行的"东北文艺复兴"[①]之中。这些片段被网友使用蒙太奇的剪辑手法配以《杀死那个石家庄人》等民谣的背景音乐制作成为 MV 蹿红于网络，王抗美在一定程度上已经不是王抗美了，而是无数网民心目中的英雄。

西方作家罗曼·罗兰曾言："世界上只有一种英雄主义，就是看清生活的真相之后依然热爱生活。"可以猜想，王抗美最终跳完舞推着车消失在夜里是"看清了生活的真相之后依然热爱生活"。

而除了王抗美，这一时期东北电影中老年奋斗者的形象，也大抵如此。《过年》里老王带着老伴离开了东北的老家，开启了新的生活；《幸福时光》里老赵与心仪的胖女人中间间隔了一位有钱的老板，最终倒在了去挣钱的路上，知恩图报的盲女也独自外出要离开，开启新生活。老年的"奋斗者"形象是让人感到心酸的，在本该安享晚年的时候，生活却窘迫不安，现实社会的残酷性使他们与现代的奢侈生活环境绝缘。而即便如此，这些老年奋斗者形象却越发展现出了"东北人"长期在这片寒冷的黑土上生存所积累的强大生命力，不会因为艰难而放弃为了生活而斗争的精神内涵。

20 世纪 80 年代以来反映"下岗潮"的影片，对于影片主角老年

---

① 东北文艺复兴：指 2019 年 10 月以来，网络视频平台由用户们不约而同地自发兴起地对范伟、赵本山等东北艺术家在其文艺作品中（以《马大帅》《耳朵大有福》为主）的精彩片段，使用蒙太奇手法进行重新剪辑，并进行二次创作，融入其他经典文艺作品（以《2046》《英雄本色》《叶问》等港片为主）中的文艺运动。

奋斗者的结局往往没有给出明确的答案，而是采用开放式的结局。笔者认为不能片面地一股脑儿给这些老年奋斗者以最坏的想象，结合特定的时代，这些老年人都是从一出生便经历过一系列天灾人祸的具有顽强生命力的人。底层人物在与生活的对立和抗争中依旧保持人性中无法磨灭的美好品质来维持与他人的关系和结局。在文学艺术中开放式结局往往给人无限遐想，同理，电影艺术中，剧情片作为观众日常接触最多的电影类型，其创作离不开剧本写作即文学艺术。因此，现实主义影片的开放式结尾，维护了小人物的尊严，而反映"下岗潮"的影片则维护了这群老年失助的老年奋斗者的尊严，给观众带来了更多关于人性的思忖，使得影片与人物形象相辅相成，使得主题与人物相融合，赋予了影片新的现实意义。

## 三、老年知青形象

知青是我国当代历史上的特殊群体，因此也成为我们文艺作品中非常重要的一类人物形象。东北是当年接收知识青年的重要地区之一，因此知青也成为东北电影中常见的一类人物形象，老年知青又是其中非常独特的一类。在这一类人物形象身上，既能看到历史的印迹，又能看到东北现代的变化，既能体现东北地域文化精神的特点，又能反映出现代文明的特点。比如电影《姨妈的后现代生活》中的姨妈，就是一位比较典型的"老知青"的形象，她是个操着标准英式口音的英语家教，算是一位小知识分子，她也向往着现代化的"文明"生活，但是年轻时候的知青经历成为她难以挣脱的"羁绊"，似乎也注定了她坎坷的经历。

姨妈给自己营造出一个大龄文艺女青年的形象，她生活"富足"，在那个小灵通刚刚时兴起来的年代，自己有个在"洛杉矶"生活的女儿，家里有电视、空调，自己有小灵通，甚至还能品味京剧，她文艺极了。但另一面，她的女儿在鞍山和她自己不认可的丈夫住在一起，电视、空调还有小灵通因为使用费用高昂而从来舍不得用。由此可见，姨妈其实是有些爱慕虚荣、自尊心极强的，但这也恰恰反映出作为知青下乡，对她的人生产生的深刻影响。试想一下，在遥远的60年代、70年代，下乡生产的知青们，有几人会说英语，而姨妈练就的是一口地地道道的英式口音。对比姨妈的妹妹，一位成功的商人，如果姨妈当初没有下乡，没有去到鞍山，没有嫁给产业工人，没有生下孩子，继续在她的家乡生活、学习，也许当人们用上小灵通时，姨妈也敢大大方方地打电话、看电视、吹空调，姨妈也许会成为一名有教职的教师，也许她的女儿真的会生活在洛杉矶。可是最终作为知青下乡使得姨妈成了影片里的模样，在鞍山下乡改造的日子里嫁给了当时风光无限的产业工人，在有机会回到上海时又果断放弃了家庭，回到了上海，独自过着极易被破坏的生活，最终被潘知常骗光了积蓄而回到鞍山，接受命运的安排。

姨妈的命运虽然不能代表全部知青的命运，但表现了"下乡改造"对于一部分知青命运产生的深刻影响。她作为一个"名声清洁"的老年女性，不想相亲，但是看到了在公园唱戏的帅气的潘知常，加上潘知常故事性极强的身世与一番甜言蜜语，内心的坚守还是松动了，她陷入甜蜜的爱情中；姨妈知道潘知常骗了她的钱却还是选择相信他，导致两次被骗；她痛恨远在鞍山的老公与孩子，认为他们毁掉了她年轻时文艺青年的理想，可最终跟着孩子回了东北老家，过上了摆摊为生的日子。这一切构成影片主体的内容，都在表现主人公——姨妈，作为一个独身的老年人，她孤独，她寂寞，她渴求爱。最终她的寂寞与对爱情、幸福的追求让她回到了贫穷的鞍山——青年时下乡改造的地方，与不相爱的人结束一生。经历了人生在上海与鞍山的轮回后，影片最终落脚到姨妈送宽宽上站台时所说的"我不送你了啊"，从前在上海这句话是姨妈礼貌的客套，是知识分子的清高要求她坚持的礼仪，现在却是迫于过日子的压力而真的不能再送。

影片的最后，姨妈与老头每日出现在市场摆摊卖皮鞋，远处飘来隐隐的京剧唱腔，作为"票友"的姨妈抬起头来，淡淡地怅然浮现，一瞬间就又消失了。作为年轻时下乡在东北的老"知青"，青年时在东北生活的经历早就使得东北大地独特的"不服输""生活永远不绝望"的独特精神内涵对她的性格产生了影响，这也是最后姨妈经历了在上海的大起大落、大喜大悲，又一次面对"东北"的轮回时，能够坦然面对的重要原因。

现在，"下岗潮"已成为过去式，80年代以来的东北电影中的那些老年人物形象也许已被新的形象替代，而老年题材影片与影片中的老年人物形象需要被人们关注、需要被影像记录。在华语电影蓬勃发展的同时，也要重视东北电影的创作和发展。

# 第六节　体育纪录片中"体育精神"的表达

作为记录电影的一个分支，体育纪录片与记录电影在艺术形式上有着不尽相似之处，体育纪录片用影像艺术的手法如实地记录了稍纵即逝的比赛细节以及体育事业的发展历程。从现存的影像资料来看，体育纪录片最早可以追溯到1938年由女性电影导演里芬施塔尔创作的《奥林匹亚》。由此也可以断定，早期的体育纪录片担当了较强的为政治宣传进行服务的功能，而经历了近百年的发展，如今的体育纪录片已经发展成为纪录片领域中极具人文关怀的一支分流。

"体育精神"是体育纪录片当中无法绕开的永恒话题。早期的体育纪录片以回顾比赛和集锦制作为主，带有一定程度的政治导向意识，而经过漫长时间的发展，体育纪录片逐渐削弱其政治导向意识，创作的潮流主张以深度报道为主，在形式与内容上不断创新，题材和内容的选取以及叙事技巧和艺术表现手法都体现了更多的人文情怀。体育纪录片的创作者热衷于使用独特的叙事技巧以及震撼人心的视听语言向人们展示体育活动中追求卓越的运动魅力，如实地映射了每一个历史背景下的体育精神和体育价值观，即本文所讨论的"体育精神"。

"体育精神"虽是体育纪录片中永恒的主题，但关于其表达的问题研究尚不成熟，目前关于"体育精神"表达策略的研究较少。本文将结合国内外优秀的体育纪录片作品，围绕体育纪录片对"体育精神"的表达、拍摄手段、声音素材以及剪辑手段四方面的应用，分析总结出一套较为具体的"体育精神"表达策略，希望为该类型纪录片的发展提供一定的帮助。

## 一、"上镜头性"与"体育精神"的影像化

纪录片自身的真实性是体育纪录片中最重要的元素，在记录体育活动的真实素材之外，只有充分运用镜头语言使纪录片整体流露出对个体的关注和对个人的关怀，表现出体育运动的魅力和浓厚的人文气息，才能够得到受众的共鸣，引申出"体育精神"的影像化表达。

### 1."上镜头性"与"体育精神"

"体育精神"本是看不见摸不着的一种意志品质，但在体育纪录片中，正是由于体育事件和体育人物的真实再现，使得具有不同成长环境和经历的受众在观看体育纪录片的过程中产生了同情共感，进入到具体的情景当中引发深刻的思考，从而使得"体育精神"得到表达。比巴赞稍早一些的法国先锋电影理论家路易·德吕克曾经提出"上镜头性"[1] 的概念。要求电影艺术要在自然与现实生活中发现适合光学透

---

① ［法］路易·德吕克:《上镜头性》.吴小丽，林少雄主编:《影视理论文献导读（电影分册）》[C].上海:上海大学出版社，2005年版，第49页。

镜表现的形象和景物，强调朴实无华，提倡用自然光等表现手段来营造电影独特的诗意，认为运动的物体才具有"上镜头性"。① 而体育纪录片中，恰巧因为体育活动发生的体育场馆、体育活动的运动性以及纪录片拍摄的真实性，保证了"上镜头性"的特点。这就保证了体育纪录片的素材具有不容置疑的真实性，因此，体育纪录片的素材一定要符合"上镜头性"，能够通过真实性让受众感受到体育事件、体育人物的复原，从而再辅之以剪辑、叙事技巧等方面的艺术手段将"体育精神"进行影像化的表达。

### 2. 体育纪录片中长镜头的"上镜头性"

2006 年 10 月上映的体育纪录片《德国，一个夏天的童话》，开场便用一段移动的长镜头展示了世界杯半决赛被意大利队淘汰后的德国队更衣室，坐在更衣室角落里哭泣的明星球员、最后一个走进更衣室一脚踢飞饮料瓶的队长、导致丢球却裹着浴巾最先淋浴完的后卫球员、不断在更衣室走动安慰球员的球队工作人员以及狭小空间内的照明灯，长镜头完整真实，一切镜头内的要素均符合"上镜头性"的特点，捕捉到了比赛失利后德国队球员失落的状态，通过倒叙的叙事技巧将这一画面放在影片开端，为影片结尾德国队有始有终地踢完三四名决赛，获得季军，表现出"永不放弃""积极乐观"的"运动家风度"做出了铺垫，在叙事层面也制造出"意料之外，情理之中"的惊奇效果。

### 3. "体育精神"的影像化表达

《德国，一个夏天的童话》当中几乎未使用解说词，均为德国队参赛运动员的自我回忆，使用的视觉语言也均为创作者实际跟队拍摄的画面。这样"自述＋体育活动的真实画面"的声画组合使得体育纪录片的视听语言具有了运动员的主观的情绪色彩，而主观叙事在真实感层面要强于"解说词＋体育活动的真实画面"的声画组合，更能表现

① 黄文达：《外国电影史教程》[M].上海：复旦大学出版社，2008 年版，第 145 页。

出体育纪录片创作者对于运动员个人的关怀，更有助于深挖表达人类文明共性的情感需求，能更有效地将"体育精神"进行影像化表达。

《冠军的心》中，就本着"上镜头性"的原则，真实自然地再现体育人物以及体育事件，大胆地尝试了"体育精神"的影像化表达。其中，最为经典的一幕当属片中 1′05″ 的长镜头记录了一直担任替补、上场时间寥寥的队员从站在点球点前场边队友的反应到其打入点球后观众与球员的热烈庆祝，摄影师在自然光镜下用最朴实无华的镜头捕捉到了兴奋的观众、运动的球员，一切要素均符合"上镜头性"的特点。在《冠军的心》中，这 1′05″ 的镜头使用声画统一的组合方式，利用同期声中的对白进行铺垫，将创作者想要表达的"体育精神"集中体现到进球的个人身上，无论是来自于队友鼓励的"团队合作"，还是永不放弃上场进球希望的"运动家风范"，甚至是遵守竞技体育"菜"是原罪的"公平竞技"的原则，都体现了出来。

综上所述，可以得出一个体育纪录片中"体育精神"表达的策略公式，"体育精神"的影像化＝"上镜头性"的画面＋真实的同期声。

## 二、现代拍摄手段对"体育精神"的表现

摄像机的镜头具有叙事功能，体育赛事有其固有的模式，使得体育纪录片本身就具有赛场所带来的临场感和紧张感，通过机位和景别的转换、背景音乐的烘托，可以推进纪录片的整体叙事，更好地服务于人物形象的塑造和"体育精神"的表达。[1]

### 1."飞鸟"对细节的特写捕捉

在 2020 年 10 月亚马逊原创出品的体育纪录片《托特纳姆热刺：孤注一掷》中，"飞鸟"摄像机的使用令镜头语言的运用达到了极致。

---

[1] 顾彬：《影像记忆中的体育精神呈现：2008 年北京奥运题材纪录片研究》[D].北京：北京体育大学，2017 年版。

足球比赛发生的体育馆虽然体积庞大，但由于现场观众数量过多、球场与观众席之间距离过小、足球比赛激烈程度过高，普通的摄影机很难用浅景深的特写镜头捕捉到场内的比赛细节，传统的体育摄影师手持斯坦尼康和摇臂在现场进行摄制的办法不能完全跟拍到整个体育场内的每一处细节。"飞鸟"摄像机则能够做到迅速捕捉到体育纪录片创作者想要的镜头画面，在《托特纳姆热刺：孤注一掷》第一集中，"飞鸟"摄影机及时敏锐地捕捉到时任热刺队主教练波切蒂诺在欧冠决赛终场哨响起时失落的面部表情。

### 2. 多机位拍摄手法创造特定意象

《托特纳姆热刺：孤注一掷》亦采用多机位拍摄，在成片中除了体现波切蒂诺失落的面部特写，还有球队中明星球员孙兴慜、阿里、卢卡斯等人在比赛结束时瘫倒在地、士气低落的特写，还有"飞鸟"摄像机镜头下鸟瞰球场内利物浦队高歌庆祝、热刺队低迷失落的全景，这时的声画组合是声画并行的组合关系，一方面画面不断切换景别、机位、视角，另一方面声音只采用终场哨结束后球场内嘈杂的同期声。多机位的拍摄手法和景别差距较大的镜头组合，以及声画关系的并行状态，使得"体育精神"在这一刻升华成了一种"壮士摧眉，乌江不垂霸王泪"的"孤独美学"意境。[1] 通过多机位的全景展示，展现出一支球队作为一个整体"共患难、同进退"的"团结"的"体育精神"。

### 3. 现代拍摄手段中的"体育精神"

最能表现出"体育精神"的镜头语言是全景与特写，全景能够将体育人物所处的环境全面地表达出来，给受众客观真实的感受，而特写镜头能够给受众带来体育人物当时的主观感受，有了情感共鸣的基础，更能感受到体育纪录片创作者在作品背后对人类共性品质以及"体

---

① 蒋勋：《孤独六讲》[M].桂林：广西师范大学出版社，2009年版，第57页。

育精神"的体现。所以，我们可以得出关于利用拍摄手段传递"体育精神"的必备要素，即多机位拍摄、景别差别较大的画面组合以及声画关系组合的恰当运用。当然，这些要素需要体育纪录片创作者的有机结合，才能形象地传达出想要表达的"体育精神"。

## 三、声音元素对"体育精神"的传达与烘托

纪录片是视听语言的组合，一方面在视觉语言上由镜头组成段落，段落连接成完整的作品；另一方面在听觉语言上由背景音乐、同期声等音乐音响元素组成。体育纪录片如果能有效利用声音素材，找到属于自身风格的声画组合方式，在音乐音响方面做出合理的选取，对于"体育精神"的表达，也起着十分关键的作用。

### 1. 同期声的真实记录凸显"体育精神"

同期声指的是与画面同步的，来自于画面中的声音元素。同期声是制作人物纪录片时最常被使用的手段，纪录片能通过同期声有效使用尽可能地表现纪录片的真实性。[①] 同期声之所以在纪录片中具有不可替代性，是因为它所表现出的真实性，在作品中，来自真实生活的同期声能够作为声音载体，淋漓尽致地体现出纪录片的纪实性。[②] 运动带来的生理和心理上的短暂性变化，可以让受众看到在特定时间和场景中体育人物更真实的情感流露，从而把"体育精神"物化到体育人物身上，传递给受众。在《冠军的心》中的长镜头里，"进一个""我为学校进过球"等同期声片段的保留，让受众在短短的几秒钟便感受到了足球队体现到球员身上的团结、友爱、互助的"体育精神"，也感受到了体育运动的激情与魅力。在《冠军的心》最后一部分，一名球员被对方铲倒，痛苦倒地时"啊"的惨叫被保留下来，随后的画面

---

① 郗建业：《视听语言》[M]. 石家庄：方圆电子音像出版社，2016年版，第59-60页。
② 来秋伶：《人物纪录片中的人物形象塑造》[D]. 曲阜：曲阜师范大学，2018年。

是他挣扎过后重新站了起来，这样的同期声应用除了能体现出这支队伍有着极高"运动家风范"的体育精神，更在叙事层面将受众引入到激烈的对抗之中，仿佛身临其境一般，极大地增强了画面的真实性。

### 2. 音乐类型的广泛适配渲染"体育精神"

同期声最大的作用在于保持体育纪录片整体的真实性以及把体育事件发生的情绪带给受众，而音乐音响的作用则在于增强情绪的感染力、渲染气氛。在体育纪录片中，音乐可以引申为背景音乐，通常用来渲染气氛，暗示纪录片整体的基调，配合"体育精神"的表达；而音响则指代人声、音乐之外的一切声音，具有一定的符号意义，被用来增强纪录片感染力，使得受众在视听语言的夹击下更直观地感受到体育人物的情绪，使受众更易于感受"体育精神"。[1]

2015年的体育纪录片《拉姆的5000公里》，分别用了《I Don't Care》《The Black Swan》以及大量没有名称的新疆民族歌曲作为背景音乐，这些音乐属于不同的乐种，从摇滚到嘻哈再到哈萨克民族乐，在该片不同的段落分别渲染了或失落或兴奋的情绪，反映出主人公拉姆不同的性格特点，但最终都为了表现拉姆勇敢追逐自己的足球梦而服务，利用渲染的情绪表现人物身上存在着的坚韧不拔的"体育精神"。

## 四、后期剪辑对"体育精神"的强化

### 1. 叙事节奏的把握与"体育精神"的呈现

后期剪辑是现代影视作品成型的一道不可替代的工序，在剪辑的过程中，创作者可以对原素材进行一定的艺术加工，进行丰富的联想，然后以一定的逻辑关系将需要的镜头筛选出来，使受众在观看的过程之中能够读懂导演所想要抒发的情感和内容，最后使镜头的叙述表达

---

① 张凯巍：《体育纪录片中的人物形象塑造》[D].保定：河北大学，2020年。

出较有深度的思想情感和社会问题，让观影者可以产生共鸣与启迪。<sup>①</sup>在体育纪录片中，这种共鸣与启迪，就是"体育精神"。

　　体育纪录片的剪辑能够让导演重新掌握作品的节奏，从而表现出体育事件中不可知的悬念，悬念会增强纪录片的故事情节性。对于受众来说，悬念能够充分激发其好奇心，使受众保持完整看完纪录片的兴趣；对于纪录片来说，悬念可以在剪辑中被制造，能够推动故事情节的发展，对于制造气氛、烘托人物情绪起有效作用，从而为体育纪录片中人物形象的塑造增色，有利于表现人物身上的"体育精神"。

### 2. 蒙太奇剪辑与"体育精神"的强化

　　在《K神无双》中，主人公克洛泽在比赛胶着时制造了一粒可以改变场面局势与球队命运的点球，下一秒的画面却是克洛泽故意踢丢点球、球迷却起身向他鼓掌致意的画面。有一定时间差异并且与情节有反差的画面剪辑吸引起了观众的好奇，为什么近在咫尺的射门要故意踢丢？又为什么踢丢后球迷竟起身鼓掌致意？在后续的画面中得到了回答，原来克洛泽告诉裁判对方的防守球员并没有犯规，是自己失去重心后摔倒在禁区，但裁判已做出判罚，无法更改点球的决定，于是克洛泽将点球踢飞，获得了现场上万名球迷以及对手的尊重。这样的剪辑方式被称为蒙太奇，打乱事件发生的时间顺序，制造了一个克洛泽踢丢点球却仍有球迷鼓掌致意的悬念，塑造出一个遵守体育道德、饱受敬仰的运动员形象，从而表达出"公平竞技""运动家风度"等多种"体育精神"。<sup>②</sup>

　　《冠军的心》采取了常规的线性叙事，以时间顺序为逻辑通过球队队长的回忆单线记录了足球队首次在"三好杯"足球赛夺冠的历程。剪辑模式可以简单地归结为在主人公的描述中穿插比赛画面，看似毫

---

① 杜群：《浅析剪辑在影视艺术中的运用》[D].南昌：南昌大学，2013 年。
② 张春晨：《纪录片〈铿锵花蕾〉的人文关怀与人物形象塑造》[D].大连：辽宁师范大学，2016 年。

无悬念。但在影片的第一个高潮部分，即前文提及的"长镜头"部分[①]，采用了平行蒙太奇的剪辑方式将节奏变得紧凑且令人观后感到热血沸腾。在"长镜头"之前出现的画面是全景景别下主体突出的球员将球放在点球点上准备踢球的画面，而接下来的画面是发生在同一时空中的观众为球员加油助威的画面。通常想要使节奏加快的方法是进行快速剪辑，而长镜头无法进行快速剪辑，但此"长镜头"因为具有一定的运动性，以及与前一镜头"平行蒙太奇"的剪辑方式，使得节奏感明显加强。

另外，声画组合的并行关系也增强了节奏感，并且强化了"超越自我""团结互助"的"体育精神"。在这一段落，背景音乐 *The truth that you leave* 舒缓而又暖心，声调上渐强，节奏上渐快，配合上"进一个""我为学校进过球""进过球的人屈指可数"的同期声以及平行蒙太奇的镜头剪辑，使得全片平缓的节奏在这里加速形成影片的第一个高潮，同时也强化了"体育精神"的表达。

## 五、结论与建议

### 1. 结论与启示

前人对于体育纪录片的探究角度，较多停留在体育纪录片的现状、发展、特征等基本要素上，忽视了对于体育纪录片本质核心要素"体育精神"的探索研究，于是从"体育精神"表达策略的角度探究体育纪录片。利用个案分析法与比较研究法对体育纪录片中"体育精神"的表达策略进行归纳，找到了具体的"体育精神"表达策略，分别在"体育精神"、拍摄手段、声音素材以及剪辑手段方面做出表达策略总结，弥补当下对于体育纪录片"体育精神"探索研究的不足。

本文的研究主要从视听语言的角度揭示了"体育精神"在体育纪

---

① 此"'长镜头'部分"特指前文提及的刘佳明进球部分的片段。

录片视域内的手法特征。其中，"体育精神"的表达上，表现了"体育精神"在体育纪录片中的影像化处理；在拍摄手段上，根据分析经典作品并结合本人实践经验，找到适合表现"体育精神"的拍摄手法；在声音素材方面，借用例证法强调并总结出声音对于"体育精神"表达在体育纪录片中的重要地位；在剪辑方面明确地指出"蒙太奇"等剪辑方法对于"体育精神"表达的实用价值，同时指出在叙事层面对于"体育精神"有效表达的叙事手法。

随着社会的日益发展和进步，体育纪录片创作和生产方式的多样化衍生出新的特征，同时在体育纪录片市场化的浪潮中也会产生新的问题。在体育纪录片视域内，要用发展的眼光看待"体育精神"表达的策略，才能不断取得新的理解，呈现出更好的人文关怀效果。

# 第五章

## 科学与缪斯：技术变革下的文学与电影

### 第一节　新技术革命影响下的现代文学目录工作展望

现代信息技术的应用，尤其是计算机网络的形成与发展，使文献编目工作，进入了全面变革的时代。

从总体上来说，它改变了文献情报机构的工作内容和工作方式。文献情报管理机构过去的基础性工作和工作中心是文献资源建设，主要是不断扩大和丰富图书文献的收藏量并提高收藏的质量。而在信息时代，这种观念不得不逐步转变为信息资源建设。网络化使得文献情报机构藏有多少文献变得不那么重要，重要的是信息的存取能力和提供服务的能力。信息资源建设不仅强调文献信息的收藏、整理，还强调信息的开发和利用。在网络空间里，一个图书情报机构为提高图书情报信息的保障能力，一方面要努力提高本机构的信息收藏能力和开发信息、提供服务的能力，使本机构的信息收藏方便有效地为更多用户所利用；另一方面更要提高对虚拟信息资源的获取能力，也就是在对信息源的组织方式、获取方式充分了解的基础上，得到存取相关权限，针对用户存取信息，提供信息服务。信息资源的地域分布已经显得不那么重要，重要的是信息的吸引力和信息存取渠道的畅通。

互联网的开放存取特征，使图书情报界的资源共享概念的含义发生了变化。由传统的馆际互借，发展到电子文献传递（EDD）和文献提供，再发展到联合馆藏和共享存取，从而使信息资源布局的地域要求降低，分工合作、共建共享的要求增强。在信息基础设施上构建一个图书情报网络、形成一个共享知识网络，正成为图书情报界努力追求的目标。图书情报网络内任何一处的信息收藏都是整个网络的共有资源，而网络内任何一处的用户，也都可以存取整个网络的所有信息。这样，大型和中小型图书情报机构在网络中有平等的存取机会，大都会和中小城市的读者亦可平等地享受信息资源，实现了真正意义上的资源共享。

图书情报的网络化，对图书文献整理工作产生的最直接的影响，就是对目录检索工作的冲击。为了在信息网络内建立一套便于使用的检索系统，必须实现情报检索语言的现代化。检索语言是信息交流的工具，是信息检索系统的灵魂。其主要功能是标引和检索，同时又能在某种程度上显示知识结构，组织信息体系。传统的情报检索语言从图书分类开始，发展到主题法、引文索引法等，作为人工语言已经比较成熟。但在计算机用于信息检索系统之后，为了提高检索效率，就必须将这种人工语言转化成机器语言，以进行自动抽词、分词、赋词和模糊检索等。人们试图将人工语言与自然语言结合起来，在两者间建立对应关系，并制定一种自然语言词表以供用户使用。也就是说，必须在自然语言与人工语言、自动标引与人工标引、自动编目与人工编目之间建立一种平衡，才能实现网络检索系统的成功开发。这无疑是文献情报工作的重大革新。

计算机网络技术可以应用于书目编制、书目利用、书目工作组织管理等各个方面。以高新技术（主要包括：电子计算机技术、光电技术、声像技术、通信技术等）为前提的书目工作现代化，标志着书目文献工作进入了一个全新的历史阶段，对人类的文化积累与承传有重大意义。

## 一、计算机编目

20 世纪 60 年代初，美国开始了机读目录的研究，至 1968 年其机读目录 MARC II 研制成功，70 年代被国际标准化组织（ISO）接受并成为国际标准格式。1981 年美国国会图书馆将馆藏的全部文献目录记录转化为机读目录形式，并关闭原有的卡片目录。计算机编目，是将书目记录输入计算机，经过程序处理，整理成机读目录格式，形成数据库，建立计算机检索系统，开展书目情报服务。机读目录用于电子计算机的存贮载体，其存贮密度大，输出速度快，并且可以一次输入，多种形式多次输出。既可通过高速打印机打出书本式目录和卡式目录，也可通过 COM 装置输出缩微胶片目录（COM 目录），还可以转录到别的磁盘上进行复制。这种转录既可全录，也可选录、补录或归并。计算机编目用机器代替了传统编目工作那种烦琐的手工劳动，大大提高了编目工作效率和检索速度。特别是进入以采用激光原件、模拟人工智能为特征的第五代计算机阶段后，由于计算机具有读、写、运算、记忆、存取的功能，书目工作自动化的程度又得到大幅度的提高，这无论对编目工作和用户检索，都带来极大的便利。

## 二、文摘、索引的计算机编制

1950 年，美国卢恩研究用计算机编制题内关键词索引（KWIC）成功。1964 年美国化学文摘社开始使用电子计算机编制《化学文摘》，从此文摘、索引的编制进入了一个新阶段。目前，西方一些国家的重要文摘、索引都采用了计算机编制。

机编文摘、索引，就是用计算机将文摘员拟订的文摘、索引材料（数据）按一定文摘、索引法则进行编辑处理，然后输出文摘、索引款目。因为索引标题的选择、标引尚未能实现全自动化，所以一般先由标引员在图书或报刊中选定标题（或主题词），标明出处、页码等，然后输入计算机，计算机按照设定的程序，对索引款目进行整理、排序、核对，然后输出可供利用的文摘、索引。目前虽然文摘、索引编制的全自动化尚未能实现，大量文献的鉴别、选词、标引、文摘的编写等尚需人工来做，计算机只能辅助完成整理、排序、核校、记录、打印等工作，但这些非常麻烦的事正是过去文摘、索引出版周期延长的主要原因，现在用高速运转的机器代替了缓慢的手工操作，便大大提高了速度，缩短了报导周期，也扩大了报导量。而且随着模拟人工智能的第五代计算机的真正成功，文献标引（包括文摘的编写）的全自动化也是可以实现的。

书目工作的现代化标志着书目工作进入了一个新的历史阶段。因为书目工作是整个文献工作的核心，所以它的现代化必然成为全部文献工作现代化的基础。事实证明，任何一个国家的文献情报工作的自动化，无不是以文献书目数据的计算机处理、文摘索引的计算机编制为开端，为基础的。全世界图书情报工作的现代化，也只是在机读目录 MARC Ⅱ 诞生后才有了实质性进展。

书目工作的现代化还为目录学研究开辟了新的领域。书目工作现代化进程中，还存在许多尚待解决的问题，如书目数据的存贮、存贮载体、存贮方法；文献的机器标引、数据转换、纪录格式、文摘和提要的机器编制；书目数据的输出与显示；书目工作自动化系统的优化等。单靠传统目录学理论方法是无法解决这些问题的。文献情报工作者不仅要学习计算机软硬件技术、光电技术和通信技术，还要引入数学、统计学、控制论、系统论等新的理论方法去认识和解决这些实际的问题，并不断丰富目录学理论，逐步建立新的目录学理论体系。

在文献目录的现代化技术应用方面，我国也取得了一定成就。我国的检索期刊在 20 世纪 80 年代发展到一定规模，1985 年 ~ 1987 年达到 229 种，年报导量 149 万余条。1988 年报导量达 160 万条。[①] 这反映了新时期以后社会上信息需求的大幅度增长。1988 年北大图书馆举办"全国高校图书馆计算机应用成果展示会"，展示了 23 个图书馆的 36 个实用系统和 7 个应用系统。书目数据库建设的成就令人瞩目，由北京图书馆编制的国家机读目录（CMARC）数据库，1989 年发行以来已拥有 10 万条记录；广东省 30 多家图书馆联合建设的机读目录数据库，估计有 100 多万条记录可通过网络系统实现书目资源的共享。[②] 利用现代化技术后，书目情报产品生产显示出良好发展势头。北京鲁迅博物馆编的《鲁迅研究月刊》杂志就被制作成光盘，非常便于使用。清华大学主办的《中国期刊全文数据库》（CJFD）和《中国重要报纸全文数据库》（CCND）实现了网上共享。

中国现代文学至今没有专门的检索刊物，在运用现代技术编目和编制索引、文摘方面也显得落后，但是新技术毕竟要渗透到各个学科领域中去。随着现代文学研究队伍的更新和年轻化，随着现代文学学科的不断发展和研究工作的深化、细化，编目工作也会越来越专，越来越细，特别是索引和文摘的作用也会越来越显得重要。运用新技术手段进行自动抽词、分词、赋词和模糊检索等工作是势在必行的。这些问题不仅应引起图书情报机构有关工作人员的注意，而且应引起中国现代文学教学、科研人员的关注。专家介入文献书目工作会大大提高书目、索引、文摘的学术性和文化品位，已经被文献学史所证明。所以文献书目工作的现代化，亦有赖于本学科专家的积极参与。

---

① 宋元培：《我国科技文献检索期刊的困境和出路》，《科技情报工作》，1991 年第 2 期。
② 邵友亮：《我国图书情报部门的计算机信息管理现状》，《情报学报》，1993 年第 4 期。

## 第二节　元宇宙、NFT 与中国电影消费发展的新路径

### 一、元宇宙与电影：技术推动的虚拟世界

　　元宇宙和文学、游戏、电影有着极为紧密的联系，共同为人类构造起一个虚拟现实世界。在虚拟的意义上，我们可以认为"元宇宙"并非一个新概念，相反它是一个在文学、电影和电子游戏中颇为常见的概念。这一概念在科幻电影中不断呈现，如《黑客帝国》《失控玩家》《头号玩家》《超体》《她》等。国内电影学者姜宇辉使用媒介考古学的视角对元宇宙进行了研究。他对当下围绕元宇宙展开的诸多话语进行了批判性剖析，得出一个重要的结论："不是我们在发明元宇宙，而是正相反，是元宇宙在重新发明、发现我们自己。"①元宇宙的生产者、使用者和对其思考者都是人类自身，人类创造元宇宙的目的在于寻求另一种社会的可能，因为人类社会早已斑驳不堪，一片混乱，这无疑是处于"最好时代"的人类内在的悲观情绪所激发的一次建构另一种社会的大型试验。

　　元宇宙真正被建构起来首先要诉诸于技术。"它出现和演进的原动力是互联网的功用中心从信息转移到人，这种转移驱使着媒介技术的不断发展，从而给目前的人类社会带来全方位的变革，并在未来塑造

---

① 姜宇辉：《元宇宙作为未来之"体验"——一个基于媒介考古学的批判性视角》，《当代电影》，2021 年第 12 期，第 22 页。

一个全新的社会形态。"① 正如人类传播史上的每一次变革一样，技术的发展推动新兴媒介的出现，进而借由媒介塑造一个虚拟世界。文字的产生导致文学世界的出现，银幕的产生导致电影世界的出现，而电脑的产生造就了今天的电子游戏世界。元宇宙的产生和发展同样也是由技术的进步推动新型媒介出现而导致的必然结果。元宇宙在技术层面上是一种再组织化的数字化社会，意味着全面融合互联网技术。这些技术里面的区块链和交互技术、电子游戏和人工智能技术、智能网络和物联网技术共同成为支撑元宇宙的技术支柱。

元宇宙建立起一个与现实生活、世界、文明共存的虚拟生活、世界、文明，二者之间并非互相对立，而是相伴相生。它是一个"高度发达的、与现实互相交融但又不依托于现实的人造虚拟世界。在这个世界中，人们借用数字替身进行彼此的交流和同世界的交互，以此为基础形成大量的虚拟社群。随着时间的推移，催生出虚拟社会并逐渐发展成为依托于现实世界又独立于现实世界的虚拟文明"②。在这个虚拟文明和虚拟世界，传播形态将发生深刻的变革。第一，社会互动的范式产生变化，沉浸传播成为基本范式。而社会的主要表达方式则是扩展现实，包括虚拟现实、增强现实、混合现实。第二，媒介传播的准则也发生变化，强参与成为基本准则。超级主体继续掌握传播权利，共建、共治、共享构成数字媒介的终极生态。元宇宙将跳出文学、电影和电子游戏这些传统形式，而是成为与人类社会相伴相随的虚拟社会，就像《头号玩家》中那样，当我们戴上 VR 眼镜，我们将进入另一个世界。

---

① 方凌智，沈煌南：《技术和文明的变迁——元宇宙的概念研究》，《产业经济评论》，2022 年第 1 期，第 10 页。

② 方凌智，沈煌南：《技术和文明的变迁——元宇宙的概念研究》，《产业经济评论》，2022 年第 1 期，第 10 页。

## 二、NFT 与电影：电影数字藏品成为可能

NFT 是一种存储在区块链上的数据单位，能证明数字资产的唯一性，同时提供唯一的数字所有权证明。其核心区块链是一种多方共同维护的分布式数据库，具有去中心化、不可篡改、可追溯的特点，解决了数据的可信问题。

近年来，NFT 艺术在全球范围内实现了爆发式的增长，让大众看到了 NFT 的价值。"借由数字身份的建构，NFT 艺术平台成为元宇宙特有的同步和拟真平台。"[①] 对于艺术家而言，NFT 数字藏品最大的价值在于其对所有权的保护，因其植根于区块链技术，能够满足每一个代币的独一无二，也就能够满足每一个艺术品的独一无二，它无法从数字文件中删除，也正因此其稀缺性被不断凸显。更重要的是，NFT 提供了一种去中心化的艺术品销售路径。对艺术家而言，NFT 因其成本较低，并且也不需要与中间商如画廊、美术馆和其他艺术品代理机构打交道，可以大大增加其收入，为艺术家数字作品提供有效的管理与保护。与靠画廊、美术馆销售自己作品的传统模式相比，NFT 则以去中心化模式在收益、管理和版权保护等方面为艺术家提供更理想的销售模式。不同的 NFT 数字藏品可以在平台自由上线并被购买，由此，NFT 从技术到运行逻辑都呈现出区块链的根本特征——去中心化，这也成为"元宇宙"的重要运行逻辑。

NFT 数字藏品已成为近年来全球艺术领域的新兴热点之一。《映射 NFT 革命：市场趋势、交易网络和视觉特征》对此进行了系统的研究和分析，"平均售价低于 15 美元的 NFTs 占总资产的 75%，而超过 1594 美元的 NFTs 仅占总资产的 1%""艺术品、元宇宙、应用程序类

---

① 郭春宁：《元宇宙的艺术生成：追溯 NFT 艺术的源头》，《中国美术》，2021 年第 4 期，第 17 页。

别的 NFTs 的平均售价高于其他类别""NFT 集合趋向于视觉同质"。①
同时，NFT 市场内部也在不断发生着变化。作为新兴产品的 NFT，相
关管理制度和法律法规亟待完善，如周杰伦所拥有的藏品"无聊猿
BAYC#3738"NFT 就曾被盗窃。国内也有不少公司推出 NFT 数字藏品：
腾讯 PCG 事业部上线 NFT APP 幻核并启动"NFT 艺术家计划"；小
米对外发布数字藏品"芯纪元"3D 模型；哔哩哔哩发布数字艺术头像
"鸽德"等。同时，西安博物院、秦始皇陵博物院、上海博物馆等也与
一些公司共同推出文博 NFT。可以看到，国内 NFT 主要涉及文创、文
博、IP 开发等领域。2022 年春节档，电影《奇迹·笨小孩》以温暖励
志的创业故事打动人心，并斩获 9 亿票房。同时，由电影出品公司联
合海纳星云旗下的 IP 数字衍生品发行平台"丸卡"推出了"笨小孩头
像"数字藏品 10009 枚，单价 998 元，前两轮共推出 450 枚，均被一
抢而空。同时，该平台也与《穿过寒冬拥抱你》《雄狮少年》等影片
联合推出数字藏品。这说明电影行业也敏锐地感受到 NFT 给行业带来
了新的可能性，并以实际行动给出足够的反应和重视。

## 三、中国电影传播和消费发展的新路径

有研究者指出，电影与 NFT 的合作有以下四条路径。第一，有些
电影尝试"变废为宝"，将未进入成片的拍摄素材或公映时被删掉的
片段投放 NFT 市场，最具代表性的是王家卫将《花样年华》中一段未
公开的素材进行拍卖，成交价达 428.4 万港币。第二，一些在传统渠
道发行不畅的电影尝试 NFT 发售，如《克劳德·朗兹曼：〈浩劫〉的
幽灵》（2015）、《罗塔瓦纳》（2018）就在 2021 年进行了这样的尝试。

---

① 马修·纳迪尼，劳拉·阿莱桑德莱迪，弗拉维奥·迪—贾钦托，毛罗·马蒂诺，卢
卡·玛丽亚·艾洛，安德里亚·巴伦切利，于蒙群，文婷婷：《映射 NFT 革命：市
场趋势、交易网络和视觉特征》，《艺术管理（中英文）》，2022 年第 1 期，第 84—
112 页。

第三，电影周边也开始试水 NFT 市场。2021 年 9 月，现在电影 APP 发售电影杂志《午夜场》的 1 040 枚 NFT 数字封面，半小时内即售罄。第四，NFT 也成为拉动电影票房、进行电影宣发甚至增加额外收入的新策略，如《蜘蛛侠：英雄无归》向预定该片首映（首映票价高达 200 美元）的观众共赠送 86 000 枚与电影相关的 NFT 藏品。①

在国内，电影与 NFT 的合作也逐步开展，《奇迹·笨小孩》联合海纳星云推出的 IP 数字衍生品"笨小孩头像"就是一个例证。首先，这些头像被分为四大主题、五个部位、55 种可拆解稀缺元素，同时加上盲盒玩法、联动电影宣传，加之区块链技术的去中心化以及 NFT 技术所决定的唯一性，每一个藏品都是独一无二的。这再次让观众进入沉浸式的体验之中，这些被开发出来的数字藏品均对应着影片中的重要人物和情节，构成了衍生品的文本叙事。

NFT 数字藏品实际上已经成为电影"特许经营模式"的新路径。"特许经营"是一个商业概念，指的是特许经营权拥有者以契约与授权方式，允许被特许人有偿使用其名称、商标、知识产权、商业模式等。特许经营电影不单单只是系列化电影的生产，而是常常与消费产品、电子游戏、主题公园等其他业态相关联，从而在控制风险的同时发掘品牌的最大化价值。这一发展模式越来越成为好莱坞电影产业中的重要组成部分，尤其是以迪士尼、环球这两家公司为例，他们拥有电影、衍生品及主题公园的全产业链，能够形成一定程度上的横向垄断。

NFT 数字藏品成为"主题娱乐观念下的消费新体验"② 中的重要组成部分，为电影的传播和消费提供了新的路径。

首先，以特许产品为代表的新消费产品出现。一类是具叙事性的

---

① 杨鹏鑫：《电影与元宇宙：双向影响与数字基底》，《电影艺术》，2022 年第 2 期，第 54 页。

② 齐伟，黄敏：《媒体特许经营模式与中国电影产业化进阶——主题娱乐观念的视角》，《现代传播》，2022 年第 2 期，第 96 页。

媒介产品，如由电影授权的小说、游戏等，它们与电影的相关性较强，二者共同构建起故事世界以服务于主题娱乐，其特点是沉浸性，核心在于消费者探索故事世界时完成完整叙事的成就感。由《奇迹·笨小孩》衍生出的头像数字藏品即属此类，同电影文本构成了"主副文本"。数字藏品在电影文本之外也扮演着构建叙事世界的角色，并且成为电影获利的另外一个途径。另一类是具叙事记忆的演绎物，与电影的相关性较弱，往往来源于电影的某一形象、某一场景乃至某一标志性符号，其特点是附着于实物的想象性，借由此浓缩的象征式叙事文本，引起消费者的叙事记忆并进而引发购买欲。NFT 数字藏品就具有这种产品的特性。数字藏品无法照搬电影文本，而是以人物头像、海报等形式构建起关于电影文本的"切片式记忆"，这种记忆又不断地激起所有者对电影的回忆，甚至是再度观看。这就成了"第三持留"①，可以读取、储存、交换，也可以进行交易。

其次，以特许式经营构建的新消费场景出现。在主题娱乐背景下，这种模式既有集体性参与特点又有分散式交互特性，具有整合分散的生产端和独立的消费端的能力，从而实现新媒体环境中的大结合，即结合不同的产业、结合分散的消费者，结合彼此独立的生产和消费。优衣库就经常推出电影与 UT 的联名、乐高与电影的合作等，不同行业得以在特许经营模式下合作，并成为传媒巨头的横向垄断对象。NFT 数字藏品则代表着"元宇宙"与电影之间的合作，它打破了虚与实的界限，为日后"元宇宙"的建构提供了可行之路。华纳兄弟探索公司（Warner Bros. Discovery）已成为销售与电影相关的 NFT 定义捆绑产品的重要参与者。2022 年，他们重新演绎了指环王 IP，推出的《指环王：护戒使者》中包含着与以太坊兼容的区块链托管 NFT。每个 NFT 都含有《指环王》系列 2001 年第一部的 4K 拷贝版本、独家幕后花絮和大

---

① 贝尔纳·斯蒂格勒，方尔平译：《技术与时间 3：电影的时间与存在之痛的问题》，南京：译林出版社，2012 年版，第 4 页。

量制作剧照。这次成功的尝试让这个诞生于 20 年前的标志性电影系列重新成为人们关注的焦点。《蜘蛛侠：英雄无归》由漫威影业公司和哥伦比亚影业公司共同制作，为给电影首映造势，他们制造了"赠送 8.6 万件与电影相关的 NFT 收藏品"的噱头。这一策略非常成功，不但创造了预售纪录，而且使得影片票房成为 2021 年度全球最高。把 NFT 与电影 IP 进行有效整合，充分利用平台及其背后的流量池以及大数据优势，效果极为明显。这样，电影的文本内容就能更快地与目标受众相匹配，然后通过"病毒式推广"来创造口碑，从而影响潜在观影者的情感决策。

最后，以消费特许产品为特色的新消费方式应运而生。主题娱乐背景下崛起的以粉丝群体为代表的年轻一代消费者，受到电影和其他产业的合力作用，为满足好奇心及占有欲，逐渐趋向"收藏式消费"。NFT 数字藏品则更加体现出这一点，基于区块链技术的 NFT 数字藏品，能够保证其独一无二的特性，能够最大化地满足消费者的"收藏式"占有欲望。国内经典老电影的 NFT 数字藏品的收藏热潮方兴未艾。2022 年是《劳动之爱》诞生 100 周年，中国电影资料馆为纪念这部"中国现存最早的故事片"，在鲸探 APP（国内目前最著名的数字藏品平台，也是 NFT 平台）上，发布了一套该片的动态电影海报系列数字藏品。这套藏品就是利用了消费者对经典电影的"收藏式"占有欲望，5 万份的数字藏品在发售一分钟内便被消费者抢购一空，引发了对《劳工之爱情》的"观影狂潮"。这套数字藏品以原始电影的档案素材为基础，使用数字技术手段进行了二次创作，把《劳工之爱情》定为主题，影像风格既融合 20 世纪初的文化气息又结合了现代数字媒体创意。这种新的消费方式让观众通过数字技术和 NFT 平台观看经典老电影，使观影体验更加细腻和具体，互动性强而且可感知，能够维系和激活人们对与之相关的历史感和生活体验，从而延缓时代冲击下对于"经典"的衰落与遗忘。

# 第三节  《熊出没》系列动画电影的 IP 建设

近年来，由于国家政策的大力支持和动漫市场的持续扩张，我国的动漫产业正迎来重要的发展机遇。在产业化进程中，动漫品牌的建设变得尤为关键和紧迫。2023 年春节档，国产动画电影《熊出没·伴我"熊芯"》的表现堪称出色，在商业表现上，这部影片以 14.95 亿元的票房打破了 2019 年春节档《熊出没·原始时代》7.18 亿元的票房成绩；在艺术口碑上，该片在中国电影资料馆发布的"中国电影观众满意度调查·2023 年春节档调查"中，获得春节档满意度第四名，高出历年系列前作。[①] 可以说，这部电影在优质电影云集的春节档，代表中国国产动画电影取得了较好的艺术与商业成绩。它以优质的内容与创作满足了不同年龄段的需求，通过内容和技术的不断升级，巩固了《熊出没》系列电影的 IP 品牌，为中国电影的工业化和系列化开发提供了一定的借鉴意义。

## 一、"熊出没"的 IP 品牌建设

从 2014 年至今，深圳华强数字动漫有限公司，制作了一系列以《熊出没》动画片为源文本的大电影，其中包括《夺宝熊兵》《雪岭熊风》《熊心归来》《奇幻空间》《变形记》《原始时代》《狂野大陆》《重返地球》和《伴我"熊芯"》，几乎每年都有新作在春节档上映，每次都推陈出新，把熊大、熊二、光头强主角三人团的故事搬上大银

---

① 数据来源：中国电影资料馆网站，https://mp.weixin.qq.com/s/oUxaU5UzBrDDLK-YkSQ3hA，2023 年 11 月 30 日访问。

幕。这些影片不仅票房大获成功，也在不断刷新中国儿童动画片的票房纪录，常年领跑业界。《熊出没》系列大电影的成功对"熊出没"IP的开发功不可没，同时提供了一个值得研究的典型文本，其电影文本背后的品牌开发成为值得进行深入研究的课题。

### 1. "熊出没"IP品牌的持续性

品牌不仅是一种标识，更是一种精神符号和价值理念的体现，还是核心品质的彰显。运营品牌需要长期地、持续地改进来维护其核心IP形象，《熊出没》系列大电影制片方在春节期间推出了一份市场调查问卷，目的就是要抓住市场和观众心理的变化，就是想要持续经营"熊出没"IP。

首先，这种持续性体现在人物形象设计上。《熊出没》系列大电影的制作团队有着出色的美术功底和优秀的剧本，他们在多年的电视动画制作基础上精益求精，身体力行。利用春节贺岁片的特点，将三位主要角色——熊大（成熟稳重、沉着冷静、正直睿智）、熊二（内心善良、性格憨厚、有同情心）和光头强（性格多疑、智慧出众、勤于实践）的形象深深植入了孩子们的心灵。

其次，这种持续性体现在"合家欢"的影片定位上。虽然每年春节推出的《熊出没》贺岁大电影剧情各不相同，比如2014年春节档的首部系列大电影《熊出没之夺宝熊兵》以光头强与熊大、熊二争夺神秘箱子为主要剧情，2019年《熊出没·原始时代》则转向主角三人组"穿越时空"齐心协力对抗猛兽的故事，2022年《熊出没·重返地球》又融入了科幻元素奔向太空，可无论《熊出没》系列电影中剧情发生了怎样的变化，其题材都是以受儿童欢迎的题材为核心，涵盖了动人、冒险、趣味和探险等元素，旨在充分抓住儿童情感的共鸣点，打造了持续吸引儿童与家庭观看的系列电影。

### 2. "熊出没"IP品牌的全媒体矩阵

在品牌确立后，需要强有力的公关效应和广告推广，以吸引更多人的关注，最终促成购买行为。《熊出没》系列大电影与动画片已经将"熊出没"这一 IP 品牌进行了成功的形象塑造，而在银幕之外，"熊出没"的制作方华强方特动漫有限公司也进行了大量尝试，布下了多重媒体矩阵的"熊出没"IP 品牌消费新场景。

他们开发了大量周边产品，包括《熊出没》系列大电影的同款公仔、光头强泡泡猎枪、熊大和熊二卡通发箍、熊强三人组卡通书包等，这些产品深受儿童喜欢，陪伴他们快乐的童年。这种策略不仅让孩子们成了《熊出没》系列大电影的忠实粉丝，还有助于将潜在受众转化为实际的观众。除此之外，华强方特动漫有限公司还拥有众多主题乐园，例如在方特乐园里，人们不仅可以和熊大、熊二近距离互动，还可以体验到其他各式各样的游乐项目。在享受独特的互动体验的同时，也会被吸引关注并喜爱上《熊出没》系列大电影，而方特乐园业已成为全球五大主题乐园之一。从这个角度看，"熊出没"的 IP 品牌运营无疑是一种全媒体运营的矩阵布局。

## 二、《熊出没》系列大电影的"合家欢"创作逻辑

### 1. 关注受众需求，把握正确的创作导向

从 2014 年第一部春节档《熊出没之夺宝熊兵》的推出开始，《熊出没》系列大电影就将自身定位为"合家欢"电影，这也是春节档《熊出没》系列大电影能够顺利杀出重围的最主要原因。"合家欢"电影的概念主要源自美国好莱坞。成熟的好莱坞动画电影，最大的共性就是影片跨越年龄的"合家欢"地位，既广受青少年儿童喜爱，又深得广大成人观众认可。[①] 春节期间，阖家团聚，"小手拉大手"一起观看影片是"合家欢"电影针对的家庭观影模式。

---

① 刘倩：《从〈熊出没之夺宝熊兵〉看国产"合家欢"动画电影的打造》，《大众文艺》，2014 年第 21 期。

"合家欢"的特点在 2018 年春节档的《熊出没·变形记》与 2023 年春节档杀出重围并创造国产动画电影历史票房的《熊出没·伴我"熊芯"》中表现得尤为显著。这两部电影分别将主题瞄向光头强父子之间与熊大、熊二母子之间，以科幻、冒险的方式呈现亲情，通过戏剧性的情节反转，增添喜剧元素，创造了一个充满温暖与亲情的观影氛围，让不同类型的观众都能享受到这部电影。其中，《熊出没·伴我"熊芯"》的主要叙事线围绕着熊大和熊二寻找并拯救妈妈展开。最终，妈妈竟然是一位智能机器人，这一独特情节不仅赋予了电影科幻的风格，还展示了一个"人工智能熊"学习如何成为一个母亲的过程。从一开始毫无育儿经验、不懂如何照顾孩子，到最终学会如何保护孩子，电影在温馨和细腻的叙事基调下，呈现了令人深受触动的叙事线，引起了观众强烈的情感共鸣。此外，电影通过可爱的"婴儿熊"形象的设计，不仅打破了"熊出没"世界的传统画风，也更好地迎合了观众的审美需求。这一切共同创造出了一部充满亲情和幽默的影片，带给观众欢乐与感动的混搭体验。

## 2. 发挥技术优势，探索动画世界新可能

在动画电影创作过程中，将技术元素巧妙转化为艺术符号，丰富了电影的表现力，以具有审美和冲击力的视觉影像为观众带来更加梦幻的体验。根据相关资料，从 2014 年开始，《熊出没》系列大电影都非常注重美工设计，华强公司精心挑选了专业人员，并派他们远赴美国，学习三维动画的先进技术。这些设计师反复修改、精益求精，因此许多家长都表示，他们原本是陪孩子观看电影的，但最终自己也被深深吸引。片中的各种细节都处理得十分到位，动物形象更是惟妙惟肖，毛发看起来格外柔顺。

《熊出没·奇幻空间》于 2017 年 1 月春节档上映，同年 8 月获第 31 届中国电影金鸡奖最佳美术片提名。同时，这部影片在"2017 年春

节档《熊出没·奇幻空间》的观众好评排第一"①。金鸡奖最佳美术片提名证明了这部电影在制作技术上的精良与成功，同时在春节档电影中获得观众好评第一的成绩则证明了这部电影在发挥技术优势的同时也兼具艺术性。这部影片是首部将真人实拍与CG动画结合的《熊出没》系列大电影，女演员尚雯婕出演了片中女忍者的角色，将片中的奇幻森林与现实森林划为两个平行宇宙空间，讲述了在平行宇宙之间，主角三人组帮助金鹿角守护者击败反派，最终复苏森林的故事。电影采用了科幻外壳，全方位地展示了人工智能、机器人等元素，满足了观众的科幻想象欲望，同时也使"熊出没"这一IP焕发出强大的生命力。从万能机器人到机甲装备，各种现代感和智慧感的科技元素丰富了电影的视觉效果，带给观众想象力丰富的视觉感受。这些元素在细腻和精准的叙事表现中呈现出了引人入胜、多维立体的视觉美学，为观众创造了一个生机勃勃、充满创意的电影天地。

可以说，从2014年的《熊出没之夺宝熊兵》到2023年的《熊出没·伴我"熊芯"》，《熊出没》系列大电影的演化已不再仅限于儿童个体的观影行为，而逐渐演变成家庭共同欣赏的活动。家长与孩子，甚至祖父母与孙辈，一同走进电影院，享受视觉盛宴的同时，都能在电影中的亲情和友情情节中找到共鸣，整个家庭充满了欢声笑语。

## 三、《熊出没·伴我"熊芯"》对"熊出没"IP品牌的发展

### 1. "融合化"的叙事手法

学者何玉杰在《广告隐喻研究》一书中提出："隐喻是人们的物质感知世界与心理投射世界之间相互作用的产物。"②当前，电影作品的类型边界变得模糊，为创作作品提供了更多的灵活性和适应性。在开发

---

① 丁亮，张娟：《我们是连接过去和未来的桥梁——访〈熊出没〉系列总导演丁亮》[J].《当代动画》，2018年第01期，第27—32页。
② 何玉杰：《广告隐喻研究》，北京：人民出版社，2020年版，第142页。

动画电影的知识产权（IP）时，采用了融合和再创作的叙事策略，深入挖掘内容融合的价值，打破了传统的叙事规则，从而实现了创作内容的扩展和审美价值的全面拓展。

在动画电影《熊出没·伴我"熊芯"》的叙事设计上，通过将现实生活元素融入虚拟世界，给观众创造了一种更有生活气息的体验。例如，通过设定一个"万能一号"机器人，它懂得制作蛋糕和剪头发等生活技能，让观众感到亲近和亲切，提高了叙事内容的可信度和感染力。此外，电影不仅运用了象征未来科技风格的机甲和机械外骨骼，还成功地活化了以前《熊出没》系列中具有标志性和经典意义的元素，唤起了老观众的回忆。例如，在结尾部分，熊大、熊二和光头强重返狗熊岭，引发了熟悉《熊出没》系列作品的观众的深刻回忆。

此外，电影还将科幻元素和网络游戏等元素融入叙事情节，讲述了熊妈妈三人与八爪机器人的冒险故事，增强了儿童观众的共鸣，同时也让成年观众有了更深层次的思考。电影将《熊出没》媒介系统视为一个生态系统，通过精心挑选构成元素，结合文化和观众的审美需求，以"共生"的方式促使《熊出没》IP生态系统持续繁荣。

### 2."冲突律"的叙事表达

整体来看，《熊出没》系列大电影在叙事表达上遵循了"冲突律"①的原则。这些影片几乎都充满着扣人心弦的情节，剧情曲折多变，情感张力十足。故事情节鲜明，既有高潮迭起的时刻，也有让观众陷入情感低谷的片段。这种设计让观众们完全沉浸其中，难以自拔，深陷剧情紧张刺激之中而不舍离开。

2015年的《熊出没之雪岭熊风》通过"被困雪山"的剧情设定让长期以来处于对立状态的熊大、熊二和光头强被迫互相协作，逃出

---

① 冲突律是戏剧中的一种艺术形式，特点是带出人物的性格与剧本的立意，可理解为分歧、争斗、冲突等等。

"雪岭"，形成了从对立到合作的"冲突律"；2016年的《熊出没之熊心归来》中，熊大在泥石流中被马戏团所救，却又发现马戏团是森林动物失踪的幕后凶手，从而陷入了"报恩"还是坚持正义的道德"冲突律"；而2023年的《熊出没·伴我"熊芯"》则把"冲突律"放在"熊妈妈"身份谜题之中——东海博士的真实身份揭露与熊妈妈被揭示为人工智能熊。这些反转不仅增加了叙事的悬念和惊喜，还增加了冲突元素，使观众充分投入并享受着有趣的观影体验。

## 四、《熊出没·伴我"熊芯"》传播新价值

在中国动画电影市场不断发展的情况下，我们也目睹了一些问题的出现，如影片同质化和低幼化现象的增加。特别是一些IP电影开始出现了相似表达方式的"过度繁殖"，这破坏了动画电影的文化生态环境。然而，电影《熊出没·伴我"熊芯"》围绕"合家欢"的叙事结构展开，通过重新构思动画电影语言逻辑，创造了更加深入和富有内涵的角色，同时也关注社会现实中的亲子话题，成功地实现了个性化表达和全新传播，从而为动画电影的产业生态注入了新的发展活力。

### 1. 关切现实的温情表达

动画电影借助虚拟空间和想象力美学的优势，积极地与现实世界关联，触及现实问题，并通过科幻想象提出解决方案，为观众提供了一段饱含真实质感的情感经历。[①] 电影《熊出没·伴我"熊芯"》在这一方面取得了成功，它与社会现实议题有着紧密的联系，并运用动画世界的叙事力量来回应亲子关系的热点话题。

电影强调了亲子关系不仅仅建立在血缘之上，还需要情感的投入和回报，以及与社会环境的多样关联。它并非简单地赞美母亲的伟大，

---

① 袁一民：《审美经验与消费实践：重回电影想象力消费美学的逻辑起点》[J].《上海大学学报（社会科学版）》，2022年第03期，第68-77页。

而是着重展现了母亲的辛勤付出。熊妈妈是苏博士根据在狗熊岭找到的熊大和熊二而创造的机器熊。为了照顾好这两只小熊，熊妈妈学会了喂奶、洗澡，甚至半夜也要起来照顾他们。这一情节使许多女性观众能够产生强烈的情感共鸣。尽管熊妈妈是一台机器熊，但在照顾熊大和熊二的过程中，她逐渐产生真正的情感，成为一位合格的母亲。

不同于传统的"低幼儿童"动画片，《熊出没·伴我"熊芯"》通过拓展叙事主题，深化叙事内容，以温情而巧妙的方式，艺术性地回答了"人工智能是否具有真实情感"的问题，使整个叙事表达更具前瞻性和深度。电影通过这种方式呈现了现实世界中复杂的亲子关系，强调了情感的重要性，以及在不同社会情境中建立更多样化关联的重要性。这种叙事手法为观众提供了思考和反思的机会，使电影更具深刻的情感和社会价值。

### 2. 审美与亲情表达

"电影艺术不仅仅是关于讲述故事，更是关于发展一系列相互衍生的心理状态。"[①]电影作品的基本目的是创造审美价值，其他价值往往依赖于审美价值的实现。如果无法给观众提供审美上的享受，那么电影作为艺术品就无法存在。

虽然《熊出没》已经成为一个非常有影响力的动漫 IP，但《熊出没》系列大电影的每一部影片都建构了一个独立的故事空间，将独立的叙事主题表达出来。电影《熊出没·伴我"熊芯"》通过对动画世界的重新打造，重新构思叙事表达逻辑，不再仅仅是传递理性思考，而是通过"母子亲情"这个最质朴的故事，触发观众最基本、最本能的情感。

这部电影通过纯真而质朴的亲情表达，既符合贴近社会环境的表

---

① Antonin Artaud, Antonin Artaud: *Selected Writings* [ M ]. Berkeley: University of California Press, 1988, p. 149.

现，又符合"春节档"消费语境的需求。通过积极回归现实主义题材，引导熊大和熊二重新回到起点，并用他们的经历和个人成长来捍卫亲情。在创作表达上，电影以亲子关系为叙事主题，采用了拟人化的叙事方式，以现实主义的温馨基调，讲述了母子之间相互沟通、理解和认同的亲情故事。它紧密关注了现实生活中涉及的亲子关系问题，表达了爱、陪伴和守护的重要价值意义。通过这种方式，电影成功地在观众心中引发了深刻的情感共鸣，创造了令人难忘的艺术体验。

电影从亲子关系出发，通过温暖而治愈的叙事内容，使更多观众，特别是家长，理解了亲情相处的重要性。在拓宽受众群体和扩展 IP 边界的同时，电影也持续增强了《熊出没》系列动画电影的生命力。

## 五、 结语

动画电影《熊出没·伴我"熊芯"》对电影制作本身给予了积极关注，尊重电影媒介的生态规律。它以朴实而动人的情感为基础，构建了"合家欢"的故事结构，并借助最新的技术和真实的情感，创造了美学空间。电影始终坚持在创作内容和主题表达等各个领域实现全面突破，不断开发新的内容生态，因此成为一个拥有广泛受众的电影品牌。通过激发受众的期望和兴趣，巩固和强化了电影在市场中的地位。在新媒体的支持下，电影作品的叙事内容得以更加丰富，创造的世界也更加宏大和立体。据称，2024 年《熊出没·逆转时空》定档大年初一，期待这部动画电影 IP 的最新作品能够带来更好的动画电影创作新路径，为国产动画电影的建设提供新思路，凸显独特的叙事特色，开拓新的生态领域，增强动画电影 IP 的生命力。

# 第四节 "可玩具化"的电影

本节通过阐述"可玩具化"（Toyetic）这一当代商业电影特性的发展来理解电影业与玩具业两种不同产业合作的模式与其文化影响。媒介特许经营商品现在经常被用来扩展和丰富叙事，如下文的《星球大战》系列案例；为受众提供个性化的媒体产品，增加产品的文化流通性，如《独行侠》《蝙蝠侠》等产品的复兴；有时甚至使它们能够跳过媒体平台，在全新的文本环境中生存，如漫威电影宇宙的诸多衍生剧以及乐高宇宙的电子游戏等。其中一个非常有意思的趋势是，以乐高积木玩具为代表的玩具本身正日益成为新的银幕媒介特许权的内容提供者，《变形金刚》电影特许授权的票房成功就证明了这一点。另外，《钢铁侠》等一系列漫威电影的电影特许授权也可证明。可以说，至少从20世纪80年代《宇宙的巨人希曼》（*He-Man and the Masters of the Universe*，美泰公司）和《杰姆和全息图》（*Jem and the Holograms*，孩之宝公司）等以玩具为题材的一系列周六早间动画片开始，玩具就已经具备了这种潜力。"可玩具化"是促成电影与玩具产生媒介融合的重要因素，作为一种电影媒介的属性，"可玩具化"也更适合被当成是电影业与玩具业两种产业进行跨界合作的基础。

"可玩具化"首先是"互文性"的。"互文性"指文本之间信息的相互渗透和互动的指涉。[①]"互文性"是一个由海报、预告片、商品、评论和采访等副文本组成的网络，这些副文本可以相互串联和拓展到

---

① 郭光华：《国际传播中的互文性探讨》[J].《国际新闻界》，2010年第04期，第49-52页。

其他不同的媒介文本中去。在这种情况下，它可以用来描述"漫威"主题的乐高积木玩具和屏幕文本《复仇者联盟》《蜘蛛侠》等电影之间的关系。正如杰拉德·热内特（Gerard Genette）所描述的，"文本很少以未修饰的状态呈现，没有强化，没有一定数量的口头或其他（在本例中是实物）作品……这些伴随的作品，在程度和外观上各不相同，构成了我在其他地方称之为作品的副文本"①。事实上也确实如此，很难将文本的任何记忆与其伴随的副文本区分开来。

媒介特许经营授权行为可被视为生产文本内容的实体化，是虚拟银幕文本向实体副文本的延伸。那么，"可玩具化"就是媒介特许经营在玩具这一实体副文本方面的具体合作模式，这一模式用多种方式鼓励观众参与银幕"源文本"的故事世界建构，比如重演剧情和创造新的故事。英国学者丹·弗莱明将其称为"文本现象学"②，他认为，"当孩子玩玩具时，会创造一个伟大的故事，而电视节目本身并没有这些故事"③。也就是说，玩具的物质实在性提供了这种发挥潜力的方式，而被脚本化限制的虚拟形象却无法在银幕上发挥这种潜力。尽管可以通过电子屏幕反复观看蜘蛛侠的故事，但身为乐高人仔的蜘蛛侠，其形象、故事、背景都可以被改写和重新想象，实体玩具富有想象力的游戏形式为新的故事、背景带来了可能性。这样一来，玩具本身就成了一个充满想象与争论，甚至是批判性阅读的空间，成了"霸权整合和抵抗时刻"④，在那里，玩具可以成为探索性和叙事的生产品。正

---

① Gerard Genette, Paratexts: *The Thresholds of Interpretation*（Cambridge: Cambridge University Press, 1997）, p. 1.

② Dan Fleming, Powerplay: *Toys as Popular Culture*（Manchester: Manchester University Press, 1996）, p. 1.

③ Dan Fleming, Powerplay: *Toys as Popular Culture*（Manchester: Manchester University Press, 1996）, p. 15.

④ Henry Jenkins, *The Children's Culture Reader*（New York and London: New York University Press, 1998）, p. 28.

如弗莱明所指出的，玩具同时作为消费品和玩具，通过这种游戏行为，在资本主义经济的外部世界和儿童心理的内部世界之间摇摆。① 文化产业学者埃里卡·兰德（Erica Rand）更进一步认为"消费品的不透明性"导致"不可能通过从消费者和他们所能提供的（部分）背景之外看消费品来判断消费品的文化意义"②。事实上，亨利·詹金斯（Henry Jenkins）指出，"可动人偶为这一代人提供了他们最早的化身，鼓励他们扮演绝地武士或星际赏金猎人的角色，使他们能够实际操纵角色来构建自己的故事"③。

在理想的"可玩具化"合作模式下，玩具副文本抹掉了文本的起源，使故事真正成为多起源的，从而能够更容易地跨媒介平台流动，从而在其周围产生更多的媒体文本，形成了亨利·詹金斯意义上的"跨媒介叙事"。尽管"可玩具化"字面意义上指从屏幕或文学文本到物质实体玩具副文本的单向改编（通过商品化），但"可玩具化"更意味着跨媒介平台的双向移动，不同媒介文本之间的区别变得模糊，媒介的"边界感"显得不那么重要，融合的趋势更加显著。

# 一、《玩具总动员》与"可玩具化"

## 1. "玩具"的身份演变

"玩具"的概念实际上经历了三个不同的发展阶段。第一个阶段，该词用于指代儿童玩物，可追溯到 16 世纪末。在此阶段，"玩具"是一个"与琐碎、妄想和欲望相关联"④ 的词。第二个阶段与地位有关，可追溯到 19 世纪末。工业革命导致了廉价玩具的大规模生产，加上工

---

① Dan Fleming, Powerplay.

② Erica Rand, *Barbie's Queer Accessories* ( Durham: Duke University Press, 1995 ), p. 146.

③ Henry Jenkins, *Convergence Culture: Where Old and New Media Collide* ( New York: New York University Press, 2006 ), p. 147.

④ L. R. Kuznets, *When Toys Come Alive: Narratives of Animation, Metamorphosis and Development* ( New Haven: Yale University Press, 1994 ), p. 10.

人收入的增加，以及人们认识到儿童并不是"小大人"，而是正在经历一个独特的发展阶段（也就是现在所谓的"童年"），这意味着"从本质上讲，他们（儿童）赢得了做孩子和玩耍的权利，玩具成了工业的一部分"①。于是，玩具成为童年的标志，将童年与青春期和成年划分开来。第三个阶段，玩具开始与文化有关，可追溯到 20 世纪 50 年代。在二战后的婴儿潮期间，随着西方国家城市郊区化，以及家庭中电视机的引入，玩具越来越多地取材于先前存在的故事，为儿童提供了一种可以相互讨论和辩论的共享文化。②

通过这种方式，玩具反映了社会的建筑风格、风土人情以及社会文化变迁趋势，它们是当时社会的缩影，是那些被认为重要或值得保存的历史时刻。比如美国历史上的罗宾汉（Robin Hood）和戴维·克罗克特（Davy Crockett）等游骑侠人物时代，以及庆祝登月和第二次世界大战胜利公开活动的场景。更广泛地说，作为童年的标志，玩具"也有更大的用途，因为它们体现了我们的文化真理：我们希望发展什么技能，我们希望培养什么态度，以及我们希望炫耀什么财产。玩具反映了我们社会的游戏规则与其对立的作品之间的相互作用"③。从乐高小镇到芭比娃娃，再到"特种部队"可动人偶，玩具为各种职业（建筑师、模特、记者、士兵、冒险家等）提供了新的体验。

## 2.《玩具总动员》与"可玩具化"的模糊性

美国电影《玩具总动员》（*Toy Story*，1995）就是玩具反映社会文化的例证之一。英国学者帕特·凯恩（Pat Kane）指出，《玩具总动员》

---

① K. M Jackson, "From Control to Adaptation: America's Toy Story," Journal of American and Comparative Cultures, Vol. 24, No. 1–2（2009）: 139–145.

② Ellen Seiter, Sold Separately: *Children and Parents in Consumer Culture*（New Brunswick: Rutgers University Press, 1993）, p. 9.

③ K. M Jackson, "From Control to Adaptation: America's Toy Story," Journal of American and Comparative Cultures, Vol. 24, No. 1–2（2009）: 139–145.

电影的玩具"大多取自美国战后玩具的黄金时代"①。最初,《玩具总动员》想使用皮克斯的奥斯卡获奖短片《小锡兵》(Tin Toy, 1988) 中的角色, 但导演约翰·拉塞特(John Lasseter) 认为主角丁尼(Tinny)"太过时了", 不符合电影需求, 于是用一系列更具活力的角色代替了他, 由牵线牛仔玩偶伍迪(也译作胡迪)警长(Woody) 和可动人偶巴斯光年(Buzz Lightyear) 领衔。演员阵容较之前版本扩大了, 增加了更多美国玩具商已生产的玩具。值得注意的是, 这些都不是玩具, 也就是说, 它们都是最先在多个媒体平台上获得许可的玩具。例如, 孩之宝公司授权了土豆头先生(Mr.Potato Head)——第一个在电视上做广告的玩具; 美泰公司随后授权了芭比(Barbie) 和肯(Ken) 助阵《玩具总动员 2》(Toy Story 2, 1999)、《玩具总动员 3》(Toy Story 3, 2010) 和《玩具总动员 4》(Toy Story 4, 2019) 三部后续影片。有趣的是, 据制片人拉尔夫·古根海姆(Ralph Guggenheim) 称, 美泰最初拒绝在第一部《玩具总动员》(Toy Story) 电影中使用芭比娃娃, 因为美泰认为, 玩芭比娃娃的女孩正在将自己的个性投射到芭比娃娃上, 从而限制了玩偶的游戏潜力。其他出现在该部电影中的特许玩具还包括"猴子桶""小泰克斯""费雪电话"以及后来大名鼎鼎的"弹簧狗"。

正如《玩具总动员 2》表现的那样, 牛仔警长伍迪就是一个"可玩具化"的产品, 一个文本起源模糊的副文本。在电影中, 伍迪来自20 世纪 50 年代的电视剧《伍迪牛仔秀》(Woody's Roundup, 1949—1957), 该剧与现实生活中的《嚎啕大哭》(NBC, 1947—1960) 一样, 剧中的角色都是一些微不足道的木偶玩具, 其中既有成人, 也有儿童, 比如他的小伙伴"斗牛犬"、搭档杰茜和探矿者。而事实上, 伍迪源自于《玩具总动员》导演约翰·拉塞特(John Lasseter) 小时候拥有的一个"卡斯珀"(Casper) 牛仔玩具, "伍迪"这个名字是为了向演员

---

① Pat Kane, The Play Ethic ( London: Pan Macmillan, 2009 ), p. 147.

伍迪·斯特罗德（Woody Strode，1914）致敬。

《玩具总动员》围绕着伍迪（安迪最喜欢的玩具）和巴斯光年（安迪最新的玩具）之间争夺安迪注意力的冲突展开。正如大卫·普莱斯（David Price）所指出的，这部电影的主题是"玩具深深地希望孩子们和他们一起玩，这种欲望驱动着他们的希望、恐惧和行动"[1]，因此，它成了电影的叙事引擎。巴斯在各方面都与伍迪相反：伍迪是牛仔，巴斯是宇航员；伍迪是一个软软的玩偶，巴斯是一个完全铰接的可动人偶；伍迪通过拉绳说话，而巴斯是电子玩具，有弹出的翅膀、红色的"激光"和按钮语音功能。因此，伍迪和巴斯其实也展现了男孩玩具从布料到塑料的材质变化。

巴斯光年周围还有一个模糊之处，这也可能将他与伍迪区分开来，那就是巴斯光年可能首先是一个货真价实的玩具。如果是这样，那么他就成了其他媒介平台的内容提供者，是一个"可玩具化"的例子，因为他是《玩具总动员》配角中出现的与其他授权玩具一样的变成屏幕文本的玩具。出现这种含糊不清的情况是因为巴斯显然确实出现在其他媒体形式中——《玩具总动员 2》中出现了一款电子游戏，同时还出现了玩具系列中的各种变体，包括多功能腰带和他的敌人——邪恶的祖格皇帝的形象。《玩具总动员：小玩具》（*Toy Story Toons Small Fry*，2011）短片中出现了巴斯光年，迪士尼甚至还以巴斯光年为主角制作了一个配套的周六早间系列动画《巴斯光年的星际使命》（*Buzz Lightyear of Star Command*，2000—2001）。这就导致无法分清是巴斯光年玩具先出现的，还是巴斯是已有电影系列中的"可玩具化"产品。

拉塞特声称巴斯光年是基于《特种部队》系列玩具开发模式产生的，也就是说先有巴斯光年玩具实体，后有电影屏幕文本。而在《玩具总动员》系列电影中却缺乏其他的证据，这表明巴斯可能首先是一

---

[1] David Price, The Pixar Touch: The Making of a Company（New York: Alfred A. Knopf, 2008），p. 121.

个玩具。唯一与此相反的真实证据是《玩具总动员》原著中的一则电视广告，该广告将巴斯光年描述为"世界上最伟大的超级英雄，现在是世界上最棒的玩具"，暗示他可能在被制作成玩具之前就已经存在了（尽管这一点还不明确），而且在他的背上还可以看到迪士尼的版权。

　　不管哪一个是真的，这种对巴斯光年文本来源的模糊性本身就很重要。乔纳森·格雷（Jonathan Gray）认为，"对副文本的恰当研究……挑战了'主要'和'次要'文本、原创和衍生作品、表演和'外围'的逻辑……（相反）它们通常在文本的产生、发展和扩展中发挥着构成作用"①。在巴斯光年身上，这种文本起源被抹去了，以至于巴斯光年被建构在任意数量的副文本中，而没有明确的主要副文本。在《玩具总动员》中，巴斯是唯一一个不知道自己是玩具的玩具，反而相信包装上写的叙述才是真相。正如布鲁斯·伯宁汉姆所指出的，这与其他玩具形成了鲜明对比，其他玩具都"牢牢把握着自己晚期资本主义存在的经济现实"②，土豆头先生介绍自己是"玩酷公司（Playskool）的"，恐龙雷克斯是"美泰公司的"。另一方面，伍迪不断地告诉巴斯："你是个玩具……你不是真正的巴斯光年，你是一个可动人偶……你是个孩子的玩物！"这些身份危机在《玩具总动员2》中持续存在。在那里，第二个巴斯光年从他的工厂密封盒子中出现，相信自己是真正的巴斯光年；只有安迪在巴斯的脚上写下了自己的名字，才能证明他是真正的巴斯。同样，在《玩具总动员3》中，巴斯光年被重新编程回到了出厂设置，然后被意外设置成全新的、明显更具风情的"西班牙模式"，最终的结局表明，他成功地重新融入了自己的"真实"个性。通过这种方式，巴斯的身份危机与整个20世纪80年代刚起步的

---

① Jonathan Gray, Show Sold Separately: Promos, Spoilers, and Other Media Paratexts ( New York: NYU Press, 2010 ), p. 175.

② Bruce Burningham, "Walt Disney's Toy Story as Postmodern Don Quixote", Cervantes, 2000, Vol. 20, No. 1 ( 2000 ), p. 157.

"可玩具化"的发展相呼应，预示着"可玩具化"的发展大有潜力。

## 二、"可玩具化"——电影与玩具产业合作的基石

### 1."可玩具化"：一种新的媒介特许经营模式

媒介特许经营的理念至少可以追溯到 20 世纪初，当时莱曼·弗兰克·鲍姆（L. Frank Baum，《绿野仙踪》的作者）和埃德加·赖斯·巴勒斯（Edgar Rice Burroughs，《人猿泰山》的作者）等作家拓展自己的知识产权到多种媒体平台中去（主要是各自媒体企业）。迪士尼公司，尤其是其媒介特许经营部门负责人凯·卡门（Kay Kamen）的努力，完善了这一理念。例如，《纽约时报》1938 年的一篇社论指出"自今年年初以来，迪士尼设计师们设计的形象已售出价值 200 多万美元的玩具……117 家玩具制造商获得了使用《白雪公主》角色的许可。在这幅画中，公众似乎唯一不渴望的就是有毒的苹果"[①]。但在 1977 年之前，"Toyetic"（可玩具化）一词并没有出现在任何文献中，一般认为，这个玩具业名词是由肯纳玩具公司（Kenner-Toys）前总裁伯纳德·卢米斯（Bernard Loomis）提出的。

"可玩具化"最早是在《星球大战》（Star Wars，1977）的媒介特许经营中被提及的。在一次采访中，卢米斯描述了福克斯公司的一位代表是如何告诉他肯纳公司可以获得《星球大战》的授权的[②]，但有一个条件：

"如果你拍摄《星球大战》，你就不能拍摄《第三类接触》……斯蒂文（《第三类接触》的导演史蒂文斯皮伯格）给我们讲了《第三类接触》的故事，当他讲完后，我说，这听起来是部很棒的电影，但

---

① "Prosperity out of Fantasy," New York Times, May 2, 1938, http://www.pophistorydig.com/topics/disney-dollars1930s/.

② 当时双方约定特许经营权的版权费率为 5%，如果《星球大战》拍摄成电视剧，版权费率将提高到 6%。

看起来并不'可玩具化',他问我什么是'可玩具化'?我说就是'媒体内容转化为可玩的娃娃和其他玩具的适应性',他说'这不是《星球大战》'。我问他对《星球大战》了解多少,他说他看过《星球大战》,也认为《星球大战》很'可玩具化'。他还说,他并不太难过,'乔治是他最好的朋友,他们交换过作品'。换句话说,乔治拥有史蒂文在《第三类接触》中的一部分股份,而史蒂文则拥有《星球大战》的一部分股份,我相信这两部电影在相当长的一段时间内都是最卖座的电影。当玩具开始生产时,乔治让我们把每个新玩具直接寄给史蒂文一个。"①

正如文化产业学者杰森·班布里奇所指出的那样,肯纳公司1977年推出的"星球大战"玩具系列对玩具业产生了多方面的影响。② 它推出了一种全新的3.75英寸动作人偶,可与玩具套装和玩具车辆按比例搭配使用,且由于价格便宜,儿童可以收集整个系列,仅在1977年就为肯纳公司带来了一亿美元的利润。③《星球大战》证实了可动人偶作为媒介特许经营的一部分的重要性;据报道,1980年至1983年间,"星球大战"玩具的销量达到了3亿件,尽管"再也没有一个可动人偶系列能接近这一销售记录"④。但最重要的是,它改变了"媒介特许经营"的含义。正如卢米斯解释的那样:

在《星球大战》之前,除少数例外情况外,电影并不是玩具或任何其他类型授权的坚实基础。电影来得快去得也快,无法持续销售。

---

① D. M. Myatt,(n.d.)"An Interview with Bernard Loomis," rebelscum.com, http://www.rebelscum.com/loomis.asp.

② J. Bainbridge, "Toying with Culture: The Rise of the Action-Figure and the Changing Face of Children's Entertainment," in(eds.)McKee, A, Collis, C, and Hamley, B, Entertainment Industries: Entertainment as a Cultural System(London: Routledge, 2012), p. 16.

③ S. Sansweet, Star Wars: From Concept to Screen to Collectible(San Francisco: Chronicle, 1992), p. 71.

④ T. Walsh, Timeless Toys: Classic Toys and the Playmakers Who Created Them(Kansas City: Andrews McMeel Publishing, 2005), p. 200.

在《星球大战》之前，人们对媒介特许经营的普遍看法是，特许权使用费是广告的替代品，当你考虑授权时，你会发现授权人授权的是项目而不是产品线，有很多迪斯尼的影子，也有一点舒尔茨（史努比）的影子。我们改变了媒介特许经营授权业务，首先是《无敌金刚》，然后是《星球大战》，最后是《草莓蛋糕》和《爱心熊》，我们既是被授权人，也是授权人，与美国礼品公司合作，整合了整个项目，包括制作电视特别节目和电影。①

卢米斯在这里提到的媒体授权的变化正是"可玩具化"的精髓所在。与后来的《默克与明蒂》（*Mork & Mindy*，1978）一样，《无敌金刚》（*The Six Million Dollar Man*，1973—1978）中的许多角色都是可玩具化的，也就是说，媒介特许经营的是一个玩具系列，而不是某个玩具项目。《无敌金刚》的主角史蒂夫·奥斯汀（Steve Austin）和詹姆·萨默斯（Jaime Sommers）拥有多个版本的可动人偶、配件以及衣服，突出的玩具主题则是他们的仿生能力和他们所执行的特殊任务。除此之外，还有他们的老板奥斯卡·戈德曼的模型、《无敌金刚》系列中几个更具"可玩具化"潜力的对手（比如仿生大脚怪和飞蛾），以及奥斯汀要对付的另一个对手——假面人。但是，通过肯纳公司的玩具产品表来看，《无敌金刚》系列的"可玩具化"潜力仅限于五六个角色和场景，更大的"可玩具化"潜力在《星球大战》系列中被表现出来。

## 2. "可玩具化"：可拓展性

《星球大战》拥有更强大的演员阵容、更具辨识度的场景和交通工具，具有更大的"可玩具化"潜力，可以推出更大规模的产品线。《星球大战》产品的物质性使观众能够通过格雷所说的"观众身份的障碍

---

① D. M. Myatt,（n.d.）"An Interview with Bernard Loomis," rebelscum.com, http://www.rebelscum. com/loomis.asp.

进入《星球大战》的宇宙，从而使真实文本与空洞的、攫取金钱的副文本的既定二分法变得复杂"①。格雷认为，通过这种方式，这些副文本参与了"提炼和强调某些意义，使其倍增，并将其带出电影，进入儿童的游戏世界"②。

《星球大战》产生了两个连锁效应。为电影（1978 年~ 1985 年的原版电影）中出现的众多角色（从卢克·天行者这样的主角到在场景背景中出现不到几秒钟的外星人）制作动作玩偶的民主结果，意味着儿童可以通过为这些次要角色编造背景故事和关系来扩展和发展叙事。例如，"星战"的美国粉丝威尔·布鲁克（Will Brooker）描述了他是如何"将三部曲中的次要外星角色提升为一个名为锤头帮的雇佣兵组织"③。最近，Cartoon Network 的《机器鸡》（*Robot Chicken*）系列动画定期推出一个小品节目，用可动人偶来扩展故事宇宙，填补原版电影情节的空白，并且提供了对源文本故事的幽默解读视角。

### 3. "可玩具化"：模糊性

"可玩具化"的特性除了能帮助观众进入源文本的故事世界，更大的作用在于混淆了文本起源。赏金猎人波巴·费特的文本起源就因在《星球大战：节日特典》（*The Star Wars Holiday Special*，1978，Steve Binder）前后推出的可动人偶④ 而变得扑朔迷离，而这一来自源文本故事世界中的人物在《星球大战》系列影片中的"正式"⑤ 登场则在 1980 年的《星球大战 2：帝国反击战》（*Star Wars: Episode V—The*

---

① J. Gray, Show Sold Separately: Promos, Spoilers, and Other Media Paratexts（New York: NYU Press, 2010）, p. 176.

② J. Gray, Show Sold Separately: Promos, Spoilers, and Other Media Paratexts（New York: NYU Press, 2010）, p. 181.

③ W. Brooker, Using the Force: Creativity, Community and Star Wars Fans（New York: Continuum, 2002）, xii.

④ 这款可动人偶最初只能通过寄送优惠券获得，因此比其他需要购买的可动人偶更受欢迎。

⑤ 这里"正式"特指首次出现在电影文本中。

*Empire Strikes Back*，1980）中。格雷认为，"对于一个在电影中如此边缘化的人物，我相信他的成功之谜在很大程度上是由玩具揭开的"①。事实上，格雷所说的波巴·菲特的成功意味着尽管菲特是个《星球大战》文本中的边缘人物，但可动人偶制造了大量经济收益并收到众多玩家好评，以至于他的名字被称为"波巴·菲特综合症……适用于任何达到现象级水平的书籍或电影系列，当细枝末节变得重要时"②。

赏金猎人波巴·菲特也许是体现"可玩具化"特性最早的例子，在这个例子中，以可动人偶玩具为首的副文本相继抹去了他的文本起源，使他成为多重起源，从而改变了银幕文本的形态。波巴·菲特和他的父亲詹戈·菲特（Jango Fett）后来成为《星球大战前传》三部曲的重要组成部分，并成功在迪士尼流媒体平台（Disney+）上映了以波巴·菲特为主角的"星战"衍生美剧《波巴·菲特之书》（*The Book of Boba Fett*，2021）。在波巴·菲特身上，我们可以看到"可玩具化"给电影媒介与玩具媒介之间带来的"融合"趋势。"融合"（Integration）一词也是由卢米斯提出，他认为这是"可玩具化"区别于以往的媒介特许经营开发的最大特点。卢米斯在《草莓乐园》③（*Strawberry Shortcake*，1977）和《爱心熊》④（*Care Bears*，1982）中提到的"整合"。这两部作品的动画片都是"可玩具化"的，它们的主题形象首先出现在贺卡上，然后被改编成玩具（洋娃娃和毛绒熊），最后再被改编成动画片在电视上播出（《爱心熊》还被改编成戏剧上映）。同样，这也是"可玩具化"在起作用，玩具（贺卡）副文本掩盖了产品的文

---

① J. Gray, Show Sold Separately: Promos, Spoilers, and Other Media Paratexts（New York: NYU Press, 2010），p. 183.

② "George R.R Martin Teases with New Game of Thrones Book," Sydney Morning Herald, October 28, 2014, http://www.smh.com.au/entertainment/books/george-rr-martin-teases-with-new-game-of-thrones-book-20141028-11cskd.html.

③ 这里指由穆里尔·法利昂（Muriel Fahrion）设计的贺卡以及后续出品的同名动画片。

④ 这里指由伊莲娜·库查里克（Elena Kucharik）设计的贺卡以及后续出品的同名动画片。

本起源，使它们看起来是真正的多平台、多起源、跨媒介的故事，从屏幕文本流向物质媒体，再从物质媒体流回屏幕文本。

## 三、"可玩具化"：媒介边界拓展与故事世界建构

然而，玩具业最大的变革不是来自肯纳公司，而是来自其竞争对手——美泰玩具公司。虽然美泰拥有成功的汽车系列（风火轮）和玩偶系列（芭比娃娃），但他们没有能与肯纳的《星球大战》或孩之宝的《特种部队》相抗衡的可动人偶系列。于是，他们开发了自己的产品——《宇宙的巨人》（Master of the Universe，1982）系列。《宇宙的巨人》原本只是一个基于美泰公司获得的阿诺德·施瓦辛格主演的《野蛮人柯南》（Conan the Barbarian，1982）授权进行"可玩具化"开发的可动人偶系列。但在观看过《野蛮人柯南》后，美泰公司的代表意识到电影中的暴力和色情元素并不适合玩具化。因此，美泰公司将野蛮人的主角换成了金发王子，并将人物置于刀剑与魔法并存的科幻世界中。据玩具设计师罗杰·斯威特（Roger Sweet）的回忆，主角被命名为"希曼"（He-Man）则是因为这个名字足够通用，适用于任何场合，而之后根据《宇宙的巨人》系列玩具开发的动画剧集则被称为《宇宙的巨人希曼》（He-Man and the Masters of the Universe，1983），英文简称"MOTU"。

与孩之宝的《特种部队》（G.I. Joe）一样，美泰在营销 MOTU 时，也是通过建立一个跨媒介叙事的副文本网络来实现的；每个模型都附有一本小册子（后来成为漫画），提供有关角色及其世界的叙事细节。这与《玩具总动员》中巴斯光年包装背面的叙述如出一辙。更重要的是，美泰充分利用了美国联邦通信委员会（FCC）在1983年做出的一项裁决，该裁决取消了对儿童电视节目的一系列限制，其中包括1969年颁布的一项禁止根据儿童玩具改编电视剧的法律。美泰公司和美国飞美逊公司（Filmation Associates）动画工作室根据玩具系列制

作了 65 集每集时长为半小时的动画片。由于主要电视网对此缺乏兴趣，Filmation 将其联合播出，以动画片段换取部分播出时间，地方电视台则保留其收入。这意味着，美泰实际上获得了针对其目标受众的每周 30 分钟的玩具系列广告[1]。这部动画片获得了巨大成功，推动了观众对玩具的需求。而事实上，该系列玩具的销售额高达 12 亿美元，在电视这一媒介平台播出后短短三年内就赚取了 4 亿美元[2]；在美国，平均每个 5 岁 ~ 10 岁的男孩都能买到 11 个该系列玩具[3]。它为玩具与视听媒介的合作创造了一个营销模板，后来的玩具系列如《霹雳猫》（*Thundercats*，1985）、《杰姆和全息图》（*Jem and Holograms*，1985）、《银鹰侠队》（*Silverhawks*，1986）、《昆虫勇士》（*Sectaurs*，1986）和《螺旋地带》（*Spiral Zone*，1987）等都对其进行了克隆（但不太成功）。

这些 20 世纪 80 年代的玩具系列及其附带的漫画、小玩意的特点是玩具在每个案例中都是内容的提供者，但由于负责创造叙事内容的副文本网络错综复杂，这些文本的起源不断被掩盖，使消费者很难知道哪个在先：玩具、漫画还是贺卡系列。以孩之宝公司 1982 年推出的 3.75 英寸《特种部队》复刻版为例，人物的名字和关系是由漫威漫画公司（Marvel Comics）的作家和编辑创作的，他们随后根据玩具创作了漫画，其中一位作家拉里·哈马（Larry Hama）随后创作了所有人物包装背面的档案卡。这样，《特种部队》就形成了多重、模糊的文本起源，同时并存。同样，以《变形金刚》为例，由于玩具源于日本，并通过类似的媒介渠道被改编为西方受众接触的卡通动漫，这就使其文本起源更加模糊不清了。

---

[1] S. A. Berk, Tumbusch, T and the editors of Tomart's Action Figure Digest Tomart's Encyclopedia of Action Figures: The 1001 Most Popular Collectibles of All Time ( New York: Black Dog and Leventhal Publishers, 2000 ), p. 123.

[2] R. Sweet, and D. Wecker, Mastering the Universe: He-Man and the Rise and Fall of a Billion-Dollar Idea( Cincinnati: Emmis Books, 2005 ), p. 147.

[3] N. O. Pecora, *The Business of Children's Entertainment* ( New York: Guilford Press, 1998 ), p. 69.

《玩具总动员》系列电影中的角色——巴斯光年有更强的模糊性。他究竟是迪士尼与皮克斯联手制造的超级英雄，有自己的电影文本起源，后来被授权制作成可动人偶，还是一个类似于《特种部队》《宇宙的巨人》的玩具，其包装上提供了故事情节，然后再授权给电影、电影等媒介上复制和扩展？无论是哪种顺序，都已不再重要。文本的模糊性正是"可玩具化"的目的之一，即创造出一个可在多种媒体平台上使用的角色或系列，使亨利·詹金斯意义上的"跨媒介叙事"成为可能才是"可玩具化"被提出并进行研究的目的。

## 四、"可玩具化"与副文本的"模糊性"

格雷认为玩具是重要的副文本，因为以《星球大战》为例，玩具"对许多人来说代表着媒体世界可以而且应该是能够居住的"[①]。然而，正如杰克逊所指出的，儿童和成人都越来越多地寻求另一种类型的游戏体验；玩具店的销售额正在下降，部分原因是市场的变化和"消费者更有可能绕过玩具店去电脑商店。数字设备已成为现代游戏的主流……在电脑和视频游戏场景中，对早期游戏模式至关重要的控制元素被剥夺了"[②]。因此，杰克逊认为游戏的区别在于："经典玩具——在工业时代发展起来的——教人控制和创造，而电子玩具——信息时代的象征——教人适应。"这两种不同类型的游戏也创造了对生活的不同理解：在传统游戏中，儿童可以主宰角色的命运，进而学会控制自己在生活中扮演的角色，数字游戏则被设定在框架内，创造了一种被支配的感觉。

但玩具公司似乎已经避开了与数字媒体游戏的竞争，并凭借"可

---

① J. Gray, Show Sold Separately: Promos, Spoilers, and Other Media Paratexts ( New York: NYU Press, 2010 ), p. 187.

② K. M. Jackson, "From Control to Adaptation: America's Toy Story," Journal of American and Comparative Cultures, Vol. 24, No. 1–2 ( 2009 ): 139–145.

玩具化"的应用在新的市场和新的环境中生存下来。首先，他们开发了成人收藏市场，不仅在电脑游戏（如《光环》和《战争机器》）中，而且在成人电影和电视剧（如《纸浆小说》《霹雳游侠》和《权力的游戏》）中发现了"可玩具化"的潜力。因此，玩具不再只是童年的标志。其次，通过"可玩具化"，玩具公司发现了20世纪80年代周六早间动画片和特辑蕴含的潜力，成为更广泛的屏幕媒介的内容提供商。长期以来，好莱坞一直在寻求不同寻常的内容来源，包括歌曲（《哈珀谷PTA》）、交易卡（《火星救援》）、游乐园游乐设施（《加勒比海盗》），甚至是奥斯卡获奖感言（*In and Out*）。同样，玩具也被成功地用作其他媒体行业的内容提供者，如20世纪60年代的袖珍书、漫画和电视。但目前来看，这一趋势在电影媒介中也得到了充分体现。"可玩具化"预示了数字技术带来的融合文化和跨媒介叙事的趋势，数字技术也通过视听媒体、银幕文本等媒介平台延长了玩具的寿命。

《变形金刚》真人电影系列的票房收入超过30亿美元，《特种部队》真人电影系列的票房收入超过6亿美元。正如埃里克·克拉克所指出的那样，"在《变形金刚》诞生后的二十年里，玩具、娱乐和整体营销之间的联系日益紧密……现在，玩具和娱乐实际上已经成为一种商业活动。玩具主导的节目已成为主流营销的一部分"[①]。《乐高大电影》（菲尔·罗德，2014）再次证实了这一点，该片是2014年全球票房收入第三高的电影，票房收入超过4.681亿美元。虽然《乐高大电影》并不像《变形金刚》或《勇者大冒险》那样具有多重原创性，但它仍将"可玩具化"作为一种未来模式，在这种模式下，玩具成为另一种内容产业，而这些副文本相继对这些媒介特许经营的所有媒介平台都产生了影响。就《乐高大电影》而言，它帮助乐高玩具公司成为

---

① E. Clark, The Real Toy Story: Inside the Ruthless Battle for Britain's Youngest Consumers ( London: Random House, 2007 ), p. 220.

世界上最赚钱的玩具制造商，超过了长期纪录保持者美泰，"在不到10年的时间里，收入翻了两番，令人难以置信"①。乐高公司总裁约尔根·维格·克努斯托普（Joergen Vig Knudstorp）指出："我们并不是要把乐高打造成世界上最赚钱的玩具公司，我们不会离开积木，但我们将利用数字技术在未来20年内保持书写乐高的媒体故事。"②

　　正如乔纳森·格雷所指出的那样，玩具已经成为银幕（和文学）文本中不可或缺的一部分。正如漫威电影宇宙所展示的那样，通过"可玩具化"，它们扩展、发展和个性化了文本（使这些媒介特许经营成了可居住的媒介居所）。通过"可玩具化"，玩具成为《变形金刚》《大兵小将》和《乐高大电影》等价值数十亿美元的媒介特许经营项目的内容提供者，成为多源产品，并对特许经营项目的各个方面产生影响。因此，"可玩具化"已成为电影产业发展中不可或缺的存在。

---

① R. Neate, "Lego Builds yet Another Record Profit to Become World's Top Toymaker," The Guardian, February 28, 2014, https://www.theguardian.com/business/2014/feb/27/lego-builds-record-profit.

② R. Neate, "Lego Builds yet Another Record Profit to Become World's Top Toymaker," The Guardian, February 28, 2014, https://www.theguardian.com/business/2014/feb/27/lego-builds-record-profit.

# 后　记

　　本书即将面世，这是过去七年间我在大学时代阅读与学习的一份报告，也记录下我对文学和电影的热爱与思考。在北国的辽宁大学，我就读的是广播电视编导专业，虽然也学习了一些电影的课程，但对电影的认识还停留在感性认识阶段，对电影作品的欣赏也只限于个人的兴趣。进入上海大学上海电影学院攻读电影学专业的研究生后，猛然感觉来到一个流光溢彩的电影研究世界，来自全国乃至全球的电影研究专家的讲座、各种形形色色的电影理论、前卫而富有创造精神的电影实践，冲击着我的心房，也让我对电影及其研究有了全新的认识，既有获取新知的欣喜，也有怅然若失的惘然。庆幸的是，我在这里遇到了博学多识而又严谨负责的导师，幸会一群热爱电影又勤奋好学的同学，他们的指导和切磋，让我逐步走进电影研究的殿堂，一窥堂奥。

　　喜欢文学和电影，于我既是自我的选择，也是家庭环境影响的必然。我自幼生活成长在大学校园，耳濡目染，对书籍有一种天然的亲近感。爸爸是专业的文学研究者，最大的财富就是盈箱累箧的各种文学和社科书籍。很小的时候，跟他去位于图书馆的资料室，望着一排排高高的书架，心里会有一个小小的梦想：将来我也要读这么多书！很幸运，中学时代就读的学校都有图书室，而且老师们从不禁止我们读课外书。很自然，家里的和图书馆的书，成为我阅读的主要对象。至于电影，得益于喜欢电影的妈妈。除了周末去电影院看新上线的影片，家里的

DVD 也为我观看一些经典电影提供了方便。小时最幸福的事情之一便是一家三口在一个周末的晚上一起看《狮子王》《泰坦尼克号》或者其他电影。

最后，我要感谢为本书的出版付出辛勤劳动的汉唐书局董事长、总经理冀瑞雪女士和编辑张子涵女士，也感谢所有给本书的写作提供帮助的学界前辈、朋友！